中國古典文學基本叢書

杜詩詳注

第四册

〔唐〕杜甫撰
〔清〕仇兆鰲注

中華書局

杜詩詳注卷之十一

嚴中丞枉駕見過平聲

盧氏編在奉酬嚴公之後，今從之。趙曰：公自注云：嚴自東川除西川，勑令都節制。則是未合爲一道時，故稱爲中丞，當是寶應元年權令兩川都節制時作。若廣德二年，武再尹成都時，公已入幕府，不應有張翰、管寧之語。盧注：至德二載，上皇還京，分劍南東、西兩川，各置節度，是兩川始分也。寶應元年，嚴武爲東川節度，更除西川，權攝東川，此詩所謂川合東西也。是年，公《説旱》云：請管内東西，各遣一使。其時尚分而未合，故各遣耳。六月，嚴武被召還朝，西川節度高適代之，東川節度虚懸，以章彝爲留後。至廣德二年正月，東西兩川始合爲一道，以黄門侍郎嚴武爲節度。趙注應爲可據。

元戎小隊出郊坰㈠，問柳尋花到野亭。川合東西瞻使去聲節，地分南北任流一作孤萍㈡。扁舟不獨如張翰㈢，皂一作白帽還應平聲。一作應兼似管寧㈣。寂寞一云今日江天雲霧裏

㈤，何人道去聲有少去聲微星㈥。上四敘嚴公見過，下四感見過之意。兩川使節，承元戎。南北流萍，承野亭。張翰、管寧，比流萍之迹。江天星隱，喜使節之過。下截仍屬分承，而末用反結，意更深長。《杜臆》：翰棄官而寧避世，故有不獨、應兼之別。少微星，公自比。

㈠《詩》：元戎十乘。注：元，大也，謂戎車也。生注：小隊簡於騎從，足見其風趣。邵注：野外謂郊，郊外謂林，林外謂坰。

㈡公自長安至蜀，乃自北而南。鄭玄《戒子書》：黄巾爲害，萍浮南北，復歸邦鄉。

㈢《晉書》：張翰，字季鷹。賀循入洛，經吴閶門，於船中彈琴。翰就循言談，相欽悦曰：「吾亦有事北京。」便同載而去。

㈣《魏志》：管寧，字幼安。徵命不就，居海上。常着皂帽、布襦袴、布裙，隨時單複。

㈤謝莊詩：霧罷江天分。

㈥少微星，見《史記·天官書》。《隋志》：少微四星，在太微西，士大夫之位也。一名處士星，明黄則處士舉。庾信《哀江南賦》：少微真人，天山逸民。階庭空谷，門巷蒲輪。

遭田父泥去聲飲美嚴中丞

柔言索物曰泥，飲，謂强留使飲，即詩所云「欲起時被肘」也。《杜臆》：美中丞，指田父之言，非公美之也。　鶴曰：此當是寶應元年春社作。詩云「拾遺能住否」，是未爲參謀時也。若在廣德二年，當奏爲參謀矣。又曰：《舊史·嚴武傳》：既改長安，以武爲京兆少尹，兼御史中丞。以史思明阻兵，不之官，出爲綿州刺史，兼劍南東西節度使，兼御史中丞。東川節度治梓州。上皇詔合西川爲一道，拜成都尹，兼御史大夫。今曰嚴中丞，則是未爲大夫時所作。集中有與嚴中丞、嚴大夫、嚴侍御、嚴鄭公諸題，先後可辨也。

步屧悉協切**隨春風**㈠**，村村自花柳**㈡**。田翁逼社日**㈢**，邀我嘗春酒**㈣**。**記田父邀飲之由。

㈠王禹偁曰：屧，草履也。《宋書》：袁粲爲丹陽尹，嘗步屧白楊郊野，遇士大夫，便呼與酣飲。

㈡何遜聯句：復看花柳枝。

㈢《月令》：擇元日，命民社。鄭注：祀社以祈農祥。元日，謂近春分前後戊日。元，吉也。

㈣《詩》：爲此春酒，以介眉壽。

酒酣誇新尹，畜眼未見有。迴頭指大男，渠是弓弩手。名在飛騎去聲**籍**㈠**，長番歲時久**㈡**。前日放營農**㈢**，辛苦救衰朽。差科死則已**㈣**，誓不舉家走。**此田父頌美嚴公，敘事而兼述言。　放農救親，上以仁逮下。差科不避，下以義報上也。

㈠曹植《白馬篇》：名編壯士籍。《唐書·兵志》：擇材勇者爲番頭，習弩射。又有羽林軍飛騎，亦習弩。

㈡遠注：舊兵一萬五千，分爲六番，以次更代。今曰長番，長在籍，無更代也。

㊂放營農，放回務農也。

㊃雜色差科，在長番之外者。

今年大作社㊀，拾遺能住否？ 叫婦開大瓶，盆中爲去聲**吾取**此苟切。**感此氣揚揚㊁，須知風化首㊂。 語多雖雜亂㊃，説尹終在口。** 此田父款留公飲，述言而兼叙事。 感其意氣之慇，而推本風化之自，仍歸美於新尹也。

㊀《左傳》：子産爲火故大爲社，祓禳於四方。

㊁《晏嬰傳》：意氣揚揚，甚自得也。

㊂後漢劉愷議：刺史，一州之表，二千石，千里之師，職在辯章百姓，宣美風化。 王洙曰：郡守、縣令，風化之首。

㊃陶潛詩：父老雜亂言，觴酌失行次。

朝來偶然出，自卯將及酉。 久客惜人情，如何拒鄰叟。 高聲索先側切**果栗，欲起時被**去聲**肘㊀。 指揮過無禮，未覺村野醜㊁。 月出遮我留，仍嗔問升斗㊂。** 此詳叙泥飲始末，見田父真率情貺。 《杜臆》：公詩「田父邀皆去」，此章可證。 其寫出村人口角，樸野氣象，儼然如畫。 張遠注：「久客惜人情」，言客久而人情之厚，更爲可惜。 此章起段四句，中間八句，次末二段各十句。

㊀《史記》：魏桓子肘韓康子於車上。

㊁王洙曰：田父舉止無度，不可責以禮法。

㊂黄希曰：晉陸納謂桓温曰：「明公近云飲酒三升，納正可三升，今有一斗，以備杯酌餘瀝。」

盧元昌曰：蜀自上皇還京後，分劍南爲兩節度，百姓罷於調遣。西山三城，又列戍焉，蜀民籍爲軍者，無寧歲矣。上元三年，段子璋反，將士大掠。蜀民既苦寇，又苦兵。讀公《枯椶》等詩曰：「傷時苦軍乏，一物官盡取。嗟爾江漢人，生成亦何有。」蜀民長番不已，差科不息，安得營農而作社乎。嚴武鎮蜀，兩川兼攝，蜀民始稍甦息。公是年《説旱》云：自中丞下車，軍郡之政，罷弊之俗，已下手開濟矣。合之此詩，嚴吏治精能，蜀民休息，大略可見。又本傳載公住浣花里，好與田畯野老相狎蕩。此詩既曰「邀我嘗春酒」，再曰「拾遺能住否」，又曰「盆中爲吾取」，「欲起時被肘」。狎蕩之態，又可想見矣。

劉會孟曰：杜詩：「問事競挽鬚，誰能即嗔喝。」「欲起時被肘，仍嗔問升斗。」此等語，併聲音笑貌，彷佛盡之。

郝敬仲輿曰：此詩情景意象，妙解入神。口所不能傳者，宛轉筆端，如虛谷答響，字字停匀。野老留客，與田家樸直之致，無不生活。昔人稱其爲詩史，正使班馬記事，未必如此親切。千百世下，讀者無不絶倒。

奉和去聲嚴中丞西城晚眺十韻

鶴注：史謂上元二年建丑月，以武爲成都尹。而此詩作於寶應元年之春。

汲黯匡君切㈠，**廉頗出將**去聲**頻**㈡。**直詞才不世**㈢，**雄略動**一作用**如神**㈣。**政簡移風速**㈤，**詩清立意新**㈥。從中丞叙起。汲黯匡君，嚴昔爲諫官。廉頗出將，今再爲節度。直詞，故能匡君。雄略，故堪出將。節鎮本係府尹，故其政簡。武將而具文才，故其詩清。

㈠《漢書》：汲黯，字長孺。武帝召爲大中大夫，數切諫。

㈡《史記》：廉頗者，趙之良將也。伐齊，大破之，取晉陽。拜爲上卿，以勇氣聞於諸侯。

㈢《漢書·杜周傳》：朱博，忠信勇猛，材略不世出。

㈣孫權曰：「公瑾雄略過人。」

㈤《史記》：太公至國修政，因其俗，簡其禮。《漢·王章傳贊》：韓延壽厲善，所居移風。

㈥《吕氏童蒙訓》：「詩清立意新」，此是作詩用力處，蓋不可循習陳言，只規摹舊作也。《南史》：徐陵多變舊體，有新意。

層城臨暇一作媚**景，絶域望餘春。旍尾蛟龍會**㈠，**樓頭燕雀馴。地平江動蜀**㈡，**天闊樹浮秦。**此西城晚眺。暇景餘春，城西晚景。旗尾樓頭，城上近景。地平天闊，城外遠景。《杜臆》：地平天闊一聯，乃詩家著神處。黄生注：動字，寫洶湧之狀。浮字，寫縹緲之意。蛟龍、燕雀，虚實借對，與《早朝》詩龍蛇、燕雀相同。

㈠《爾雅》：有鈴曰旍。注：懸鈴於竿頭，畫蛟龍於旒。

㈡《書》：地平天成。

帝念深分閫㈠，軍須遠去聲算緡㈡。花羅封蛺蝶，瑞錦送麒麟㈢。辭第輸高義㈣，觀圖憶古人㈤。征南多興去聲緒㈥，事業闇相親。此叙主眷而望立功也。分閫二句，見朝廷所倚。封羅二句，見恩賜特隆。辭第，言不顧身家。觀圖，言留心邊事。征南事業，欲其安攘以報國。此章前二段各六句，末段八句收。

㈠《書》：帝其念哉。《前漢·馮唐傳》：古者命將，跪而推轂曰：「閫以外，將軍制之。」

㈡《通鑑》：石虎制：征士五人，出車一乘、牛二頭、米十五斛、絹十疋，民至鬻子以供軍須。《漢書》：元狩四年，初算緡錢。李斐曰：緡，絲也。以貫錢，一貫千錢，出税二十。遠注：遠算緡，謂不事科歛也。

㈢蛺蝶、麒麟，羅錦所繡者，承上帝念來，故知爲所賜之物。舊注謂嚴公以此入貢，非也。《宋書》：王方慶遷廣州都督，議者謂治廣未有如方慶者，號第一，詔賜瑞錦雜彩，以著善政。《唐書》：代宗詔曰：「所織盤龍、對鳳、麒麟、獅子等錦綺，並宜禁。」

㈣《霍去病傳》：上爲治第，令視之。對曰：「匈奴未滅，何以家爲。」

㈤晉裴秀《禹貢九州地域圖序》：文皇帝乃命有司，撰吴蜀地圖。蜀土既定，六軍所經地域遠近，山川險易，征路迂直，校驗圖記，罔有或差。此所謂憶古人也。朱注：公有《同嚴公詠蜀道畫圖》詩，又《八哀》詩云：「堂上指畫圖。」所謂「觀圖憶古人」者，蓋實事也。舊引雲臺畫圖事，不切。吴注：《張延壽傳》：千秋口對兵事，畫地成圖。

㈥杜征南，係公始祖，故用以贈嚴。

胡應麟曰：杜詩用事，門目甚多，姑舉人名一類。如「清新庾開府，俊逸鮑參軍」，正用者也。「聰明過管輅，尺牘倒陳遵」，反用者也。「謝氏登山屐，陶公漉酒巾」，明用者也。「伏柱聞周史，乘槎似漢臣」，暗用者也。「舉天悲富駱，近代惜盧王」，並用者也。「高岑殊緩步，沈鮑得同行」，單用者也。「汲黯匡君切，廉頗出將頻」，分用者也。「共傳收庾信，不比得陳琳」，串用者也。至「對棋陪謝傅，把劍覓徐君」，「侍臣雙宋玉，戰策兩穰苴」，「飄零神女雨，斷續楚王風」，「晉室丹陽尹，公孫白帝城」，鍛煉精奇，含蓄深遠，迥出前代矣。

杜詩佳句，如「地卑荒野大，天遠暮江遲」，與「地闊峨眉晚，天高峴首春」，工力相敵。若「地平江動蜀，天闊樹浮秦」，更足函蓋乾坤。王介甫「地蟠三楚大，天入五湖低」，雄渾何減少陵。

中丞嚴公雨中垂寄見憶一絶奉答二絶

鶴注：此寶應元年建巳月得雨時作。

雨映行宮一作官，一作雲，非是**辱贈詩**㈠，**元戎肯赴野人期**一云欲動野人知。**江邊老病雖無力，强**區兩切**擬晴天理釣絲**㈡。首章，從雨中説起，據來詩而答之。晴理釣絲，畜魚待赴也。

㈠《通鑑》：玄宗離蜀，以所居行宫爲道士觀。《杜詩博議》：《舊書·崔寧傳》：初天寶中，鮮于仲通常建一使院，甚華麗。玄宗幸蜀，常居之，因爲道觀，寫帝御容，置之正室。郭英乂奏請舊院爲軍營，乃移去御容自居之。朱云：此即玄宗行宫，當在成都城内，有謂近萬里橋者，非也。謝瞻詩：楊鑾戾行宫。

㈡《詩》：其釣維何，維絲伊緡。

其二

何日雨晴雲出溪，白沙青石洗一作先無泥。只須伐竹開荒徑，倚一作拄杖穿花聽馬嘶一作鳥啼。次章，承晴天説入，望嚴公枉過也。路不沮泥，見馬蹄可至。

謝嚴中丞送青城山道士乳酒一瓶

黄鶴編在寶應元年。

山瓶乳酒下去聲青雲㈠，氣味濃香幸見分。鳴鞭走送憐漁父㈡，洗盞開嘗對馬軍㈢。此爲送酒而致申謝。漁父，公自謂。馬軍，即走送者。原注：軍州謂驅使騎爲馬軍。

㈠楊慎曰：《孝經緯》：酒者，乳也。張率《對酒》詩：如花良可貴，似乳更堪珍。此詩乳酒本之。

㊁謝靈運詩：鳴鞭適大阿。 憐漁父，用《楚詞》人醉我醒意。

㊂盧注：末句暗用羊祜飲陸抗酒事。

三絶句

鶴注：此是寶應元年作，蓋笋生無數，必是斲手寶應之歲也。

楸一作春樹馨香倚釣磯㊀，斬新花蕊未應平聲飛㊁。不如醉裏風吹一云春風盡，何一作可忍醒時雨打稀。此詠楸花也。一見花開，旋憂花落，有《莊子》方生方死意。盧注：宋無名氏《鷓鴣天》詞：「不如飲待奴先睡，圖得不知郎去時。」語意藍本於此。

㊀《爾雅》：椅梓。郭璞注：即楸也。陸璣《詩疏》：楸之疏理白色而生子者爲梓。《本草圖經》：梓木似桐而葉小花紫。

㊁《傳燈録》：洛浦在夾山做典座三年，吃百頓棒。後來大悟，曰：「斬新日月，特地乾坤。」

其二

門外鸕鷀去一作久不來，沙頭忽見眼相猜㊀。自今已後知人意，一日須來一百迴。此咏鸕鷀也。物本異類，視若同群，有《列子》海翁狎鷗意。

㊀周弘正《鬪鷄》詩：少壯摧雄敵，眄視生猜忌。此猜字所本。

其三

無數春笋滿林生，柴門密掩斷人行。會須上番毛晃《增韻》讀甫患切**看**平聲**成竹**㊀**，客至從嗔不出迎。**此詠春笋也。杜門謝人，護笋成竹，有聖人對時育物意。《杜臆》：種竹家，初番出者壯大，養以成竹。後出漸小，則取食之。胡夏客曰：因王子猷看竹不問主，遂翻爲主不迎客，用意亦巧。看，看守也。從嗔，任其瞋怒也。

㊀趙注：上番，乃川語。《猗覺寮雜記》：杜詩：「會須上番看成竹。」元詩：「飛舞先春雪，因依上番梅。」俱用上番字，則上番不獨爲竹也。韓退之《笋》詩：「且嘆高無數，庸知上幾番。」又作平聲押。朱注：斬新、上番，皆唐人方言。獨孤及詩：「舊日霜毛一番新。」亦讀去聲。楊慎《丹鉛録》番作筤，引《易》蒼筤竹爲證。筤，去聲。

楊慎曰：楸樹三絶句，格調既高，風致又韻，真可一空唐人。

戲爲六絶句

此爲後生譏誚前賢而作，語多跌宕諷刺，故云戲也。姑依梁氏編在上元二年。

庾信文章老更成㈠，**凌雲健筆意縱**平聲**横**㈡。**今人嗤點流傳賦**㈢，**不覺前賢畏後生**㈣。首章，推美庾信也。開府文章，老愈成格，其筆勢則凌雲超俗，其才思則縱横出奇。後人取其流傳之賦，嗤笑而指點之，豈知前賢自有品格，未見其當畏後生也。當時庾信詩賦，與徐陵並稱，蓋齊梁間特出者。前賢，指庾公。後生，指嗤點者。

㈠王洙曰：庾信字子山，有盛才。文章綺麗，爲世人所尚，謂之庾體。

㈡《漢書》：相如奏《大人賦》：飄飄有凌雲氣。庾信《宇文順集序》：章表健筆，一付陳琳。《南史·范蔚宗傳》：諸序論筆勢縱横，真天下奇作。

㈢干寶《晉紀論》：蓋共嗤點以爲灰塵，而相詬病矣。《顔氏家訓》：先儒尚得臨文從意，何況書寫流傳耶。《庾信傳贊》：揚子雲有言，詩人之賦麗以則，詞人之賦麗以淫。若以庾氏方之，斯又詞賦之罪人也。

㈣陸機《豪士賦》：仰邈前賢。後生，見《論語》。

楊慎曰：庾信之詩，爲梁之冠絶，啟唐之先鞭。史評其詩曰綺艷，杜子美稱之曰清新，又曰老成。綺艷、清新，人皆知之，而其老成，獨子美能發其妙。予嘗合而衍之曰：綺多傷質，艷多無骨，清易近薄，新易近尖。子山之詩，綺而有質，艷而有骨，清而不薄，新而不尖，所以爲老成也。若元人之詩，非不綺艷，非不清新，而乏老成。宋人詩則强作老成態度，而綺艷、清新，概未之有。若子山者，可謂兼之矣。不然，則子美何以服之如此。

其二

楊王一云王楊**盧駱當時體**㈠**，輕薄爲文哂未休**㈡**。爾曹身與名俱滅**㈢**，不廢江河萬古流**㈣**。**

此表章楊王四子也。四公之文，當時傑出，今乃輕薄其爲文而哂笑之。豈知爾輩不久銷亡，前人則萬古長垂，如江河不廢乎。洙曰：楊炯、王勃、盧照鄰、駱賓王，以文詞齊名武后初，海内呼爲四傑。盧注謂後生自爲輕薄之文，而反譏哂前輩。今從《杜臆》。《容齋續筆》：身名俱滅，以責輕薄子。萬古不廢，謂四子之文。

㈠《玉泉子》：王、楊、盧、駱有文名，人議其疵，曰：楊好用古人姓名，謂之點鬼簿。駱好用數目作對，謂之算博士。

㈡《顔氏家訓》：自古文人，多陷輕薄。

㈢《世説》：殷仲堪語子弟曰：「爾曹其存之。」

㈣《史記》：日月以明，江河以流。

其三

縱使盧王操翰墨㈠**，劣於漢魏近風騷**㈡**。龍文虎脊皆君馭**㈢**，歷塊過**平聲**都見爾曹**㈣**。**

承上章，言縱使盧王操筆，不如漢魏近古，但似此龍文虎脊，皆足供王者之用。若爾曹薄劣之材，試之長途，當自蹶耳，奈何輕議古人耶。縱使二字，緊注下句。劣於二字，另讀。漢魏近風騷，連讀。此本盧注。漢魏本於《離騷》，《離騷》本於《國風》，此先後原委也。錢箋謂劣於漢魏而近於風騷，誤矣。龍文虎脊，比四子才具過人。歷塊過都，比今人未諳此道。龍虎之駿，皆見重於漢庭，故曰君馭。《杜臆》指後生爲君，非是。下文另有爾曹在也。

㈠魏文帝《典論》：寄身於翰墨。

㈡《宋書·謝靈運傳論》：自漢至魏，文體三變，莫不同祖風騷。《續晉陽秋》：自司馬相如、王褒、揚雄諸賢，代尚詩賦，皆體則風騷。

㈢《漢·西域傳贊》：蒲梢、龍文、魚目、汗血之馬，充於黄門。《天馬歌》：虎脊兩，化若鬼。注：馬毛血如虎脊者有兩也。

㈣王褒頌：過都越國，蹶若歷塊。

其四

才力應平聲**難跨**或作誇**數公，凡今誰是出群雄**㈠。**或看**平聲**翡翠蘭苕上**㈡，**未掣鯨魚碧海中**㈢。此兼承上三章，才如庾楊數公，應難跨出其上，今人亦誰是出群者。據其小巧適觀，如戲翡翠於蘭苕，豈能鉅力驚人，若掣鯨魚於碧海乎。　錢箋：翡翠蘭苕，指當時研揣聲病、尋章摘句之徒。鯨魚碧海，則所謂渾涵汪洋，千彙萬狀，兼古人而有之者也。論至於是，非李杜誰足以當之。

㈠《世説》：殷中軍道韓太常曰：「康伯少自標置，居然是出群器。」

㈡郭璞詩：翡翠戲蘭苕，容色更相鮮。蘭苕，蘭秀也。

㈢木華《海賦》：魚則横海之鯨。《拾遺記》：鯤魚千尺如鯨，常飛往南海。《十洲記》：扶桑東萬里，有碧海水，不鹹苦，正作碧色。

其五

不薄今人愛古人，清詞麗句必爲鄰㈠。竊攀屈音厥宋宜方駕㈡，恐與齊梁作後塵㈢。此戒其好高而鶩遠也。言今人愛慕古人，取其清詞麗句，而必與爲鄰，我亦豈敢薄之。但恐志大才庸，揣其意，竊思仰攀屈宋，論其文，終作齊梁後塵耳。知古人未易摹倣，則知數公未可蔑視矣。《杜臆》：不薄二字，另讀。今人愛古人，連讀。清詞麗句，緊承愛古人。今人，指後生輕薄者。古人，指屈原、宋玉輩。庾信四傑，乃齊梁嫡派也。錢箋以庾盧數公當今人，與首章所稱今人者不合矣。

㈠陳琳《答東阿王牋》：清詞妙句，焱絶煥炳。《宋·謝靈運傳》：清詞麗句，時發乎篇。《文心雕龍》：五言流調，清麗居宗。茂先凝其清，景陽振其麗。又曰：麗句與深采並流。又曰：相如好師範屈宋。

㈡劉孝標《廣絶交論》：遒文麗藻，方駕曹王。

㈢崔駰曰：幸得充下館，叙後塵。

其六

未及前賢更勿疑，遞相祖述復扶又切先誰㈠。別必列切裁僞體親風雅㈡，轉益多師是汝師㈢。未勉其虛心以取益也。《杜臆》：今人才力，未及前賢，以其遞相祖述，愈趨愈下，無能爲之先者。必也別裁其僞體，而上親於風雅，始知淵源所自，前賢皆可爲師，是轉益多師，而汝師即在是矣。又云：此亦公之自道也。公詩祖述三百，而旁搜諸家以集其成。如楚騷、漢魏詩、樂府鐃歌，齊梁以來，甚多倣傚，而公獨無之。然讀其詩，皆三百之嫡派。古人之雁行也，其所師可知矣。如孔子識大識小無不學，而賢不賢皆師矣。不如是，何以謂之集大成哉。別裁，謂區別而裁去之。錢箋：遞相祖述，謂沿流而失源。又云：風騷有真風騷，漢魏有真漢魏，等而下之，至於齊梁初唐，莫不有真面目焉。舍是則皆僞體也。能區裁僞體，則近於風雅矣。

問莫知源由。

㈠《謝靈運傳論》：王褒、劉向、揚、班、崔、蔡之徒，異軌同奔，遞相師祖。《顔氏家訓》：傳相祖述，尋

㈡鍾嶸《詩品》：洋洋乎會於風雅。

㈢陶潛詩：在昔余多師。

錢謙益曰：詩以論文，而題云「戲爲六絶」，蓋寓言以自况也。韓退之詩：「李杜文章在，光焰萬丈長。不知群兒愚，那用故謗傷。蚍蜉撼大樹，可笑不自量。」然則當公之世，群兒謗傷，亦不少矣，故借庾信四子以發其意。嗤點輕薄，皆指並時之人。一則曰爾曹，再則曰爾曹，正退之所謂群兒也。末又呼之曰汝，即所謂爾曹也。哀其身名俱滅，故諄諄然呼而寤之。

少陵絶句，多縱横跌宕，能以議論攄其胸臆。氣格才情，迥異常調，不徒以風韻姿致見長矣。

野人送朱櫻

此當是上元寶應間成都作。

西蜀櫻桃也去聲**自紅，野人相贈滿筠籠**㈠**。數回細寫**洗野切**愁仍破**㈡**，萬顆勻圓訝許同**㈢**。憶昨賜霑門下省，退朝**音潮**擎出大明宫**㈣**。金盤玉筯無消息**㈤**，此日嘗新任轉蓬**㈥**。**此見蜀櫻而憶朝賜也。上四記事，下四感懷。首句也字，預照賜櫻，見今昔相似也。朱瀚曰：紅言其熟，起細寫仍破。滿言其多，起萬顆許同。愁、訝，極言其珍惜。門下省，在宣政殿東，乃左拾遺所隸。大明宫，在禁苑之東，即會朝所經之地。無消息，長安遥隔。任轉蓬，蜀地漂流也。結語迴應首句。此詩作於肅宗晏駕之後，故云「金盤玉筯無消息」。張遠誤指爲代宗避吐蕃時。按：代宗幸陝，在廣德元年冬月，與四月櫻桃不合。

㈠筠籠，竹器也。

㈡《曲禮》：器之溉者不寫，其餘皆寫。注：謂傳之器中。

㈢訝許，言驚訝如許。庾信詩：訝許能含笑。

㈣唐李綽《歲時記》：四月一日，内園薦櫻桃寢廟，薦訖，班賜各有差。

㈤顧注：漢明帝宴群臣大官，進櫻桃，盛以赤瑛盤，月下視之同色，皆笑云空盤。此即金盤意。梁簡文帝詩：已麗金釵瓜，仍美玉盤橘。

㈥曹植詩：吁嗟此轉蓬，居世何獨然。

范温《潛溪詩眼》云：老杜《櫻桃》詩上四句，如禪家所謂信手拈來，頭頭是道者，直書目前所見，平易委曲，得人心所同然。但他人艱難，不能發耳。下四句，其感興皆出於自然，故終篇語皆遒麗。韓退之有《謝賜櫻桃》詩，蓋學杜作，然搜求事迹，排比對偶，其言出於勉强，所以相去遠甚。

胡應麟曰：退之《謝櫻桃》詩，五六句頗與摩詰相似，然王詩渾然，終勝退之。

鍾惺曰：王詩典而致，在三四句尤見本事。

唐汝詢曰：五六對偶工，用事妥，别生議論作結，亦是巧思。

王維詩：芙蓉闕下會千官，紫禁朱櫻出上蘭。纔是寢園春薦後，非關御苑鳥啣殘。歸鞍競帶青絲籠，中使頻傾赤玉盤。飽食不須愁内熱，太官還有蔗漿寒。

韓愈詩：漢家舊種明光殿，炎帝還書本草經。豈似滿朝承雨露，共看傳賜出青冥。香隨翠籠擎偏重，色照銀盤寫未停。食罷自知無補報，空然慚汗仰皇扃。

嚴公仲夏枉駕草堂兼攜酒饌得寒字。一本作《鄭公枉駕攜饌訪水亭》。

黄鶴注：此寶應元年，嚴武未赴召時作也。《舊史》：元年四月十八日丁卯，肅宗崩於長生殿。

是月二十八日己巳，代宗即位。史云代宗即位召武者，非即位之日也。武至秋始還朝，故五月猶過草堂。

竹裏行厨洗玉盤㊀，花邊立馬簇金鞍。非關使去聲**者徵求急㊁，自識將軍禮數寬㊂。百年地僻**舊作闢**柴門迥，五月江深草閣寒㊃。看**平聲**弄漁舟移白日㊄，老農何有罄交歡㊅。**上四，記嚴公交情。下四，述草堂景事。首句攜饌，次句枉駕，此叙事也。三四跌宕其辭，以見用意之殷勤。五切草堂，六切仲夏，此叙景也。末作自謙之語，與起處賓主相應，此虚實相間格。

㊀何遜詩：竹裏見螢飛。庾信詩：行厨半路待。《神仙傳》：麻姑降蔡經家，坐定各進行厨，皆金盤、玉杯。

㊁《莊子》：顔闔守陋閭，魯君之使者至。闔對曰：「恐聽者謬，而貽使者罪。」楊慎曰：使者徵求，乃徵聘之義。《漢書·宦者傳》：凡詔書所徵求。《世説》：郭淮作關中都督，使者徵攝甚急。

㊂任昉詩：生平禮數絶。《廉頗傳》：不知將軍寬之至此也。生注：此暗用《漢書》大將軍有揖客事。

㊃又云：仲夏得寒字，殊難押。意中必先成此句，次以上句凑之。三聯失粘，想亦由此耳。

㊄《西京賦》：白日未及移晷。

㊅老農，見《論語》，公自謂也。單復云：嚴公何有於老農，而盡歡若是，於交歡二字未合。《家語》：曾子曰：「君子之狎，足以交歡。其莊，足以成禮。」

王嗣奭曰：使者徵求，向無明注，余謂此時嚴必有表薦之意，故云然。使者猶言使君，謂中丞也。公自卜居浣花，有長往之志，而嚴公堅欲其仕，參觀唱酬諸詩可見。今再枉駕，必爲徵之入幕而來。故詩謂非關徵求之急，實見禮數之寬。不然，豈一野人而敢屈中丞之駕哉。

黄生曰：極喧閙事，寫得極幽適，非止筆妙，亦由襟曠。

劉逴曰：律詩自有定體，不可失粘。然盛唐諸家，出奇變化，往往不縛於律，非但杜詩爲然。如李頎《題璿公山池》，前二聯俱失粘。如崔顥《黄鶴樓》，前三聯俱失粘。如李白《别中都明府》與《鳳凰臺》，頷聯失粘。如王維《積雨輞川莊》、高適《送李寀少府》，頸聯失粘。如王維《和温泉寓目》、岑參《送李司馬歸扶風》，後二聯失粘。如王維、賈至《早朝》，起結俱失粘。如杜審言《春日京中有懷》、王維《訪吕逸人》，四聯俱失粘。如李白《題東溪隱居》、王維《酌酒與裴迪》、岑參《送嚴河南》，雖失粘，而不害爲好詩。後學竭力避之，則拘。有心必效之，亦過矣。

劉氏作失粘，謂上下二句平仄不相粘合。陶開虞作失嚴，謂聲調平仄，失其謹嚴也。

嚴公廳宴同詠蜀道畫圖得空字

鶴注：此實應元年成都作。

日臨公館静㈠，**畫**胡化切**滿**一作列**地圖雄**㈡。**劍閣星橋北**㈢，**松州雪嶺東**㈣。**華夷山不斷**㈤，吴蜀水相通㊅。興去聲與烟霞會，清樽幸不空㊆。首句，嚴公廳。次句，蜀道圖。中四，圖畫之景，烟霞亦圖中所見者。乘興而酌，末點宴字。劍閣在星橋之北，松州則雪嶺居東。山自西南而來，水從東方而去。全蜀地形，如在指掌。

㊀《記》：公館復，私館不復。

㊁《史記·蘇秦傳》：以天下之地圖案之。

㊂《華陽國志》：李冰沿水造橋，上應七宿。世祖謂吴漢曰：「安軍宜在七星連橋間。」

㊃《唐書》：松州交川郡，屬劍南道，取界内甘松嶺爲名。《元和郡縣志》：雪山，在松州嘉城縣東八十里，即西山也。

㊄《西征賦》：華夷士女，駢田逼側。

㊅《魏志》：陳群疏：吴蜀未滅。

㊆張璠《漢紀》：孔融拜大中大夫，每歎曰：「座上客常滿，樽中酒不空，吾無憂矣。」古樂府：清樽發朱顔，四座樂且康。

當時四傑之詩，盛傳於世，杜亦每用其句法。如盧照鄰：「地道巴陵北，天山弱水東。」駱賓王：「紫塞流沙北，黄圖灞水東。」此「劍閣星橋北，松州雪嶺東」所自來也。又駱詩：「百年三萬日，一別幾千秋。」則「百年雙白鬢，一別五秋螢」所自出也。

戲贈友二首

此寶應元年四月成都作。觀兩章首句可見。

元年建巳月㊀，郎有焦校書㊁。自誇足膂力，能騎生馬駒。一朝被馬踏，脣裂板齒無。壯心不肯已㊂，欲得東擒胡。墮馬傷齒，誌爲好勇者之戒。末二，諷之也。

㊀《肅宗紀》：上元二年，以十一月建子爲歲首月。至建巳月，帝寢疾，詔皇太子監國，改元年爲寶應元年，復以正月爲歲首。公詩作於未改元之時，故仍前稱爲建巳月。

㊁《唐書》：崇文館有校書郎二人。

㊂魏武樂府：烈士暮年，壯心不已。

其二

元年建巳月，官有王司直㊀。馬驚折左臂，骨折面如墨㊁。駑駘漫一作慢深陳浩然作染泥，何不避雨色。勸君休嘆恨，未必不爲福㊂。馬陷損臂，誌爲冒險者之戒。末二，慰之也。

㊀《唐書》：東宮官，司直一人。又大理寺司直六人。

㊁面深墨，出《孟子》。

㊂《淮南子》：塞上翁，馬亡入邊，人皆弔之。曰：「何知非福？」居數月，其子引邊駿馬而歸，人皆賀之。曰：「何知非禍？」及家富馬良，其子好騎，墮而折髀，人又弔之。曰：「何知非福？」居一年，邊人大入，丁壯戰死者十九，其子獨以跛故，父子得相保。

胡夏客曰：焦校書、王司直，一爲乘生駒而墮，一爲乘駑駘而墮，天下事之難料如此。公於此有深感焉，非僅戲筆而已也。

大雨

鶴注：此寶應元年在成都作。是年公上嚴武《説旱》云：蜀自十月不雨，抵建卯非雩之時，奈久旱何。此詩：「西蜀冬不雪，春農爲嗽嗽」正是其時。又云「朱夏雲鬱陶」，蓋入夏方雨也。

西蜀冬不雪，春農尚嗽嗽㊀。上天回哀眷㊁，朱一作清**夏雲鬱陶㊂。執熱乃沸鼎，纖絺成縕袍㊃。風雷颯萬里，霈澤施**去聲**蓬蒿。**首叙久旱而雨。

㊀《搜神記》：萬物焦枯，百姓嗽嗽。

㊁《詩》：上天同雲。

㊂江逌詩：茂草思朱夏。趙曰：鬱陶，出《尚書》，蓋陶窰之氣鬱結，此形容夏雲也。

㊃《秋興賦》：屏輕箑，釋纖絺。注：纖絺，細葛也。　縕袍，見《論語》。

敢辭茅葦漏，已喜黍豆高。三日無行人，二江一作大江**聲怒號**平聲㊀**。流惡邑里清**㊁**，矧茲遠江皋。荒庭步鸛鶴，隱**去聲**几望波濤**㊂**。**此誌雨後之景。

㊀《蜀都賦》：帶二江之雙流。《水經注》：成都縣有二江，雙流郡下，故揚子雲《蜀都賦》曰：兩江珥其前。《宋史》：初李冰開二渠，一由永康過新繁入成都，謂之外江；一由永康過郫入成都，謂之內江。

㊁《左傳》：有汾澮以流其惡。趙曰：大雨所蕩，流出穢惡也。《晁錯傳》：邑里相救。

㊂《演繁露》：几與案自是兩物。几，坐具也，曲木附身以自捧也。

沉痾聚藥餌㊀**，頓忘所進勞。則知潤物功**㊁**，可以貸不毛**㊂**。陰色靜壠畝**㊃**，勸耕自官曹。四鄰耒耜出**一云出耒耜㊄**，何必吾家操。**此記喜雨之情。　向以肺病聚藥，今雨涼神爽，不煩進飲之勞，因知造化潤物，施及不毛者，各有生意也。　勸耕、操耒，結出同慶甘霖意。　此章三段，各八句。

㊀沈約《蕭愐碑》：因遇沉痾，綿留氣序。　謝靈運詩：藥餌情所止，衰疾忽在斯。

㊁江淹詩：則知耳目驚。　句法本此。

㊂貸，施也。《左傳》：竭其粟而貸之。　《出師表》：深入不毛之地。　遠注：不毛，草木不生也。

㊃《趙國策》：席隴畝而蔭庇桑。

㊄《老子》：猶兮若畏四鄰。　《易》：斲木爲耜，揉木爲耒。

溪漲

黄鶴編在寶應元年成都詩内。

當時浣花橋㈠，溪水纔尺餘。白石一作日明可把㈡，水中有行車㈢。此阻於溪水，不得歸寓而作也。首叙平時溪水。

㈠萬里橋，近浣花溪。

㈡《艷歌行》：水清石自見。

㈢《華陽風俗録》：浣花亭，在州之西南，江流至清，其淺可涉，故中有行車。

秋夏忽泛溢，豈惟一作伊入吾廬。蛟龍亦狼狽㈠，況是鼈與魚。茲晨已半落，歸路跬步疏㈡。馬嘶未敢動，前有深填淤㈢。此記漲後景事。遠注：蛟龍二句，即前詩「魚鼈爲人得，蛟龍不自謀」意。跬步疏，人跡稀也。深填淤，馬行滯也。

㈠趙曰：狼、狽，二獸名，半其體相附，苟失其一，則無據矣。故倉皇失據者，謂之狼狽。

㈡《荀子》：不積跬步，無以致千里。注：一足曰跬，兩足曰步。

㈢《漢・溝洫志》：有填淤反壤之害。注：填淤，謂壅泥也。黄希曰：《溝洫志》：淤，音於庶反，此作平聲用。

青青屋東麻，散亂牀上書。不知一作意遠山雨，夜來復扶又切何如。我遊都市間或作所，晚憩必村墟㊀。乃知久行客，終日思其居㊁。此遥望村居而有感也。若山雨夜至，則更阻歸途矣。因思向者朝遊夕返，行客思居，不能自己，今如咫尺睽隔何。《杜臆》云：末四只説平日歸家，而沮雨思家，自見於言外，更有藴藉。一説：久客思家，概言旅人之情，意却稍寬。此章四句起，下二段俱八句。

㊀村墟，即指草堂。庾信詩：摇落小村墟。

㊁《詩》：職思其居。

大麥行

鶴注：此當是寶應元年成都作。

大麥乾音干枯小麥黄㊀，婦女一作人行泣夫走藏。東至集壁西梁洋㊁，問誰腰鐮胡與羌㊂。豈無蜀兵三千人一云千人去，簿一作部領辛苦江山長㊃。安得如鳥有羽翅，託身白雲歸故鄉㊄。《大麥行》，憂邊寇而作也。腰鐮刈麥，出自胡羌，徒齎盗糧耳。蜀兵三千，鞭長不及，故思東歸以避之。

㊀蔡曰：《漢書》：桓帝時童謡曰：「小麥青青大麥枯，誰當穫者婦與姑，丈夫何在西擊胡。」每句中函問答之辭。公詩句法，蓋原於此。

㊁《舊唐書》：梁州都督，督梁、洋、集、壁四州，屬山南西道。集州，析梁州之難江、巴州之符陽、長池、白石置。壁州，析巴州之始寧置。洋州，析梁州之西鄉、黄金、興勢置。《一統志》：今爲保寧、漢中二府地。

㊂鮑照詩：腰鐮刈葵藿。

㊃梁簡文帝書：簿領殷湊。《李德林集》：軍國多務，朝夕填委，簿領紛紜，羽書交錯。

㊄西王母謡：乘彼白雲，至於帝鄉。《史記・項羽傳》：富貴不歸故鄉。

朱鶴齡曰：《舊書・肅宗紀》：寶應元年建辰月，党項、奴剌寇梁州，觀察使李勉棄城走。《新書・党項傳》：上元二年，党項羌與渾、奴剌連和，寇鳳州。明年，又攻梁州，進寇奉天。此詩戎與羌，正指奴剌、党項也。大麥枯，小麥黄，亦是夏初事。又按《代宗紀》：寶應元年，吐蕃陷秦、成、渭等州。成州與集、壁、梁、洋接壤，疑吐蕃是年入寇，亦在春夏之交，史不詳書，故無考耳。又云：蜀兵三千，應是蜀兵調發，策應山南者。師氏古造爲杜鴻漸遏賊之説。考鴻漸鎮蜀，在永泰元年，其時爲亂者非羌戎也。舊注妄撰故實，後人多爲所誤，故正之。

奉送嚴公入朝音潮十韻

鶴注：此實應元年夏在成都作。

鼎湖瞻望遠㈠**，象闕憲章新**㈡**。四海猶多難**去聲**，中原憶舊臣**㈢**。**此叙嚴公入朝之由。鼎湖，肅宗晏駕。象闕，代宗即位。多難，朝義未平。憶舊臣，言詔書特召，而中原共憶也。

㈠《前漢·郊祀志》：黄帝採首山銅，鑄鼎於荆山下。鼎既成，龍有垂胡髯下迎，後世因名其處曰鼎湖。《黄圖》：鼎湖宫，在湖城縣界。晉灼曰：在藍田。二聖山陵，召武爲橋道使，故云鼎湖。《詩》：瞻望弗及。

㈡《南史·何胤傳》：闕謂之象魏。象者，法也。魏者，當塗而高大也。陸倕《石闕銘》：象闕之制，其來已遠。《記》：憲章文武。

㈢謝靈運詩：中原昔喪亂。《後漢·孔融傳》：聖上哀矜舊臣。

與時安反側㈠**，自昔有經綸**㈡**。感激張天步**㈢**，從**音聰**容静塞塵。南圖迴羽翮**㈣**，北極捧星辰**㈤**。漏鼓還思晝，宫鶯罷囀春**㈥**。**此記平日之功，及歸朝之事。經綸能安反側，指靈武扈從時。張天步，謂復京。静塞塵，謂鎮蜀。迴羽翮，自蜀而還。捧星辰，舊京在望。漏鼓思晝，侍朝之久。宮鶯罷囀，夏時入覲。

㈠《光武紀》：令反側子自安。

㈡《易》：君子以經綸。

㈢劉琨詩：鄧生何感激，千里來相求。　《詩》：天步艱難。

㈣《莊子》：夫鵬九萬里而圖南。

㈤北極句，用《論語》北辰星拱意。

㈥沈佺期詩：宮鶯囀不疏。

空留玉帳術㈠**，愁殺錦城人。閣道通丹地**㈡**，江潭隱白蘋**㈢**。此生那老蜀，不死會歸秦。公若登台輔**㈣**，臨危莫愛身。**　結出送別情緒。　兵威尚在，留玉帳也。都尹遠去，愁蜀人矣。丹地，嚴將赴朝。江潭，公尚在蜀。此生二句，見江潭不堪久居。台輔二句，見丹地宜思報稱。數句賓主兼收。　此章四句起，下二段各八句。

㈠《抱朴子·外篇》：兵在太乙玉帳之中，不可攻也。《唐·藝文志》兵家有《玉帳經》一卷。張淏《雲谷雜記》：按顔之推《觀我生賦》：守金城之湯池，轉絳宮之玉帳。又袁卓《遁甲專征賦》：或倚直使之遊宮，或居貴神之玉帳。蓋玉帳乃兵家厭勝之方位，主將於其方置軍帳，堅不可犯，如玉帳然。其法出黄帝遁甲，玉帳以月建前三位取之。如月建寅，則巳爲玉帳也。李太白《司馬將軍歌》：身居玉帳臨河魁。戌爲河魁，則玉帳在戌也。

㈡張正見《艷歌》：執戟趨丹地。《漢官儀》：省中皆胡粉塗壁，以丹塗地，謂之丹墀。
㈢謝朓詩：江潭復爲客。
㈣《後漢・張奮傳》：累世台輔。
盧世㴶曰：此詩十韻，氣象規模，與題雅稱。末復囑之曰：「公若登台輔，臨危莫愛身。」法言忠告，令人肅然。夫奉送府主，誰敢作此語，亦誰肯作此語，子美真古人也。

酬別杜二附嚴武詩

此當是在綿州途中作。蓋杜公送行至此，而酬詩以答也。

獨逢堯典日，再覩漢官儀㈠。未效風霜勁㈡，空慚雨露私。首段自叙入朝。堯典，指受終之日。漢官，指朝會之儀。此答鼎湖二句。不能靖亂，故云未效。獨蒙召見，故曰空慚。此答多難二句。

㈠《光武紀》：不意今日，復覩漢官威儀。
㈡唐太宗詩：疾風知勁草，板蕩識忠臣。

夜鐘清萬户，曙漏拂千旗。並向殊一作斜**庭謁㈠，俱承別館追㈡。斗城憐舊路，涪**舊作渦。

錢氏定作涪**水惜歸期**㊂。**峰樹還相伴，江雲更對誰**一作垂，非㊃。中誌臨別情景。鐘聲、旗影，夜起早行也。殊庭、別館，中途止宿之所。並謁俱追，謂遠送者。斗城涪水，綿州經過之地。舊路歸期，謂還京也。峰樹江雲，言身去而境寂矣。此答南圖回翮四句。

㊀《史記·武帝紀》：冀至殊庭焉。

㊁《上林賦》：離宮別館，彌山跨谷。

㊂沈佺期詩：移住斗城限。　錢箋：《元和郡縣志》：渦水在譙縣西四十八里。魏文帝以舟師自譙循渦入淮，非二公送別之地。詩云：「斗城憐舊路。」按《元和志》：綿州城，治漢涪縣，去成都三百五十里，依山作州，東據天池，西臨涪水，形如北斗，卧龍伏焉。則斗城指綿州之城，非謂長安也。所臨之水，應在綿州，無容遠指渦水。渦水斷是涪水傳寫之誤耳。

㊃宋之問詩：江雲欲變霞。

試回滄海棹㊀，**莫**一作更**妬敬亭詩**㊁。**祇是書應**平聲**寄，無忘酒共持。但令**平聲**心事在，未肯鬢毛衰。最悵巴山裏，清猿惱夢思**㊂。末叙別後情事。　試回二句，勸杜留蜀，答「此生那老蜀」意。寄書二句，乃別後望杜之情。但令二句，自述己志，答「臨危莫愛身」意。最悵二句，乃別時悽慘之狀。　杜公嘗有「吾道在滄洲」之句，故以回棹留之。謝朓放情山水，有《遊敬亭山》詩，今且隨意行樂，勿以不至敬亭爲妬也。此與上章同格。

㊀滄海棹，用乘桴浮海意。

㈡《圖經》：敬亭山，在宣城縣北十里。
㈢李嶠詩：高鳥行應盡，清猿坐見傷。

送嚴侍郎到綿州同登杜使去聲君江樓宴得心字

黄鶴曰：嚴武時赴召，未爲黄門侍郎。其再以黄門侍郎尹成都，又薨於官。此云嚴侍郎，似誤。或後來所題也。朱注：據《通鑑》：寶應元年六月壬戌，以兵部侍郎嚴武爲西川節度使。今據公詩，蓋以侍郎召也。又《新書》于封鄭國公時，云遷黄門侍郎。《舊書》于罷兼御史大夫時，云改兼吏部侍郎，尋還黄門侍郎。皆不云爲兵部。與《通鑑》不合。錢箋：《方輿勝覽》：樓枕綿州城之東隅，上有唐時《江亭記》，觀杜詩，則古之江流在南山下。夢弼曰：武赴召時，送之於巴西。黄生曰：從水路至綿州，故云重船。其《奉濟驛重送》，則舍舟登陸，故分手於此。

野興去聲**每難盡**㈠，**江樓延賞心**㈡。**歸朝**音潮**送使**去聲**節**，**落景**影**同惜登臨**㈢。首段叙題。

上二江樓宴，下二送嚴公。

㈠杜審言詩：野興城中發。
㈡延賞心，謂引人心賞。謝靈運詩：賞心不可忘。
㈢謝朓詩：落景皎晚陰。

稍稍烟集渚，微微風動襟。重船依淺瀨，輕鳥度曾同層**陰。檻峻背**音悖**幽谷**㊀**，窗虛交茂林。燈光**一作花**散**一作徹**遠近，月彩靜高深**㊁**。**此記登臨晚景。烟集樓外、風動樓中、船依樓下、鳥度樓上，四句，薄暮之景。谷遮檻後、林壅窗前、日暝燈起、更深月出，四句，初夜之景。生注：「燈光散遠近」，與「城擁朝來客」，見幕府駐節，傾城奔奉之狀。

㊀《詩》：出自幽谷。

㊁《漢書》：古文《月彩篇》，三日爲朏。師古注：月彩，説月之光彩，其書則亡。

城擁朝來客，天橫醉後參㊀**。窮途衰謝意，苦調**去聲**短長吟**㊁**。此會共能幾，諸孫賢至今。不勞朱户閉，自待白河沉**㊂**。**此述宴時情事。客指嚴公，騎從多，故見其擁。參星在蜀，江樓高，故見其橫。窮途二句，自嘆流落。此會二句，稱美杜君。末言宴畢而天將曙矣。篇中叙次，自暮至曉，歷歷分明。此格亦同上章。

㊀《春秋元命苞》：參伐流爲益州。古樂府：月没參橫，北斗闌干。《史·淳于髡傳》：飲可八斗，而醉二參。

㊁樂府有《長歌行》、《短歌行》。遠注：杜使君，于公爲孫行。朱户閉，暗用閉門投轄事。

㊂白河，天河也。

奉濟驛重平聲送嚴公四韻

年次同前。　郭知達本注：驛在綿州三十里。

遠送從此別㊀，**青山空復**扶又切**情**㊁。**幾時杯重**義從平聲，讀從去聲**把，昨夜月同行。列郡謳歌惜**㊂，**三朝**音潮**出入榮。江村獨歸處**一作去，**寂寞養殘生。**　黄生曰：上半叙送別，已覺聲嘶喉哽。下半説到別後情事，彼此懸絶，真欲放聲大哭。送別詩至此，使人不忍再讀。　青山空復傷情，悵別易生悲也。三四言後會無期，而往事難再。語用倒挽，方見曲折。若提昨夜句在前，便直而少致矣。列郡，指東、西兩川。謳歌，蜀人思慕也。三朝，指明、肅、代宗。出入，迭爲將相也。　方虚谷云：首句極酸楚，結尤徬徨無依。

㊀《詩》：遠送于野。

㊁謝朓詩：嬋娟空復情。

㊂漢朱浮書：列郡幾城。

送梓州李使去聲君之任原注：故陳拾遺，射洪人也。篇末有云。

鶴注：李梓州赴任，在寶應元年之夏，故詩云：「火雲揮汗日，山驛醒心泉。」爾時公在綿州也。廣德元年，有《陪李梓州泛江》、《陪李梓州使君登惠義寺》詩，乃次年事。《唐書》：梓州梓潼郡，屬劍南道。乾元後，蜀分東、西川，梓州恒爲東川節度使治所。按：梓州，今四川潼川州是也，地在綿州之南。

籍甚黄丞相去聲㊀，能名自潁川。近看平聲除刺史㊁，還喜得吾賢。首以循良望使君。

㊀《陸賈傳》：聲名籍甚。孟康注：狼籍之甚。古樂府《雁門太守行》：夙夜勤勞，治有能名。《漢書》：黄霸拜潁川太守，咸稱神明，後徵入爲丞相。

㊁《漢·景帝紀》注：凡言除者，除舊官、拜新官也。

五馬何時到㊀，雙魚會早傳㊁。老思笻竹杖一云杖拄**㊂，冬要錦衾眠㊃。**此想别後交情。

㊀古《陌上羅敷行》：使君從南來，五馬立踟躕。

㊁古樂府：客從遠方來，遺我雙鯉魚。

㊂《蜀都賦》：笻杖傳節於大夏之邑。顧凱之《竹譜》：笻竹，高節實中，狀若人，剖爲杖，出南廣邛都

縣。《竹記》云：邛州多生竹，俗謂之扶老竹。以杖對眠，猶《禮》言杖鄉、杖國，作活字用，不必改作笻杖拄。

㈣《詩》：錦衾爛兮。蜀中有錦，故公及之。古詩：錦衾遺洛浦，同袍與我違。

不作臨岐恨㈠，惟聽平聲**舉最先㈡。火雲揮汗日㈢，山驛醒心泉。**此叙送別情景。

㈠陰鏗詩：背飛傷客念，臨岐憫聖情。

㈡《京房傳》：化行縣中，舉最當遷。注：以課最被舉。

㈢盧思道詩：火雲赫而四舉。《史記》：臨淄揮汗如雨。

遇害陳公殞㈠，于今蜀道憐。君行射洪縣㈡，爲去聲**我一潸然㈢。**末囑其留心耆舊也。《杜臆》：送人赴梓州，遂想到彼中名賢，真好賢如渴者。爲我潸然，造語尤奇。此章四段，各四句。

㈠王逸《九思》：愍貞良兮遇害。《舊唐書》：子昂父在鄉，爲縣令段簡所辱。子昂聞之，遽還鄉里。簡乃因事收繫獄中，憂憤而卒。

㈡《唐書》：射洪縣，屬梓州。《九域志》：在梓州東南六十里。

㈢申涵光曰：陶詩「路若經商山，爲我少躊躕」，此句意所本。《詩》：潸焉出涕。

觀打魚歌

鶴注：此寶應元年至綿州作。

綿州江水之一作水東津㈠，魴魚鱍音撥鱍色勝銀㈡。漁人漾舟沉大網，截江一擁數百鱗。衆魚常才盡却棄，赤鯉騰出如有神㈢。潛龍無聲老蛟怒㈣，迴晉作西風颯颯吹沙塵。此叙打魚事。魴魚味美，故漁人取之。衆魚、赤鯉、潛龍、老蛟，俱屬伴説。龍潛，知幾之神。蛟怒，惡傷其類也。

㈠綿州，屬川西道。《水經注》：綿水西出綿竹縣，又與湔水合，亦謂之郫江，又言是涪水。

㈡《爾雅注》：江東呼魴魚爲鯿，一名魾。陸璣疏：魴魚廣而薄，肌肥甜而少肉，細鱗之美者也。《詩》：魴魚赬尾。又：鱣鮪發發。《釋文》：魚著網，尾發發然。《韓詩外傳》發作鱍。晉《白紵舞歌》：質如輕雲色如銀。

㈢鮑照詩：池中赤鯉庖所捐。陶弘景《本草》：鯉爲魚中之主，形可愛，又能神變，乃至飛越山湖。《玉海》：景龍二年，明皇至襄垣，漳水有赤鯉騰躍。《酉陽雜俎》：國朝律：取得鯉魚即宜放，不得吃，號赤鯉公。

㈣《易》：潛龍勿用。《楚辭》：風颯颯兮木蕭蕭。

饔子左右揮霜刀㈠，鱠飛金盤白雪高㈡。徐州禿尾不足憶一作惜㈢，漢陰槎頭遠遁逃㈣。魴魚肥美知第一，既飽歡娱亦蕭瑟。君不見朝來割素鬐㈤，咫尺波濤永相失。此復記魚鱠。鱠飛，言其薄。金盤，言其華。白雪高，言其潔且多。一句中含數義。禿尾槎，亦屬伴説。遠遁逃，聽其遁去也。盧注：一飽之後，仍歸蕭瑟，亦何苦殘生。且此魚一經剖割，永與波濤相失，漁人能不見之而傷心乎。　鍾云：數語可當一篇戒殺文。　此章兩段，各八句。

㈠《西征賦》：饔人縷切，鸞刀若飛。

㈡辛延年詩：金盤鱠鯉魚。　張協《七命》：素膚雪落。　張遠注：《大業拾遺録》：松江獻鱸鱠，肉白如雪，不腥。所謂金虀玉鱠，東南之佳味也。

㈢錢箋：《詩義疏》：鱮似魴而大頭，魚之不美者，故里語曰：「買魚得鱮，不如啖茹。」徐川謂之鰱，或謂之鱅。　徐州禿尾，殆指此也。

㈣《襄陽耆舊傳》：漢水中出鯿魚，肥美，常禁人採捕，遂以槎斷水，因謂之槎頭縮項鯿。　張敬兒爲刺史，齊高帝取此魚，敬兒作書進曰：「奉槎頭縮項鯿一千八百頭。」峴潭有云：試垂竹竿釣，果得槎頭玉。　孫炎《釋爾雅》：積柴木水中養魚曰槮。　襄陽俗謂魚槮謂槎頭，言所積柴木槎枒然也。

㈤《西征賦》：華魴躍鱗，素鱮揚鬐。　注：鬐，脊也。

又觀打魚

依舊次與前歌同編。　黃生曰：詩中主人，必綿州杜使君。因詩語風切，故題諱其人。

蒼江漁子清晨集㈠，設網提綱取一作萬魚急。　能者操舟疾若風㈡，撐突波濤挺叉入㈢。小魚脱漏不可記一作紀㈣，半死半生猶戢戢㈤。　大魚傷損皆垂頭，屈與倔通，渠勿切强其兩切泥沙一云沙頭**有時立**㈥。此再至東津，觀取魚也。從竭澤而漁處，寫出慘酷可憐之狀，具見愛物仁心。鍾云：「設網提綱萬魚急」，急字盡情，令人有斷罟之意。《杜臆》：操舟若風二句，儼然畫景。

㈠劉孝綽詩：魚子服冰紈。

㈡《列子》：津人操舟若神。

㈢《西征賦》：垂餌出入，挺叉來往。注：叉，取魚叉也。

㈣《蜀志》：武陽小魚大如針，一斤千頭，蜀人以爲醬。

㈤《七發》：其根半生半死。

㈥《陸賈傳》：屈强如此。注：屈，梗戾也。 劉峻《金華山棲志》：魚潛淵下，窟穴泥沙。

東津觀魚已再來㈠，**主人罷鱠還傾杯。日暮蛟龍改窟穴，山根鱣**張連切**鮪隨雲雷**㈡。**干戈格鬭尚未已**，一云：干戈兵革鬭未止。**鳳凰麒麟安在哉**㈢？**吾徒胡爲縱此樂**音洛，**暴殄天物聖所哀**㈣。此觀魚而有感也。大魚小魚，既遭急捕，故蛟龍鱣鮪，亦避殺機。且當此兵戈之後，麟鳳潛踪，奈何暴殄以損天和哉？蓋深痛之耳。鶴曰：干戈未已，蓋指吐蕃、朝義之亂尚未息也。朱注即《家語》「覆巢破卵，則鳳凰不翔。剖胎刳孕，則麒麟不至」意。《杜臆》：作詩本意，全在後四句。蓋盈城盈野，見者傷心，而暴殄天物，俱可悲痛，一視同仁，初無二理。此與上章同格。

㈠《左傳》：公觀魚於棠。

㈡庾信詩：山根一片雨。《爾雅注》：鱣，大魚，似鱏而鼻短，口在頷下，甲無鱗，肉黄，大者長二、三丈，江東呼爲黄魚。《詩注》：鱣，大鯉。疏：鮪魚，形似鱣而青黑，頭小而尖，似鐵兜鍪，口亦在頷下，大者爲黄鮪，小者爲鮇鮪，肉白。張衡賦：王鮪岫居。舊注：鮪岫居而能變化，故有山根、雲雷之句。

㊂《援神契》：德至鳥獸，則鳳凰翔。《春秋繁露》：恩及蟲魚，則麒麟至。

㊃《書》：暴殄天物。

黄生曰：二詩，體物既精，命意復遠。前詩寓感，此詩寓規。前詩爲富貴人下砭，此詩爲貪饞人示警也。

越王樓歌

鶴注：此當是寶應元年初至綿州時作。《綿州圖經》：越王臺，在州城外西北，有臺高百尺，上有樓，下瞰州城。唐高宗顯慶中，太宗子越王貞爲綿州刺史作。鶴曰：舊、新史：越王貞，太宗第八子，嘗始封漢王。漢與綿爲鄰。朱注：本傳不載刺綿州，蓋史略之耳。

綿州州府何磊落㊀，顯慶年中越王作。孤城西北起高樓㊁，碧瓦朱甍莫庚切**照城郭㊂。樓下長江百丈清㊃，山頭落日半輪明㊄。君王舊跡今人賞㊅，轉見千秋萬古情㊆。**此詩上下轉韻，上半咏越王樓，下則登樓而弔古也。越王刺綿州，故先作府而後建樓。《杜臆》：照映城郭，此樓助州府之氣象。長江落日，山水又增高樓之景色。真屬奇觀勝覽。然前王不能長享此樓，而留爲今人玩賞，則知千秋萬古，其情盡然。即所云「萬歲更相送」者。

㈠州府，府之州治也。《世説》：州府文武勸郭淮舉兵。郭璞《江賦》：衡霍磊落以連鎮。

㈡《吴志》：吕蒙曰：「孤城之守。」古詩云：西北有高樓。

㈢《神仙傳》：碧瓦鱗差。沈佺期詩：紅日照朱甍。《選注》：甍，屋簷也。鮑照詩：城郭宿寒烟。

㈣石崇詩：登城隅兮臨長江。沈約詩：百丈注懸淙。

㈤曰落日明，知樓是面西。庾信詩：日落山頭晡。江總詩：兔月半輪明。

㈥漢明帝詔：復其舊跡。

㈦劉庭芝《公子行》：千秋萬古北邙塵。

此章體格，倣王子安《滕王閣》，而風致稍遜。衛萬《吴宫怨》，亦本《滕王閣》，而姿韻自勝。今附録參觀：「滕王高閣臨江渚，珮玉鳴鑾罷歌舞。畫棟朝飛南浦雲，朱簾暮捲西山雨。閒雲淡影日悠悠，物换星移幾度秋。閣中帝子今何在？檻外長江空自流。」「君不見，吴王宫閣臨江起，不捲珠簾見江水。曉氣晴來雙闕間，潮聲夜落千門裏。勾踐城中非舊春，姑蘇臺下起黄塵。祇今惟有西江月，曾照吴王宫裏人。」末二句與李白相同，不知孰爲先後也。

海椶行

鶴注：椶在綿州，乃寶應元年至綿州時作。　椶，子冬切。趙曰：《海棠記》載李贊皇云：花木以海名者，悉從海上來。　宋祁《益部方物贊》：海椶，大抵椶類，然不皮而幹葉叢於杪，至秋乃實，似楝子。今城中有四株，理緻幹堅，風雨不能撼。劉恂《嶺表録》：廣中有一種波斯棗木，無旁枝，直聳三四丈，至顛四向，共生十餘枝，葉如椶櫚，彼土人呼爲海椶木。三五年一著子，類北方青棗，但少爾。舶商亦有攜至中國者，色類沙糖，味極甘。陶九成《輟耕録》：成都有金果樹，頂上葉如椶櫚，皮如龍鱗，實如棗而大，番人名爲苦魯麻棗，一名萬年棗。李時珍曰：雖有棗名，别是一物，南番諸國多有之，即杜甫所賦海椶也。鶴曰：唐子西《游治平院》詩：江邊勝事略尋遍，不見海椶高入雲。注云：即老杜所謂東津者。據此，則館與椶，皆在涪江之東津也。

左綿公館清江濆㊀，**海椶一株高入雲**。**龍鱗犀甲相錯落**，**蒼稜白皮十抱文**㊁。**自**一作但**是衆木亂紛紛**㊂，**海椶焉**於虔切**知身出群**。**移栽北辰**一作地**不可得**㊃，**時有西域胡僧識**㊄。

上四，咏海椶，下乃撫椶有感。　一株入雲，遠望也。鱗甲蒼白，近視也。惜乎混跡群木，無從自見其奇，孰能移之以植禁苑乎？ 然抱此異質，終當遇識者之鑒賞矣。《杜臆》：公抱經濟而不得識，自負自嘆，非咏海椶也。

㊀《蜀都賦》：于東則左綿巴東，百濮所充。舊注：綿州，涪水所經。涪居其右，綿居其左，故曰左綿。

㊁龍鱗粗，犀甲細，蒼稜白皮，其文理似之。揚雄《甘泉賦》：嵌巖巖其龍鱗。《考工記》：犀甲七屬。

㊂王融《古意》：木葉亂紛紛。

㊃《杜臆》：移栽北辰，從「天上種白榆」脱來。

㊄漢武帝穿昆明池，池底皆黑灰，問東方朔。朔曰：「不知，可問西域胡僧法蘭。」法蘭，蓋博物者也。

姜楚公畫角鷹歌

鶴注：此寶應元年至綿州時作。姜皎以誅竇懷貞功，進殿中監、楚國公。其子慶初，亦襲封楚國公。《名畫記》：姜皎，上邽人，善畫鷹鳥。玄宗即位，累官至太常卿，封楚國公。《埤雅》：鷹鷂頂有角毛微起，通謂之角鷹。胡夏客曰：曾見角鷹，頭上有羽直竪如角。

楚公畫鷹鷹戴角，殺氣森森一作如到幽朔㈠。觀者貪愁一作徒驚掣臂一作壁飛㈡，畫師不是無心學。此鷹寫真在左綿，却嗟真骨遂虚傳。梁間燕雀休驚怕㈢，亦未趙作未必摶空上上聲九天㈣。上四，贊畫之神妙。下四，借鷹以寄慨。　鷹生漠北，故云幽朔。貪愁有二義，貪其能飛，又愁其飛去。後之畫師，不是無心學，但不能學耳。人見畫鷹神似，反覺真鷹少色。究竟畫中假影，豈能騰空直上？世人奈何好畫鷹，而不好真鷹乎？感慨無限。

㈠《記》：仲秋之月，殺氣浸盛。　師氏曰：《書》：宅朔方，曰幽都。幽，陰也。朔，北也。

㈡掣臂飛，謂掣臂韝而欲飛去。

㈢《戰國策》：燕雀處堂。

㈣《楚辭》：指九天以爲正。

王嗣奭曰：形容佳畫，止於奪真，而窮工極變。如「高堂見生鶻，颯爽動秋骨」，奇矣，「却嗟真骨遂虚傳」更奇。

東津送韋諷攝閬州録事

梁權道編在寶應元年。　鶴注：東津在綿州江水之東津。

聞説江山好，憐君吏隱兼。寵行舟遠泛，惜别酒頻添。推薦非承乏㈠，操持必去上聲嫌。他時如按縣，不得慢陶潛㈡。上四送韋諷，下四攝閬州。吏而兼隱，得領江山佳勝矣。非承乏，以賢攝官也。必去嫌，以廉盡職也。顧注：末句囑其毋慢屬員。

㈠《左傳》：攝官承乏。

㈡《晉書·陶潛傳》：潛爲彭澤令，郡遣督郵至縣，吏白應束帶見之，潛解印去縣，乃賦《歸去來》。《白帖》：録事參軍，即古郡督郵之職。

光禄坂行

蔡夢弼曰：光禄坂，在梓州銅山縣。鶴注：此是寶應元年在梓州作。考《崔寧傳》云：寶應初，蜀亂，道路不通，與此詩相合。

山行落日下去聲絶壁㈠，南望千山萬山一作水赤。樹枝有鳥亂鳴《正異》定作棲時，暝色無人獨歸客。馬驚不憂深谷墜㈡，草動只怕長弓射音石㈢。安得更似開元中㈣，道路即今多一作何擁隔。光禄坂，傷亂離奔走也。前四，坂上暮景。後四，度坂情事。馬驚草動，中途恐懼之狀。因擁隔而念開元，乃傷今思昔也。《杜臆》：五六，憂盗而不憂墜馬，可謂巧於形容，是真情實景。

㈠謝靈運詩：晨策尋絶壁。

㈡馬驚，見《國策》。

㈢《南史》：宋明帝以王景文外戚貴盛，張永屢經軍旅，疑其將來難信，乃自爲謡言曰：「一士不可親，弓長射殺人。」

㈣《玄宗本紀》：開元間，海内富安，行者雖萬里，不持寸刃。

苦戰行

鶴注：上元二年，段子璋反，陷遂州、綿州。遂在涪江之南，今詩云：「去年江南討狂賊。」當是寶應元年作。駱賓王詩：龍庭但苦戰。

苦戰身死馬將軍，自云伏波之子孫㈠。千戈未定失壯士，使我嘆恨傷精魂㈡。去年南行從《英華》，一作江南**討狂賊，臨江把臂難再得。别時孤雲今不飛㈢，時獨看**平聲**雲淚横臆。**《苦戰行》，爲將領死事而作也。上四，痛其陣没。下四，憶其生前。

㈠《後漢·馬援傳》：援擊交趾女子徵側、徵貳，璽書拜援伏波將軍。

㈡阮瑀詩：身盡氣力索，精魂靡所迴。

㈢江淹詩：孤雲出北山。

盧元昌曰：黄鶴以馬將軍爲馬巴州。考公《奉别馬巴州》詩原注：「甫除京兆功曹。」此在廣德間，與子璋反時無涉。

去秋行

鶴注：當是寶應元年作，與上首宜合看。

去秋涪扶鳩切**江木落時**㈠，**臂槍**一作蒼**走馬誰家兒。到今不知白骨處，部曲有去皆無歸。遂州城中漢節在**㈡，**遂州城外巴人稀。戰場冤魂每夜哭，空令**平聲**野營猛士悲**㈢。《去秋行》，爲戰士喪敗而作也。來自涪水，故白骨無歸。没於遂州，故冤魂夜哭。

㈠《元和郡縣志》：涪江水西自郪縣界流入，在射洪縣東一百步有梓潼水，與涪江合流。按：涪江，在今重慶府合州。

㈡鮑欽止曰：段子璋反，遂州刺史嗣虢王巨修屬郡禮出迎之，被殺。故曰「遂州城中漢節在」，蓋傷之也。《唐書》：遂州遂寧郡，屬劍南東道所領。按：遂州，今爲遂寧縣，屬潼川州。潼川，即唐之東川也。漢節，暗用蘇武節。

㊂漢高帝《大風歌》：安得猛士兮守四方。

朱鶴齡曰：段子璋以上元二年四月反，五月伏誅。而此詩云「去秋涪江木落時」，則非子璋反時事。鮑注既未可據，黄鶴以前詩爲馬將軍會討子璋而死，其説亦豈足深信耶。次公謂其事在廣德元年之秋，亦無所證明。大抵杜詩無考者，皆當闕疑，不必强爲之説。

今按：唐史出於傳聞，未可盡信。杜詩出於目擊，不必致疑。史謂子璋平於五月，而詩云：「去秋涪江木落時。」蓋至秋末而寇始削平也。且子璋反東川，陷遂州，地與詩合。其時月不符者，必屬史傳之誤。此時舍子璋之外，别無叛東川者，黄鮑二注，恐未可盡非也。

廣州段功曹到得楊五長子兩切史譚書功曹却歸聊寄此詩

鮑曰：前有《寄楊五桂州》詩，楊蓋自桂而徙廣也。鶴注：《寰宇記》、《方輿記》皆云：梓州有銅梁山，當是寶應元年在梓州得書而作。《唐書》：京尹及諸都督府，兼有功曹參軍。廣州爲中都督府，故置。

衛青開幕府㊀，楊僕將去聲樓船㊁。漢節梅花外，春城海水邊。銅梁書遠及㊂，珠浦使去聲將旋㊃。貧病他鄉老㊄，煩君萬里傳。此答楊長史而作也。末帶託段之意。黄生注：楊爲長史，乃幕府之職。首句切官，次句切姓。梅嶺之外，南海之邊，楊駐軍於此也。銅梁，公所在。珠浦，段所往。採輿地佳名，以助詩色。《杜臆》：本説書及銅梁，特倒言之耳。既貧且病，而又在他鄉，公之近狀，五字盡之。

㈠《東觀漢記》：衛青大克匈奴，武帝拜大將軍於幕中，因號幕府。庾信碑文：方衛青之張幕，册重元勳。

㈡《漢・南越傳》：主爵都尉楊僕爲樓船將軍，出豫章，下横浦。

㈢《寰宇記》：銅梁山有二，屬合州、梓州。《益州耆舊傳》：楚襄王滅巴子，封庶子於濮江之南，曰銅梁侯。《十道志》：銅梁，在涪江之南。

㈣《唐書》：廉州有合浦縣，出珠。《方輿記》：合浦水，去浦八十里，有潿州，其地産珠。後漢孟嘗爲合浦太守，郡不産穀實而海出珠。

㈤謝朓詩：敢忘恤貧病。

送段功曹歸廣州

黄鶴編在寶應元年成都詩内，以詩有寄錦官城句也。今按：功曹相會於梓州，故云：「銅梁書遠及。」梓州僻遠，惟成都爲都會之地，便於寄書，故以錦官城囑之。錦官收書，公有弟在草堂也。

自廣至蜀，程途數千餘里，豈能兩歲之間，功曹連作往返耶。當從蔡編，列在梓州内。

南海春一作青**天外，功曹幾月程**一作行。**峽雲籠樹小，湖日蕩**《正異》作蕩。他本作落**船明**㈠。**交趾丹砂重**㈡，**韶州白葛輕**㈢。**幸君因旅**一作估**客**㈣，**時寄錦官城**。上四，段歸廣州。下四，望其寄贈。南海，所歸之地。春天，啟行之時。峽雲、湖日，經過之景。丹砂、白葛，廣州所産者，藉以延年而却暑也。《杜臆》：送行在春，而數月之程，不能春到，故云春天外。三峽山高，故雲籠樹而小。洞庭湖闊，故日蕩船而明。胡夏客曰：砂重葛輕，遊客是物相索，自古然矣。

㈠出峽以後，必經洞庭而後至廣。舊指蜀中東湖、西湖，未然。

㈡交趾國，近嶺南。

㈢《唐書》：韶州始興郡，屬嶺南道。

㈣杜審言詩：旅客三秋至。

申涵光曰：此詩上六句，句尾皆拈單字，亦犯疊足之病。

題玄武禪師屋壁

鶴注：此當是寶應元年梓州作。《唐書》：玄武縣，屬梓州，本隸益州，武德三年來屬。錢箋：

《九州要記》：玄武山，一名宜君山。《華陽國志》：一名三嵎山，在玄武縣東二里，其山六屈三起。《方輿勝覽》：大雄山，在中江，有玄武廟，杜詩「玄武禪師屋」在此。楊德周曰：《王勃集》：玄武山有聖泉，浸淫歷數百千年。乘巖泌湧，接澄分流，下瞰長江，沙堤石岸，咸古人遺迹。茲乃青蘋緑芰，紫苔蒼蘚，遂使江湖思遠，寤寐寄託。既而崇巒左披，石壑前縈，丹崿萬尋，碧潭千頃，松風唱響，竹露垂空，瀟瀟乎人間之難遇也。

何年顧虎頭㈠，滿壁一作座**畫滄**一作瀛**洲。赤日石林氣㈡，青天江海**一作水**流。錫飛常近鶴㈢，杯渡不驚鷗㈣。似得廬山路，真隨惠遠遊㈤。**上四記畫壁，下四贊禪師。石林、江海，就畫中形容山水，足上滄洲意。錫飛、杯渡，從山水想見人物，起下惠遠意。中間四句，雖皆言景而意各有屬。「錫飛常近鶴」，全用《高僧傳》事。「杯渡不驚鷗」，參用《傳燈録》及《列子》海鷗事。本不相蒙。大概壁畫上，山前有鶴，水際有鷗，因此想出錫飛、杯渡，以點綴之，此詩家無中生有之法。不然，强用鷺鷗，爲襯韻矣。

㈠生注：起語本借形，説得突然驚怪。杜修可曰：顧愷之，小字虎頭，晉陵無錫人，多才氣，尤工丹青，傳寫形勢，莫不絶妙。曾於瓦棺寺北殿畫維摩詰，畫訖，光耀月餘。

㈡《楚辭》：上有石林。

㈢《天台賦》：應真飛錫以躡虛。注：應真，得道人，執錫杖行於虛空，故曰飛也。《高僧傳》：舒州潛山最奇絶，而山麓尤勝。誌公與白鶴道人欲之，同白武帝。帝俾各以物識其地，得者居之。道人以鶴，誌公以錫。已而鶴先飛去，至麓將止，忽聞空中錫飛聲，誌公之錫，遂卓於山麓。道人不懌，然以前言不可食，遂各於所識築室焉。

㊃舊注：劉宋時杯渡者，不知姓名，常乘木杯渡水，止宿一家，有金像，求之弗得，因竊以去。主人追之至孟津，浮木杯渡河，無假風棹，輕疾如飛。庾信《麥積崖佛龕銘》：飛錫遥來，度杯遠至。

㊄惠遠住廬山，一時名人如劉遺民、雷次宗輩，並棄世遺榮，依遠遊止。沈氏曰：陶淵明與惠遠遊，從結白蓮社，公蓋以陶自比也。

黄生曰：此詩一邊贊畫，一邊贊禪師，凡題有主人，必須照顧，此唐人不易之法也。又曰：三四本極奇極險語，人多作尋常看過，以奇在立意，而句法渾融故耳。

胡應麟曰：「荒庭垂橘柚，古屋畫龍蛇」，「錫飛常近鶴，杯渡不驚鷗」。杜用事入化處。然不作用事看，則古廟之荒涼，畫壁之飛動，亦更無人可着語，此杜老千古絶技，未易追也。

悲秋

鶴注：此當是寶應元年秋在梓州未迎家時作。是時史朝義與吐蕃未平，而蜀又有徐知道之亂，故云：「群盜尚縱横。」又云：「家遠傳書日。」《楚辭》：悲哉！秋之爲氣也。

涼風動萬里，群盜尚縱平聲**横**㊀。**家遠傳**一作待**書日，秋來爲客情。愁窺高鳥過**㊁，**老逐衆**

人行。始欲投三峽，何由見兩京㈢。首句，悲秋之景。次句，悲秋之意。三承群盜，思家而悲。四承涼風，作客而悲。下截，皆承客情説。黄生注：三四，與「老妻書數紙，應悉未歸情」同意。此則其初寄者。後半亦屬書中語，時蜀有徐知道之亂，思下峽而不果，後乃攜家赴梓州耳。

㈠《秦紀》：群盜鼠竊狗偷。漢武帝書：盜賊縱横。

㈡高鳥句，引興下句。陶潛詩：望雲慚高鳥。

㈢謝靈運詩：兩京愧佳麗。

客夜

鶴注：寶應元年秋，自綿至梓，時家在成都。秋晚，方迎家再至梓，因秋夜而賦此。

客睡何曾音層著涉略切，秋天不肯明㈠。入一作卷簾殘月影，高枕遠一作送江聲㈡。計拙無衣食，途窮仗友生㈢。老妻書數紙㈣，應平聲悉未歸情。此秋夜有感而作也。上四，客夜之景。下四，客夜之情。

《杜臆》：何曾不肯四字，愁懷畢露，所謂愁人知夜長也。五六，正寫作客未歸之故。

趙汸注：惟夜久，見月殘。惟夜静，聞江遠。洪仲注：高枕對入簾，謂江聲高於枕上，此以實字作活字用。今按夔州詩：「高峰寒上日，疊嶺宿霾雲。」寒字亦同此例。衣食仗友生，舊謂依東蜀高適者，非。嚴武入朝後，適移鎮西川，公已攜家入梓矣。在梓州時，最善章彝，仗友或指此耶。

㊀庾信《小園賦》：巽秋天而可悲。　陶潛詩：晨雞不肯鳴。

㊁吴曾《漫録》：張説《深渡驛》詩：「洞房懸月影，高枕聽江流。」此用其意。　何遜詩：簾中看月影。

杜審言詩：江聲連驟雨。

㊂《詩》：不求友生。

㊃沈佺期詩：裁縫憶老妻。書，乃寄妻之書。

葛常之《韻語陽秋》曰：少陵《客夜》詩：「客睡何曾著，秋天不肯明。」又《泛江》詩：「山豁何時斷，江平不肯流。」不肯二字，含蓄甚佳。與淵明所云「日月不肯遲，四時相催逼」同意。

客亭

此與前章，乃同時所作。

秋窗猶曙色，落木一作木落更高一作天風。日出寒山外，江流宿霧中。聖朝音潮無棄物㊀，衰一作老。一作多病已成一云衰翁。多少殘生事，飄零任轉蓬。此從夜説至旦。上四，客亭之景。下四，客亭之情。　《杜臆》：曙色、高風，即諺語日高風也。三四，寫客途曉景如畫。　顧注：孟浩然詩：「不才明主棄，多病故人疏。」此云：「聖朝無棄物，老病已成翁。」語相似，而意更含蓄。　老病餘生，尚有多少事在，即昌黎所謂奔走於衣食也。

〔一〕《老子》：聖人常善救人，故無棄物。

楊慎曰：謝靈運詩「曉聞夕飇急」，夜風達旦也。「晚見朝日暾」，倒景反照也。二語甚有變互，乍讀似乎費解。杜詩：「深山催短景，喬木易高風。」言風從夕起也。　又云：「秋窗猶曙色，落木更高風。」言至曉猶風也。　孟郊詩云：「南山塞天地，日月石上生。」高峰駐夕景，深谷夜光明。」言落日迴照也。此皆從謝詩翻出。

劉攽貢父曰：人多取佳句爲句圖，特小巧美麗可喜，皆指詠風景，影似百物者耳，不得見雄才遠思之人也。梅聖俞愛嚴維詩曰：「柳塘春水漫，花塢夕陽遲。」固美矣。細較之，夕陽遲，則係花，春水漫，何須柳耶？　工部詩云：「深山催短景，喬木易高風。」此可無瑕纇。又曰：「蕭條九州内，人少豺虎多。人少慎莫投，多虎信所過。飢有易子食，獸猶畏虞羅。」此等句，其含蓄深遠，不可模倣。

九日登梓州城

鶴注：寶應元年及廣德元年，公皆在梓州。據後詩云：「去年登高郪縣北。」知此詩乃寶應元年所作。《一統志》：唐梓州，領縣五，又分置遂州，改静戎軍。天寶初，改梓州爲梓潼郡。至德中，置東川節度使，屬劍南道，治梓州。綿州在其直北，今爲潼川州。

伊昔黄花酒㊀，如今白髮翁。追歡筋力異，望遠歲時同。弟妹悲歌裏㊁，乾坤一作朝廷醉眼中㊂。兵戈與關塞，此日意無窮。上四，九日登城。下四，遠望有感。黄花言景，白髮叙情，筋力承髮，歲時承花。悲歌，家不忍言。醉眼，國不忍見。兵戈阻於關塞，此家國所以兩愁也。朱注：兵戈關塞，是時徐知道兵守劍閣。

㊀江淹詩：伊昔值世亂。

㊁《史記》：悲歌慷慨。

㊂庾信詩：花鬢醉眼纈。隋煬帝詩：醉眼暗相看。

九日奉寄嚴大夫

趙曰：嚴武歸朝，以御史中丞進爲大夫。邵注：時嚴武還朝，尚在蜀棧道中。錢箋：寶應元年四月，代宗即位，召武入朝。是年，徐知道反，武阻兵，九月尚未出巴。《通鑑》載：六月，以武爲西川節度使，徐知道守要害拒武。誤矣。當以此詩正之。

九日應平聲愁思去聲，經時冒險艱㊀。不眠持漢節㊁，何路出巴山㊂。小驛香醪嫩，重平聲嚴細菊草堂作雨斑㊃。遥知簇鞍馬，回首白雲間㊄。此梓州寄候嚴公也。上四，九日時事，代嚴寫憂。下四，九日時景，謂嚴見憶。不眠句，承愁思。何路句，承險艱。小驛、重巖，即巴西之地。回首則駐馬，而騎從皆停，故云「簇鞍馬」。《杜臆》：通篇不説憶嚴，只寫其客行之景，與思己之情，正是深於憶者。

㊀《陌上桑》：不知天路險艱。

㊁陶潛詩：不眠知夕永。江淹詩：辛苦持漢節。師古曰：節以毛爲之，上下相重，取象竹節，將命者持之以爲信。

㊂《地理志》：大巴山，在保寧府南江。大巴之險，過於連雲棧，下通漢中。

㊃張正見詩：重巖標虎據。沈佺期詩：園花琦瑁斑。

㊄顧注：停雲思友，故曰「白雲間」。

巴嶺答杜二見憶附嚴武詩

卧向巴山落月時，兩鄉千里夢相思㊀。可但步兵偏愛酒㊁，也去聲知光禄最能詩㊂。江頭赤葉楓愁客㊃，籬外黄花菊對誰㊄。跂馬望君非一度㊅，冷猿秋雁不勝平聲悲㊆。此嚴武在巴山而答詩也。梓在東，巴在西，故曰兩鄉。三四言情，稱杜逸興。五六言景，憐杜寂寥。末則遥望生悲，應上相思意。江頭，梓州流寓。籬外，草堂舊居。愁客、對誰，下兩字另讀。

㊀謝朓詩：何況隔兩鄉。《晉書》：嵇康與吕安友善，每一相思，千里命駕。謝朓詩：歸夢相思夕。

㊁《晉書》：阮籍聞步兵厨營善釀，有貯酒三百斛，求爲步兵校尉。

㊂《宋書·顔延之傳》：世祖踐祚，以爲金紫光禄大夫，領湘東王師。

㊃《爾雅翼》：楓似白楊，其高大，葉圓而岐，霜後丹色可愛。

㊄《南史·郭世通傳》：採筍置籬外。庾肩吾詩：籬下黄花菊。蔡邕《月令章句》：黄花者，土氣之所成也。《續晉陽秋》：陶潛嘗九日無酒，出菊花叢中，摘盈把，坐其側。

㊅跋，草行也。

㊆梁元帝詩：寒夜猿聲徹。《爾雅翼》：猿雄者善啼，啼數聲，則衆猿叫嘯騰擲，如相和焉。其音淒入肝脾，韻音含宫商故也。《淮南鴻烈》：仲秋，鴻雁來。季秋，候雁來。

集中所載嚴武酬答諸詩，皆逐句相答。杜云「何路出巴山」，故有「卧向巴山」句。杜云「九日應愁思」，故有「千里夢思」句。杜云「小驛香醪嫩」，故有愛酒、能詩句。杜云「重巖細菊斑」，故有赤葉、黄花句。杜云簇馬回首，故有跋馬望君句。此可作唱和法也。

王嗣奭曰：讀二詩，見兩公交情，形骸不隔，可知欲殺之誣。

秋盡

張綖注：寶應元年七月，嚴武召還，公送至綿州。未幾，蜀有徐知道之亂，因入梓州。《杜臆》：此詩在未迎家之前，其迎妻子，不見於詩，不知果在何時。且九日有《寄嚴大夫》詩，去秋盡無幾，何得復有迎妻子之日耶？東行未回，謂到梓未還成都也。

秋盡東行且未迴，茅齋寄在少去聲**城隈**㈠**。籬邊老却陶潛菊**㈡**，江上徒逢袁紹杯**㈢**。雪嶺獨看**平聲**西日落**一云暮**，劍門猶阻**一作斷**北人來**㈣**。不辭萬里長爲客，懷抱何時好**一云**得好開。**

此秋盡思家而作。上四，秋日景事。下則感時而自歎也。梓屬東川，齋在成都。籬邊菊，指草堂之花。江上杯，蓋李梓州爲主也。看西日，家室遠離。阻北人，寇兵斷閣。此客愁所以未解。三承二，四承一，七八承五六，此見章法之連絡。

㈠徐陵詩：茅齋本自空。邵注：少城，在成都大城之西，張儀所築。洪容齋云：益州刺史，治大城。蜀郡太守，治少城。《西都賦》：商洛緣其限。《説文》：隈，水回也。

㈡《世説》：顔延之於籬邊，聞張演與客語。陶潛菊，見前《九日登梓州城》詩注。

㈢謝朓詩：蕭條江上來。楊慎曰：《鄭玄傳》：袁紹總兵冀州，遣使要玄大會賓客。玄最後至，乃延升上坐。身長八尺，飲酒一斛，秀眉明目，容儀溫偉。舊指河朔之飲，非是。

㊃朱瀚曰：客行向東，故居轉西。梓州北望，正直劍門。　全大鏞曰：《草堂》詩云「群小起異圖」，又云「北斷劍閣隅」，此劍門猶阻之證也。

戲題寄上上聲漢中王三首原注：時王在梓州，斷酒不飲，篇中戲述。

此寶應元年往梓州時作。　《舊書》：瑀，讓皇帝第六子，早有才望，偉儀表，封隴西郡公。從明皇幸蜀，至漢中，封漢中王。仍加銀青光祿大夫，漢中郡太守。　《新書》本傳：肅宗詔收群臣馬助戰，瑀與魏少遊持不可。帝怒，貶蓬州長史。　鶴曰：據此詩云「不能隨皂蓋」，又《奉漢中王手札》詩云「剖符來蜀道」，皆是太守事。且少遊以衛尉卿貶渠州長史，而瑀以親王，不應亦貶長史。當是刺史，而《新史》誤爲長史耳。　漢中，即今興元府。　瑀乃汝陽王璡之弟。

西漢親王子㊀，成都老客星㊁。百年雙白鬢㊂，一別五秋一作飛**螢**㊃。**忍斷**音短**杯中物**㊄，**祇**一作眠**看**平聲**座右銘**㊅。**不能隨皂蓋**㊆，**自醉逐流萍。**　首章，因王斷飲而諷之，後四乃戲詞。　各當衰白之年，而久別方聚，正可借酒談心。今王復斷酒看銘，將不得與之同飲矣，唯有旅中獨醉而已。　首聯，賓主分提。次聯，賓主合叙。後四，賓主對收。

㈠蔡邕《獨斷》：漢制：皇帝子封王，其實諸侯也。漢天子稱皇帝，故以王號加之，總名諸侯王。封德彝曰：漢所封惟帝子，若親昆弟。其屬遠，非大功不立。

㈡嚴光與光武同宿，史占客星犯帝座，公自喻也。

㈢公年方踰五十，漢中王當亦在五十之時，合兩人計之，故曰：百年雙白鬢。

㈣鶴曰：公自乾元元年出華州時，與王別，至寶應元年爲五年。駱賓王《挽歌》：百年三萬日，一別幾千秋。

㈤陶潛詩：且進杯中物。僞蘇注引吴衍事，乃妄撰者。

㈥後漢崔瑗，銘其座右，舉所當戒謹者以自警。

㈦漢二千石，朱幡皂蓋。

其二

策杖時能出㈠，王門異昔遊。已知嗟不起，未許醉相留。蜀酒濃無敵㈡，江魚美可求㈢。終思一酩酊，净掃雁池頭㈣。此勸王無忘燕好，下四屬戲詞。策杖而出，己興猶存。王門異昔，不復燕客也。嗟不起，述王自歎之詞。未許留，惜王斷酒之禁。蜀酒、江魚，儘堪適口，何不净掃池頭，以博一醉，乃冀王款留也。不起，用《七發》語。醉留，用陳孟公事。酩酊，用山簡事。雁池，用梁孝王事。

㈠慈水姜氏曰：杖策者，策杖而行。蕭琛少時見王儉，著虎皮靴，策桃枝杖，直造王儉坐。則古人於杖，雖少年皆用之矣。　曹植詩：策杖從我遊。

㊁《水經注》：巴鄉村人善釀，俗稱巴鄉出美酒。

㊂又：嘉魚出於丙穴。

㊃《西京雜記》：梁孝王築兔園，有雁池，池間有鶴洲鳧渚。

王病不起，舊注引《謝安傳》語。安寢疾，曰：「吾昔夢雞，今歲在酉，吾殆不起乎。」但謝公所云「不起」，乃病亡之兆，豈可引比漢中乎？　盧元昌曰：不起者，謂王病酒不能起，本枚乘《七發》篇中連用起字：于音，曰：「太子能强起聽之乎？」于味，曰：「太子能强起嘗之乎？」于馬，曰：「太子能强起乘之乎？」太子連曰：「予病未能。」此以楚太子比漢中王也。《博議》又引《殷浩傳》深源不起，謂王嗟杜公不復起用。細玩三章，只是諷王斷酒，並無自述潦倒意，恐亦未合。

其三

群盗無歸路，衰顔會遠方。尚憐詩警策㊀，**猶記**一作憶**酒顛狂。魯衛彌尊重**㊁，**徐陳略喪**去聲**亡**㊂。**空餘枚**一作故**叟在**㊃，**應**平聲**念早升堂**㊄。此望王親厚故交，三四亦戲詞。群盗，蜀有徐知道，兩京有党項羌，東都有史朝義。無歸路，公不能歸鄉。會遠方，遇王於梓州。王既憐愛詩才，亦須記憶酒興，意蓋索飲也。魯衛，比王兄弟俱貴。徐陳，比王賓客已衰。枚叟，公自謂，舊已登堂，今不當謝絶也。三首俱帶索飲意，故曰戲題。

㊀陸機《文賦》：立片言以居要，爲一篇之警策。

㈡傅亮《封諸皇弟皇子奏》：地均魯衛，德兼庸賢。錢箋：開元十四年十一月，明皇幸寧憲王宅，與諸皇宴，探韻賦詩曰：「魯衛情尤重，親賢尚轉多。」瑀爲寧憲王之子，故用其語。《中庸》：尊其位，重其禄。　吴注：梁元帝書：情深魯衛，書信恒通。

㈢徐陳，謂徐幹、陳琳也。魏文帝《與吴質書》：昔年疾疫，親故多罹其災，徐、陳、應、劉，一時俱逝。

㈣《雪賦》：召鄒生，延枚叟。《漢書》枚乘爲弘農都尉，去官遊梁，梁客皆善屬詞賦，乘尤高。

㈤《詩品》：公幹升堂，思王入室。

玩月呈漢中王

依蔡氏編在寶應元年梓州詩内。

夜深露氣清，江月滿江城。浮一作游**客轉危坐**㈠**，歸舟應**平聲**獨行。關山同一照**《海録》作點㈡**，烏鵲自多驚**㈢**。欲得淮王術**㈣**，風吹暈**音運**已生**㈤。此詩自叙呈王，皆於玩月中寫出。

露清、月滿，夜景殊勝，乃浮客轉爲危坐者，爲别王而獨行耳。關山同照，王亦遠謫也。烏鵲多驚，自歎羈孤也。二句，詠月下情景。既而風吹暈生，月光微靄，故欲得淮王術以破之。此句屬譃詞。　黄生注：五六，即「萬象皆春氣，孤槎自客星」意。

㊀謝惠連詩：眷眷浮客心。《後漢書》：茅容避雨樹下，危坐愈恭。
㊁《記》云：日月無私照。崔日用詩：萬里照關山。此同照所本。楊用修作一點，引東坡《洞仙歌》云：「繡簾開，一點明月窺人。」用其語也。《赤壁賦》云：「山高月小。」用其意也。此説涉於新巧。
㊂曹孟德詩：月明星稀，烏鵲南飛。
㊃《淮南子》：畫蘆灰而月暈闕。許慎注：有軍士相圍守則月暈，以蘆灰環月，闕其一面，則月暈亦闕於上。庾肩吾詩：圓隨漢東蚌，暈逐淮王灰。《廣韻》：暈，日月旁氣。月暈則多風。
㊄王褒《關山月》：天寒光轉白，風多暈欲生。

從事行《杜臆》：舊作《相從行》，無謂，當作《從事行》贈嚴二別駕

一云《嚴別駕相逢歌》。　鶴曰：魯師二注及梁氏編次，皆以爲永泰元年梓州避亂時作。考崔旰之亂，在是年閏十月，公已次雲安矣。當是寶應元年，避徐知道入梓州時作，故詩云：「成都亂罷氣蕭索，浣花草堂亦何有。」若在永泰元年，則決意下忠渝矣，豈復十步一首回於草堂乎。諸本題下並注云：「時方經崔旰之亂。」此皆注家妄添，而後人不察，以爲公自注耳。

我行入東川㊀，十步一迴首。成都亂罷氣蕭索趙作瑟。一作颯㊁，**浣花草堂亦何有。**從東川回想草堂，恐遭亂焚毁也。

㊀《元和郡縣志》：梓州，今爲東川節度使治所。

㊁《通鑑》：寶應元年秋七月，劍南兵馬使徐知道反。八月，知道爲其將李忠厚所殺，於是劍南悉平。　何遜詩：蕭索高秋暮。

梓中一作州**豪俊**一作貴**大者誰**㊀，**本州從事知名久**㊁。**把臂開樽飲**去聲**我酒，酒酣擊劍蛟龍吼。烏帽拂塵青騾**一作螺**粟**㊂，**紫衣將炙**音借**緋衣走**㊃。此記別駕待客之情。　蛟龍吼，指舞劍言，用《晉書》劍躍延津，化爲二龍事。　烏帽則拂其塵，青騾則飼以粟。　紫衣者進肉，緋衣者奔走，皆席中實事。

㊀《史記》：山東豪俊。

㊁師氏曰：梓州，屬東川。　嚴二爲梓州別駕，如今之通判，乃梓州人爲本州從事。　鶴曰：于定國條州大小爲設吏員，治中、別駕，諸郡從事，秩六百石。　又《續通典》云：唐以堂吏朱儉爲華州別駕，給事郎蕭倣駁曰：別駕，古爲治中從事，與刺史別乘。　則別駕稱從事，其來尚矣。　盧諶詩：豈謂鄉曲譽，謬充本州役。

㊂晉《白紵歌》：袍以光軀巾拂塵。　朱注：趙云：青螺粟，帽之紋也。　此説非是。　蓋即公詩「與奴白飯馬青芻」意，當依卞氏本作青騾。

㊃炙，膾炙也。

銅盤燒蠟光卞作炎**吐日**㊀，**夜如何其**音箕**初促膝**㊁。**黄昏始扣主人門**㊂，**誰謂俄頃**晉作我傾膠在漆㈣。萬事盡付形骸外㈤，百年未見《英華》作及歡娛畢。神傾意豁真佳士㈥，久客多憂今愈疾。此敘夜來豪飲之興。膠投漆中，喻賓主相得。此時萬事俱忘，百年不計，但領此一番傾倒開豁，不覺久病頓瘳矣。

㈠古詩：請說銅爐器，崔嵬象南山。上枝似松柏，下根據銅盤。銅盤，燭臺也。

㈡《詩》：夜如何其，夜未央。梁朱異歌：促膝兮道故，久要兮不忘。

㈢《淮南子》：日薄於虞泉，是謂黃昏。古詩：來到主人門。

㈣劉孝成詩：循江俄頃回。《後漢書》：陳重與雷義爲友，鄉里語曰：「膠漆自謂堅，不如雷與陳。」

㈤《莊子》：索我於形骸之外。

㈥《晉書·司馬承傳》：王敦曰：「大王雅素佳士。」

高視乾坤又可一作何愁，一體一作軀交態同一作真悠悠㈠。垂老遇君未恨晚㈡，似君須向古人求㈢。末感歎別駕交誼。《杜臆》：高視二句，起伏頓挫，言乾坤之大，而交態同屬悠悠，唯嚴君意氣，能不愧於古人耳。此章，首尾各四句，第三段六句，第四段八句。

㈠《翟方進傳》：一貴一賤，乃見交態。

㈡《漢書·武安侯傳》：灌夫與魏其，相得歡甚無厭，恨相知晚也。

㈢《魏志》：劉先主曰：「若元龍文武膽志，當求之於古耳。」《世說》：晉武帝問王戎曰：「夷甫當世誰比？」戎云：「未見其比，當從古人中求耳。」

贈韋贊善別

黄鶴、單復俱編在寶應元年梓州詩内。《唐志》：東宫官左贊善大夫五人，掌傳令，諷過失，贊禮儀。

扶病送君發，自憐猶不歸。祗應平聲盡客淚，復扶又切作掩荆扉。江漢故人少，音書從此稀。往還二十載上聲，歲晚寸心違。上四，送别之意。下四，别後之懷。通首皆屬叙情。寸心違，不得遂聚首之樂也。《杜臆》：此詩語多婉轉，無限感傷，真堪一字一淚。

寄高適

按：代宗即位，在寶應元年四月，此時公在成都，高在蜀州，不得云乾坤隔遠。自嚴武還京，高適代尹成都，公則自綿入梓，故有隔遠之語。此詩寄適，當在是年之秋，舊編俱未當。

楚隔乾坤遠，難招病客魂㊀。詩名惟我共，世事與誰論平聲。北闕更平聲新主，南星落故園㊁。定知相見日，爛漫倒芳樽㊂。此在梓州，而寄詩於適也。一二，從高説至己。三四，從己説向高。此叙出相隔苦衷。新主初立，則故園可歸，從此相見傾樽，得以談詩論事，此豫道還京之樂也。

㈠《杜臆》：《招魂》乃宋玉所賦，玉本楚人，故起句用之。適本傳：五十工詩，好事者輒傳布，又具王霸大略，慷慨善談論。三四正道其實。

㈡以南星對北闕，是借喻語。公與適將自南而回，故曰落故園。公詩「南極一星朝北斗」，意正相似。按：《史記·天官書》：東井之西，曲星曰鉞，鉞北北河，鉞南南河。《正義》曰：鉞乃秦之分野，南河三星，北河三星，分夾東井南北，置而爲戒。南星不見，則南道不通，北亦如之。此云「南星落故園」，是南星見，而南北道通矣。且於長安分野，亦有取義。

㈢爛漫，醉貌。

此詩諸家聚訟，多疑贋本。顧注疑高適還京在廣德二年，不得稱新主。不知送高還朝，别有一詩，此則喜代宗初立而作，不必牽合同時。朱注疑成都爲蜀地，不得言楚。考七國時，蜀本屬楚，前《送李校書》詩亦云「已見楚山碧」，則高在成都，亦何不可言楚乎？《杜臆》：疑適家滄州，不得言故園。按：公本杜陵人，故以長安爲故園，原未嘗專指適也。諸説紛紛，今並正之。

野望

鶴注：此詩寶應元年十一月在射洪縣作。程氏曰：射洪縣，在梓州東六十里。

金華山北一作南**涪**音浮**水西**㊀**，仲冬風日始**去聲**淒淒。山連越巂**音水**蟠三蜀**㊁**，水散巴渝下五溪**㊂**。獨鶴不知何事舞**㊃**，饑烏似欲向人啼**㊄**。射洪春酒寒仍緑**㊅**，極目**一作目極**傷神誰爲**去聲**攜**㊆**？**

此在射洪而野望也。山北水西，野望之地。仲冬風日，野望之時。次聯遠望，承上山水。三聯近望，起下傷神。仍在上下四句分截。山發南荒，水通楚界，數千里脈絡，包在二句。曰連、曰蟠，山形長而曲也。曰散、曰下，水勢分而合也。獨鶴有似羈棲，故見舞而訝。飢烏有感旅食，故聞啼而憐。觸目傷情，因思攜酒銷愁耳。顧注：酒煖則緑，射洪寒輕，故冬酒仍緑，應上始淒淒。極目二字，明點望字。

㊀金華山，在射洪縣北，縣又在涪水之西。《方輿勝覽》：金華山，在梓州射洪縣。《一統志》：在潼川州射洪縣北二里。錢箋：《元和郡縣志》：涪江水，西自郪縣界流入，在射洪縣東一百步，縣有梓潼水與涪江合流。《寰宇記》：涪江，自涪城縣東南，合中江東流入射洪縣，屈曲二十里，北通遂州。

㊁《漢書》：越巂郡，本益州西南外夷，武帝初開置。《唐書》：巂州越巂郡，屬劍南道。《御覽》：《永昌郡傳》云：越巂郡，在建寧西北千七百里，自建寧高山相連，至川中平地，東西南北，八百餘里。《一統志》：今爲四川行都司。常璩《蜀志》：秦置蜀郡，漢高祖置廣漢郡，武帝又分置犍爲郡，後人謂之三蜀。三蜀：蜀郡、漢郡、犍爲郡也。

㊂《寰宇記》：巴州北水，一名巴嶺水，一名渝州水，一名宕渠水。渝州，今隸巴縣。《三巴記》云：閬

白二水，東南流，曲折三回如巴字，故稱三巴。《水經注》：武陵有五溪，謂雄溪、樠溪、力溪、潕溪、酉溪也。辰溪其一焉。夾溪悉是蠻左右所居，故謂五溪蠻也。郭粜《酉陽正俎》云：五溪皆槃瓠子孫所居，其後爲巴。春秋時楚子滅巴，巴子兄弟五人，流入五溪，各爲一溪之長。秦昭王伐楚，取其地，因謂之五溪蠻。《寰宇記》：黔州涪陵水，西北注涪州，入蜀江。黔州，今辰州地，即五溪水也。涪水至渝州，與岷江合，至忠涪以下，五溪水來入焉。此云下五溪，蓋約略大勢言之。

㈣謝朓詩：獨鶴方朝唳，飢鼯此夜啼。

㈤張正見詩：飢烏落箭鋒。

㈥《元和郡縣志》：淬潼水與涪江合，流急如箭，奔射涪江口，蜀人謂水口爲洪，因名射洪。《豳風》「十月穫稻」，而云「爲此春酒」，蓋冬釀而春成也。此詩「春酒寒仍緑」，亦言冬酒。

㈦極目、傷神，四字對舉，據成都《野望》詩，用出郊極目。從朱本爲是。

冬到金華山觀去聲因得故拾遺陳公學堂遺跡

鶴曰：寶應元年秋，公自梓歸成都迎家，再至梓州。十一月，往射洪，乃是時作。廣德元年，雖亦在梓，而冬已往閬州矣。《輿地紀勝》：陳拾遺書堂，在射洪縣北金華山。大曆中，東川節度使李叔明，爲立旌德碑於金華山讀書堂，今在玉京觀之後。地志：金華山，上拂雲霄，下瞰涪江。有玉京觀在本山上。東晉陳勳學道山中，白日仙去。梁天監中建觀。《唐書》：陳子昂，字伯玉，梓州射洪人，常讀書於金華山。

涪右衆山内㈠，金華紫崔嵬㈡。上有蔚藍天，垂光抱瓊臺㈢。首記金華山觀。上二，山之高。下二，觀之麗。

㈠黄希曰：《水經》云：涪水東南合射江，故梓州云涪右。朱注：涪右，在涪江之右也。謝靈運詩：衆山亦當空。

㈡《爾雅》：石戴土謂之崔嵬。《詩》：陟彼崔嵬。

㈢吴論：山色上映，若天光下垂而迴抱於丹臺。瓊，赤玉也，與上紫字相應。師氏曰：蔚藍，乃洞天之名，金華山有觀，故云。杜田曰：《度人經》：三十二天，三十二帝。諸天皆有隱名，第一太黄皇曾天，鬱鑑玉明。鑑，音藍。蔚藍，即鬱鑑也。趙曰：蔚藍，謂茂蔚之藍，天之青色如此。若如杜説，鬱作蔚，鑑作藍，豈有兩字俱改易之理，今詩人言水曰挼藍水，則天之青曰蔚藍。陸放翁曰：蔚藍，乃隱語天名，非可以義理解也。杜詩用之，猶未有害。韓子蒼乃云：「水色天光共蔚藍。」直謂天水之色俱如藍耳，恐又因杜而失之者也。《天台賦》：瓊臺中天而懸居。《金根經》：天闕上有瓊樓玉臺，主衆仙出入之所也。《太平經》：太空瓊臺，洞門列真之殿，金華之内，侍女衆真之所處。

繫音計舟接絶壑一作壁㊀，杖策窮縈回㊁。四顧俯層巔㊂，淡然川谷開。雪嶺日色一作光死，霜鴻有餘哀。焚香玉女跪㊃，霧裏仙人來。此記登山瞻眺，乃覩中冬景。從水而來，故繫舟。陟山之上，故杖策。層巔川谷，遍覽山水也。玉女，謂燒香者。仙人，謂訪道者。

㊀駱賓王詩：薄烟横絶壑。

㊁陸士衡詩：杖策將遠尋。　應瑒《馳射賦》：爾乃縈迴盤厲。

㊂謝靈運詩：築臺基層巔。

㊃曹植詩：仙人翔其隅，玉女戲其阿。

陳公讀書堂，石柱仄青苔㊀。悲風爲去聲我起，激烈傷雄才㊁。此嘆學堂遺跡也。柱仄苔青，見其荒凉。臨風激烈，弔古情深矣。　此章中間八句，前後各四句。

㊀江淹詩：青苔日夜黄。

㊁古詩：長歌正激烈。

陳拾遺故宅

楊德周曰：陳拾遺故宅，在射洪縣東武山下，去縣北里許。本集云：子昂四世祖陳方慶，好道，隱於此。有唐朝道觀址，而真諦寺在其左。《碑目》云：陳拾遺故宅，有趙彦昭、郭元振題壁。錢謙益曰：《舊書》：陳子昂家世豪富，子昂獨苦節讀書。爲《感遇》詩三十首，王適見而驚曰：「此子必爲天下文宗矣。」高宗崩，詣闕上書，自稱梓州射洪縣草莽愚臣子昂。則天召見，拜麟臺正字，再轉右拾遺。

拾遺平昔居，大屋一作宅**尚修椽**㊀。**悠揚**一作悠悠**荒山日，慘澹**《英華》作崔崒**故園**一作國**烟**㊁。首記拾遺故宅。

㊀《易林》：大屋之下，朝多君子。

㊁何遜詩：獨守故園扉。

位下曷足傷㊀，**所貴者聖賢。有才繼騷雅**㊁，**哲匠不比肩**㊂。**公生揚馬後**㊃，**名與日月懸**㊄。此贊其才名過人。上追騷雅，下踵揚馬，六朝不足道矣。

㊀子昂爲麟臺正字，其位卑下。

㊁趙曰：江左之詩，至子昂而初變，蓋本乎《離騷》、二《雅》也。

㊂殷仲文詩：哲匠感蕭辰。

㊃盧藏用《子昂别傳》：經史百家，罔不該覽，尤善屬文，雅有相如、子雲風骨。按：揚馬皆蜀人，故比之陳公。

㊄《易》：懸象著明，莫大乎日月。

同遊英俊人，多秉輔佐權㈠。**彦昭超**吴作趙**玉價，郭震**晉作震。一作振**起通泉。到今素壁滑**㈡，**灑翰銀鈎連**㈢。此誌其交遊遺迹。公見壁上題筆，因知趙郭同遊。胡震亨曰：趙有美玉，故比彦昭。郭爲縣尉，起自通泉也。

㈠鶴注：彦昭與元振，同業太學，故宜同遊。《唐書》：先天二年，元振以兵部尚書、同中書門下三品，與彦昭相同。故云「多秉輔佐權」也。

㈡湛方生云：素壁流光。

㈢索靖《草書狀》：婉若銀鈎，飄若驚鴻。

盛事會一時，此堂豈千年。終古立一作占**忠義，感遇有遺篇**一作編㈠。末從故宅感慨，言盛事已往，堂宇終湮，但詩留忠義，自足傳之不朽耳。此章，起結各四句，中二段各六句。

㈠皎然曰：子昂《感遇》，其源出於阮公《詠懷》。朱注：《感遇》詩多感歎武后革命，時寓旨神仙，故公以忠義稱之。

王嗣奭曰：拾遺《感遇》詩，著名已久。然閱其本傳及集中所上書疏，多侃侃忠直語。此詩前提聖賢，後結忠義，蓋能立忠義，乃是聖賢之徒，而終古不朽矣。公特闡其幽，見其文章有本領也。

謁文公上方

黄鶴編在寶應元年梓州内。《維摩經》：汝往上方界，分度四十二恒河沙佛土。《前漢·翼奉傳》云：上方之情樂也。

野寺隱喬木，山僧高下居。石門日色異，絳氣橫扶疏㈠。**窈**晉作窅**窕入風磴**丁鄧切㈡，**長蘿紛卷舒。庭前猛虎卧**㈢，**遂得文公廬。**首記上方景象。野寺二句，遥望寺前。石門二句，近至山門。風磴二句，入寺之路。庭前二句，直造寺中矣。高下居，僧房層疊。絳氣横，日映霞光。風磴，石梯凌風。卷舒，風動藤蘿也。猛虎卧庭，比其法力神通。

㈠江淹詩：絳氣下縈薄。注：絳氣，赤霞氣也。《洞簫賦》：標敷紛以扶疏。

㈡《歸去來辭》：既窈窕以尋壑。

㈢《史記》：不避猛虎之害。《高僧傳》：惠永住廬山西林寺，屋中常有一虎，人或畏之，輒驅出令上山。人去後，還復馴伏。又潭州善覺禪師，以二虎爲侍者。

俯視萬家邑，烟塵對階除㈠。**吾師雨花外**㈡，**不下**去聲**十年餘**㈢。**長**子兩切**者自布金**㈣，**禪龕只宴如**㈤。**大**一作火**珠脱玷翳**㈥，**白月**一作日**當空虚**㈦。此贊文公道法。登堂俯視，烟塵即在目前，文公説法之外，久不下接塵世矣。施金者至，而禪心不動，外忘物也。中無所翳，而虚明常在，定生慧也。

㈠《杜臆》：俯視二句，便知上方所由名。《國策》：韓康子使使者致萬家之邑於智伯。王粲《登樓賦》：循階除而下降兮。

㈡《續高僧傳》：法雲講《法華經》，忽感天花，狀如飛雪，滿空而下，延於堂内，升空不墜。又勝光寺道宗講大論，天雨衆花，旋繞講堂，飛流户内。

㊂一説以不下爲不減十年，恐於上文外字、本句餘字，俱未安耳。

㊃《西域記》：昔善施長者，拯乏濟貧，哀孤惜老，時號給孤獨。願建精舍，請佛降臨，惟太子逝多園地爽塏，具以情告。太子戲言金遍乃賣。善施即出藏金，隨言布地，建立精舍。

㊄陳何處士詩：禪龕八想浄，義窟四塵輕。《廣韻》：龕，塔下室。嵇康詩：與世無營，神氣晏如。

㊅《唐書》：天竺國王尸羅逸多，獻火珠、鬱金、菩提樹。洙曰：佛書有牟尼珠及水月之説，言其性之圓明也。

㊆《楞嚴經》：白月則光，黑月則暗。《法苑珠林》：西方，一月分爲黑白，初月一日至十五日名爲白月。十六日已去至於月盡，名爲黑月。

甫也南北人㊀，蕪蔓少耘鋤。久遭詩酒污去聲**㊁，何事忝簪裾㊂。王侯與螻蟻，同盡隨丘墟㊃。願聞第一義㊄，迴向心地初㊅。金篦刮眼膜㊆，價重百車渠㊇。無生有汲引㊈，兹理儻吹嘘㊉。**末叙來謁之意。上六作悔語，下六作悟語。詩酒爲障，簪裾繫情，則此中蕪蔓矣。既知貴賤同歸於盡，須向心地用功。刮膜，去外來之蔽。汲引，開本性之覺。詠僧家詩，全用釋典，乃杜公獨步處。此章前二段各八句，末段十二句收。

㊀《檀弓》：丘也，東西南北之人也。

㊁王勃詩：詩酒間長筵。

㊂孔魚詩：吾子盛簪裾。

㊃鮑照詩：同盡無貴賤。《李斯傳》：國爲丘墟。

㊄《楞嚴經》：所説自然成第一義。《涅槃經》：出世人所知，名第一義諦，世人所知，名爲世諦。《廣弘明集》：昭明太子答問二諦：一真諦，曰第一義諦。二俗諦，亦曰世諦。

㊅《華嚴經》：菩薩摩訶薩，有十種迴向。《華嚴論》：有心地法門。錢箋：佛説心地者，以心有能生可依止義喻之。如地佛菩薩，發心修行，最重初心。如《華嚴》云：初發心時，便成正覺是也，故曰心地初。舊引《楞嚴》初地，不切。

㊆《涅槃經》：如盲目人爲治目，造詣良醫，是時良醫即以金篦決其眼膜。

㊇《法華經》：或有行施金銀、珊瑚、珍珠、車渠、瑪瑙。《廣雅》：車渠，石之次玉。《廣志》：車渠，出大秦及西域諸國。

㊈《楞嚴經》：是人即獲無生法忍。疏云：真如實相，名無生法，無漏真智爲忍。江總《棲霞寺碑》：汲引之常。

㊉《老子》：嘘之吹之。

《東坡志林》云：子美詩：「知名未足稱，局促商山芝。」又「王侯與螻蟻，同盡隨丘墟。願聞第一義，回向心地初。」知子美詩外，别有事在也。

王嗣奭曰：「王侯與螻蟻，同盡隨丘墟」，不過襲莊列語。「願聞第一義，回向心地初」，亦禪門恒談。

東坡以此四句，許公得道，此窺公之淺者。余讀公詩，見道語未易屈指，而公亦不自知也。非以學佛得之。平生飢餓、窮愁，無所不有，天若有意煅煉之，而動心忍性，天機自露。如鐵以百煉成鋼，所存者鐵之筋也，千古不磨矣。《西銘》云：富貴福澤以厚生，生無不死。貧賤憂戚以玉成，成者不壞。君子不以此易彼也。

宋張表臣曰：予讀「江漢思歸客，乾坤一腐儒」，「功業頻看鏡，行藏獨倚樓」，嘆其含蓄如此。及云「虎氣必騰上，龍身寧久藏」，「蛟龍得雲雨，鵰鶚在秋天」，則又駭其奮迅也。「草深迷市井，地僻懶衣裳」，「經心石鏡月，到面雪山風」，愛其清曠如此。及云「退朝花底散，歸院柳邊迷」，「君隨丞相後，我住日華東」，則又怪其華艷也。「久客得無淚，故妻難及晨」，「囊空恐羞澀，留得一錢看」，嗟其窮愁如此。及云「香霧雲鬟濕，清輝玉臂寒」，「笑時花近靨，舞罷錦纏頭」，則又疑其侈麗也。至讀「讖歸龍鳳質，威定虎狼都」，「風塵三尺劍，社稷一戎衣」，則又見其發揚而蹈厲矣。「五聖聯龍衮，千官列雁行」，「聖圖天廣大，宗祀日光輝」，則又得其雄深而雅健矣。「許身一何愚，竊比稷與契」，「雖乏諫諍姿，恐君有遺失」，則又知其許國而愛君也。「對食不能餐，我心殊未諧」，「人生無家別，何以爲蒸黎」，則知其傷時而憂民也。「不聞夏殷衰，中自誅褒妲」，「煌煌太宗業，樹立甚宏達」，斯則隱惡揚善，而《春秋》之義耳。「巡非瑶水遠，迹是雕牆後」，「天王守太白，竚立更搔首」，斯則憂深思遠，乃詩人之旨耳。至於「上有鬱藍天，垂光抱瓊臺」，「風帆倚翠蓋，暮把東王衣」，乃神仙之致耶。「惟有摩尼珠，可照濁水源」，「願聞第一義，回向心地初」，乃佛乘之義耶。嗚呼！有能窺其一二者，便可名家，況深造而具體者乎。此予所以稚齒服膺，華顛未至也。

奉贈射洪李四丈 明甫

黄氏編在寶應元年梓州詩内。　又注：後魏置射洪縣，唐屬梓州，縣東有射江，縣在梓州東南六十里。

丈人屋上烏，人好烏亦好㊀。人生意氣豁，不在相逢早㊁。此叙李交誼。

㊀劉向《説苑》：太史謂武王曰：「愛其人，兼屋上之烏。憎其人者，惡其儲胥。」《孔叢子》亦云：愛屋及烏。

㊁《北史·李延壽序傳》載閻信謂其祖李曉之言曰：「古人相知，未必在早。」

南京亂初定㊀，所向色一作邑，《正異》定作色**枯槁㊁。遊子無根株㊂，茅齋付秋草。東征下**去聲**月峽㊃，掛席窮海島㊄。萬里須十金㊅，妻孥未相保。**此自叙行踪。　上四，歎成都亂後，草堂不可復居。下四，傷出峽無資，室家未有歸處。　《杜臆》：十金不可得，而至妻孥莫保，窮途之困可知。

㊀南京，注見十卷。　亂定，徐知道已平。

㈡枯槁，謂景色蕭條。《楚辭》：形容枯槁。

㈢謝朓詩：根株久離别。

㈣李膺《益州記》：廣陽州東七里，水南有遮要三槌石谷，東二里至明月峽，峽首南岸，壁高四十丈，其壁有圓孔，形若滿月，因以爲名。《十道志》：渝州有明月峽，三峽之始。《寰宇記》：明月峽，在渝州巴縣東八十里。

㈤《海賦》：維長綃，掛帆席。

㈥《揚雄傳》：家産不過十金。舊注：古者一兩金，直十千。今曰十金，則爲百千。

蒼茫風塵際，蹭蹬騏驎老。志士懷感傷，心胸已傾倒。末仍稱其意氣。騏驎自喻，志士謂李。此章，中段八句，首尾各四句。

早發射洪縣南途中作

鶴注：此是寶應元年十一月南之通泉時作。

將老憂貧窶㈠**，筋力豈能及**㈡**。征途乃**吳作後。一作復**侵星**㈢**，得使諸病入。**從早行叙起，有貧病交侵之感。

㈠蔡邕《古歌》：不獲已，人將老。《詩》：終窶且貧。《詩傳》：窶者，貧不能爲禮也。
㈡沈慶之詩：朽老筋力盡。
㈢鮑照詩：侵星赴早路。

鄙人寡道氣㈠，**在困無獨立**㈡。**俶裝逐徒旅**㈢，**達曙**一作曉**凌險澀**㈣。**寒日出霧遲，清江轉山急**㈤。**僕夫行不進**㈥，**駑馬若**郭作苦**維縶**㈦。此記早行景事。窮難自立，逐隊依人，此早行之故。日蒙霧，承達曙。江流急，承凌險。僕倦、馬疲，言征途況瘁。在困無獨立，説出飢餒依人，英雄氣短，真是無可如何耳。《杜臆》：寒日、清江二句，寫途間早景入妙。

㈠徐陵《天台山館碑》：蕭然道氣，卓矣仙才。
㈢《思玄賦》：簡元辰而俶裝。《注》：俶，始也。顔延之詩：改服飾徒旅。
㈣潘尼詩：世故尚未夷，崤函方險澀。
㈤宋龔芥隱《筆記》：陰鏗詩：野日燒中昏，山路入江窮。此寒日、清江二句所本。黄希曰：清江指射洪水。唐曰：江爲山所激也。
㈥《楚辭》：僕夫悲余馬懷兮。
㈦《列子》：駑馬稜車，可得而乘也。潘尼詩：翔鳳嬰籠檻，騏驥見維縶。

汀洲稍疏散㈠，**風景開快**一作悁悒。**空慰所尚懷**㈡，**終非曩遊集**。**衰顔偶一破，勝事難屢**一云皆空**挹**㈢。**茫然阮籍途**㈣，**更灑楊朱泣**㈤。此述途中情緒。霧釋路平，乃見疏散風景，此處差堪慰懷，惜非曩時遊興耳。且衰顔暫破，前往恐無勝境，窮途之哭，岐路之悲，終不免矣。仍應年老困窮意。　此章四句起，後兩段各八句。

㊀《楚辭》：搴汀洲兮杜若。

㊁所尚懷，謂意所好尚。

㊂《梁・景陵王傳》：善立勝事。

㊃阮籍途窮，注別見。

㊄《淮南子》：楊朱見岐路而泣之，謂其可以南，可以北。

申涵光曰：少時謀生頗易，然正爾負氣，豈屑及此。至老方憂，已無可奈何矣。起語悵然。「鄙人寡道氣，在困無獨立。」他人不肯自言，然正是高處。

通泉驛南去通泉縣十五里山水作

此自射洪之通泉而作也。　魯訔曰：《地理志》：通泉縣，在梓州東南百三十里，去縣十五里有佳山水，俗號沈家坑，公至此眺覽山水而作。　《舊唐書》：通泉，漢廣漢縣地，隋縣也。《寰宇記》：通泉山，在縣西北二十里，東臨涪江，絶壁二十餘丈，水從山頂涌出，下注涪江。《新書》：大曆二年屬遂州一月。按：唐通泉縣，今併入射洪縣。

溪行衣自濕㈠，亭午氣始散㈡。冬温蚊蚋集一作在㈢，人遠鳧鴨亂。登頓生一作坐曾層同陰㈣，欹傾出高岸㈤。此記山行之迹。曉行霑霧，至午方收。蚊蚋集，見地暖。鳧鴨亂，見境幽。登頓、欹傾，來路崎嶇也。

㈠劉孝威詩：溪行暗難開。庾信詩：山深雲濕衣。

㈡《天台賦》：羲和亭午，游氣高褰。

㈢劉伶詩：蚊蚋歸豐草。

㈣登頓，登而且頓。謝靈運詩：山行窮登頓。江淹詩：曾陰萬里生。

㈤《詩》：高岸爲谷。

驛樓衰柳側㈠，縣郭輕烟畔㈡。一川何綺麗㈢，盡日一作目窮壯觀讀去聲。山色遠寂寞，江光夕滋漫。此記驛前之景。從驛望郭，通泉已近也。川自山而注江，故見其綺麗。遠寂寞，遥望悠然。夕滋漫，晚照增輝。

㈠謝朓詩：衰柳尚沉沉。

㈡何遜詩：輕烟淡柳色。

㈢劉楨詩：綺麗不可忘。

傷一作知時愧孔父㈠，去國同王粲㈡。我生苦飄零，所歷有嗟嘆。末叙己情，見山水不足以舒憂也。此章，前二段各六句，末段四句收。

㈠杜修可曰：孔子嘆鳳、泣麟，皆傷時之意。

㈡趙次公曰：漢獻帝西遷，王粲之荆州依劉表。其《七哀》詩云：「西京亂無象，豺虎方搆患。復棄中國去，遠身適荆蠻。」

過郭代公故宅

鶴注：郭公，魏州貴鄉人，宅在京師宣陽里。今云故宅，當是尉通泉時所居，此自射洪之通泉時作。錢箋：張説撰行狀云：公少倜儻廓落，有大志。十六，入太學，與薛稷、趙彦昭同業。十八，擢進士第，其年判入高等。請外官，授梓州通泉尉。落拓不拘小節，常鑄錢，掠良人財以濟四方，海内同聲合氣，有至千萬者。則天聞其名，驛徵引見，語至夜，甚奇之。問蜀川之蹟，對而不隱。令録舊文，乃上《古劍歌》，則天覽而佳之，令寫數十本，遍賜學士。先天二年，知政事。太平公主、竇懷貞潛結兇黨，謀廢皇帝。睿宗猶豫不決，諸相皆阿諛順旨，惟公廷争不受詔。及舉兵誅懷貞等，宫城大亂，睿宗步肅章門觀變，諸相皆竄外省，公獨登奉天門樓躬侍。睿宗聞東宫兵至，將欲投於樓下，公親扶聖躬，敦勸乃止。及上即位，宿中書十四日，獨知政事。下詔封代國公。

豪俊一作雋初未遇㈠，其迹或脱略㈡。代公尉通泉一作通泉尉㈢，放意何自若㈣。及夫音扶登衮冕㈤，直氣森噴薄㈥。磊落見異人㈦，豈伊常情度徒角切。　此言才品不凡。　疏於作尉而長於立朝，正見大受不可小知。

㈠漢武帝制策：廣延天下之豪俊。

㈡江淹賦：脱略公卿，跌宕文史。

㈢《唐書·郭元振傳》：郭震，字元振，以字顯。授通泉尉，任俠使氣，撥去小節。

㈣陶潛詩：放意樂餘年。

㈤《通典注》：三公八命，復加一命，則服衮龍。《周禮》：諸公自衮冕而下，如王之服。《唐書》：先天二年，元振以兵部尚書、同中書門下三品。

㈥《吴都賦》：噴薄沸騰。

㈦崔瑗《張衡碑文》：磊落焕炳，與神合契。

定策神龍後㈠，宫中翕清廓。俄頃辯尊親，指揮存顧託㈡。群公有一作見慚色，王室無削弱㈢。迥出名臣上，丹青照臺閣㈣。　此言其功在社稷。　趙次公曰：代公定策，在睿宗先天二年，去中宗神龍改元，凡八年。今詩云：「定策神龍後。」蓋太平擅寵，始中宗朝，則禍胎在神龍而下也。俄頃二句，謂太平既誅，則尊位有歸，親傳不失，所以成睿宗付託之意。

㈠《前漢·宣帝紀》：論定策功，益封霍光等。

㈡任昉表：寄深同氣，遂荷顧託。

㈢《通鑑·晉紀》：司馬國璠曰：「劉裕削弱王室。」《古詩爲焦仲卿妻》：仕宦於臺閣。

㈣《唐會要》：元振配饗玄宗廟。

我行得遺跡一作址㈠，**池館皆疏鑿**㈡。**壯公臨事斷**丁亂切㈢，**顧步涕橫落**㈣。**精魄凜如在**㈤，**所歷終蕭索**㈥。**高詠寶劍篇**㈦，**神交付冥漠**㈧。此經過故宅，以弔古意收。吴論：前作先故宅而後拾遺，此作先代公而後故宅，各見作法。此章三段各八句。

㈠楊泉《五湖賦》：有大禹之遺跡。

㈡謝朓《後園賦》：清陰起兮池館涼。《江賦》：夏后疏鑿。

㈢《禮記》：師乙曰：「臨事而屢斷，勇也。」

㈣陸機詩：顧步咸可歎。

㈤曹植表：精魄飛散。

㈥庾信詩：蕭索無真氣。

㈦王儉《褚淵碑》：仰南風之高詠。

㈧潘岳《夏侯湛誄》：心照神交，唯我與子。謝惠連《祭古塚文》：號爲冥漠君。

「俄頃辯尊親」，推其決幾之明。「壯公臨事斷」，服其應變之敏。二語能寫出英雄手段。荀彧之失身，誤於不能辯。陳竇之僨事，失於不能斷。杜詩論人，必具特識，推此可見。

元振《寶劍歌》：君不見昆吾鐵冶飛炎烟，紅光紫氣俱赫然。良工鍛鍊凡幾年，鑄作寶劍名龍泉。龍泉顏色如霜雪，良工咨嗟歎奇絶。瑠璃玉匣吐蓮花，錯鏤金環生明月。正逢天下無風塵，幸得相逢君子身。精光黯黯青蛇色，文章片片緑龜鱗。非直結交遊俠子，亦曾親近英雄人。何言中路遭棄捐，零落飄淪古獄邊。雖復沉埋無所用，猶能夜夜氣衝天。

觀薛稷少去聲保書畫壁

鶴注：此亦在通泉作。　王洙曰：稷，字嗣通，收之從子，好古博雅。貞觀、永徽間，虞世南、褚遂良以書顓家，後莫能繼。外祖魏徵家，多藏虞褚舊跡，稷鋭精模倣，結體遒麗，遂以書名天下，畫又絶品。睿宗在藩，留意文學，嘗喜之。及即位，遷黄門侍郎，歷太子少保。會竇懷貞以附太平公主伏誅，稷坐知謀，賜死萬年獄。

少去聲**保有古風，得之《陝郊篇》。惜哉功名忤**一作誤**，但見書畫傳。我遊梓州東，遺跡涪水邊。畫**胡化切**藏青蓮界**㈠**，書入金榜懸。**首將詩篇引起書畫。　古風，謂詩體。《陝郊篇》，稷所作。

㈠《翻譯名義集》：優鉢羅，此云青蓮花。

仰看平聲**垂露姿**㈠，**不崩亦不騫**㈡。**鬱鬱三大字**㈢，**蛟龍岌相纏**㈣。**又揮西方變**㈤，**發地扶屋椽**㈥。**慘澹壁飛動，到今色未填**。此記書畫遺跡。垂露四句，言書。西方四句，言畫。

㈠王愔《文字志》：懸針，小篆體也。垂露書，如懸針而勢不遒勁，阿那如濃露之垂，故名。

㈡《詩》：不騫不崩。注：騫，虧也。

㈢《輿地紀勝》：薛稷書慧普寺三字，徑三尺許，在通泉縣慶善寺聚古堂。趙曰：稷書慧普寺三字，乃真書，傍有贔屭纏捧，此其蛟龍岌相纏也。稷所畫西方變相則亡。

㈣《法書要録》：至於蛟龍駭獸，奔騰拏攫之勢，心手隨變，不知所如，是謂達節。

㈤西方變，言所畫西方諸佛變相。《酉陽雜俎》：唐人謂畫亦曰變。

㈥沈約詩：發地多奇嶺，干雲非一狀。遠注：「發地扶屋椽」，謂西方之像，起自地面，直至屋椽。

此行疊壯觀㈠，**郭薛俱才賢**㈡。**不知百載**上聲**後，誰復**扶又切**來通泉**。從題外推開作結。郭薛題留，皆成壯觀矣，將來誰復到此，而繼其韻事乎？語含自負意。此章前二段各八句，末段四句收。

㈠《兩都賦》：娱遊之壯觀。

㈡蔡曰：《趙彦昭傳》云：與郭元振、薛稷善。《元振傳》云：與薛稷、趙彦昭同遊太學。蓋郭與薛舊爲同舍，後又會於通泉也。

稷有《秋日還京陜西十里作》：驅車越陜郊，北顧臨大河。此行見鄉邑，秋風水增波。西望咸陽途，日暮憂思多。傅巖既紆鬱，首山亦嵯峨。操築無昔老，采薇有遺歌。客遊節向換，人生知幾何。

通泉縣署壁後薛少去聲保畫鶴

錢箋：《名畫記》：稷尤善花鳥人物雜畫，畫鶴知名，屏風六扇鶴樣，自稷始也。《名畫録》：今秘書省有稷畫鶴，時號一絶。又蜀郡亦有鶴并佛像菩薩等傳於世，並稱神品。《封氏聞見録》：今尚書省考功員外郎廳，有稷畫鶴，宋之問爲讚。東京尚書坊岐王宅，亦有稷畫鶴，皆稱絶品。

薛公十一鶴，皆寫青田真㊀。畫色久欲盡，蒼然猶出塵㊁。首提薛公畫鶴。

㊀《晉永嘉郡記》：沐溪野，去青田九里，此中有雙白鶴，年年生子，長大便去，只餘父母一雙在耳，精白可愛，多云神仙所養。梁元帝《鴛鴦賦》：青山之鶴，晝夜俱飛。

㊁《北山移文》：瀟灑出塵之想。《北史》：劉歊矯然出塵，如雲中白鶴。

低昂各有意㊀，磊落如長人。佳此志氣遠，豈惟粉墨新㊁。萬里不以力，群遊森會神㊂。威遲白鳳態㊃，非是倉鶊鄰㊄。此詳寫畫筆神妙。低昂二句，摹其形體。萬里二句，想其精神。低昂，飛伏之致。磊落，英奇之狀。勢可萬里，正見志氣之遠。森然會神，不在粉墨之迹矣。白鳳、倉鶊，乃借外象以相形。

㊀摯虞《鵁鶄賦》：一低一昂，乍浮乍没。　王褒頌：聚精會神，相得益彰。

㊁黄瓊疏：朱紫共色，粉墨雜糅。

㊂崔豹《古今注》：《雉朝飛操》：雌雄群遊於山阿。

㊃顔延之詩：威遲良馬煩。　揚雄《甘泉賦》：吐白鳳。《禽經》：白鳳謂之鸘。

㊄《詩》：有鳴倉庚。《爾雅疏》：黄鸝留，一名倉庚，一名商庚。

高堂未傾覆音福，**常**一作幸**得慰嘉賓**㊀。**曝露牆壁外**㊁，**終嗟風雨頻**。**赤霄有真骨**㊂，**耻飲洿池津**㊃。**冥冥任所往**㊄，**脱略誰能馴**㊅。此從畫壁生慨。　壁經風雨，在畫鶴終當滅迹。然看赤霄冥舉，即真鶴有時遁形。凡物皆當曠觀矣。　朱云：本咏畫鶴，以真鶴結之，猶之咏畫鷹而及真鷹，咏畫鶻而及真鶻，咏畫馬而及真馬也。公詩格往往如是。　此章，四句起，下二段各八句。

㊀《詩》：我有嘉賓。

㊁暴露，晝則暴日，夜則露濕也。《左傳》：其暴露之，則恐燥濕之不時。

㊂《七命》：掛歸翮於赤霄之表。　《詩品》：真骨凌霜。

㊃江淹賦：夕飲玉池津。

㊄洙曰：有遺支遁鶴者，遁曰：「爾冲天之物，寧爲耳目之玩。」遂放之，任所往。

㊅顔延之詩：龍性誰能馴。

陪王侍御宴通泉東山野亭

鶴注：此寶應元年十一月往通泉時作。《全蜀總志》：野亭，在射洪縣治東北，杜詩「亭景臨山水」，即此地。

江水東流去，清樽日復扶又切**斜**㈠。**異方同宴賞**㈡，**何處是京華**。**亭景臨山水**㈢，**村烟對浦沙**㈣。**狂歌遇**一作過**形**舊作于。善本作形**勝**㈤，**得醉即爲家**。上四，寫景言情，乃感傷語。下四，逐句分應，作自解語。亭臨山水，承江流。烟對浦沙，承日斜。遇此形勝，則異地相忘。醉即爲家，故舊京莫問耳。

㈠謝朓詩：春夜别清樽，江潭復爲客。歎息東流水，何如故鄉陌。北齊盧詢詩：别人心已怨，愁空日復斜。

㈡曹植詩：離别各異方。

㈢劉孝威詩：爲貪止山水。

㈣鮑照詩：漠漠村烟起。李百藥詩：前階枕浦沙。

㈤徐幹《中論》：被髮而狂歌。徐悱詩：表裏窮形勝。

陪王侍御同登東山最高頂宴姚通泉晚攜酒泛江

《一統志》：東山在潼川州東四里，隔涪江，層巖修阜，勢若長城，杜甫有詩。

姚公美政誰與儔㈠，不減昔時陳太丘㈡。邑中上客有杜史㈢，多暇日陪驄馬遊㈣。首叙設宴之由。　東山之宴，侍御爲主，而曰姚日陪遊者，蓋前此已迭爲賓主矣。

㈠豫章王嶷牋：庾亮以來，荆州無復此美政。

㈡《後漢書》：陳寔補聞喜長，再遷，除太丘長，修德清静，百姓以安。《地理志》：太丘屬沛國。

㈢《曲禮》：上客起。　《史記》：老子爲柱下史。

㈣吴論：多暇方遊，見不以耽酒而廢政。《夏侯湛傳》：政清務閑，優游多暇。　桓典爲驄馬御史，注別見。

東山高頂羅珍羞㈠，下顧城郭銷我憂㈡。清江白日落欲盡㈢，復扶又切**攜美人登綵舟。笛聲憤怨**一作怒**哀中流㈣，妙舞逶迤夜未休㈤。燈前往往大魚出㈥，聽曲低昂如有求㈦。**自登山而泛江，曲盡主人豪興。　一韻分爲兩段，故一句五句，連拈韻脚。

㈠張衡《酃酒賦》：錯時膳之珍饈。《南都賦》：珍羞琅玕。

㊁王粲《登樓賦》：聊假日以銷憂。

㊂何遜詩：分手清江上。《楚辭》：白日晼晚其將入。

㊃美人，官妓也。漢武帝《秋風詞》：懷佳人兮不能忘，横中流兮揚素波。梁簡文帝詩：澄江鶩綵舟。《漢書敘傳》：戰士憤怨。

㊄梁武陵王紀詩：燕姬奏妙舞。《楚辭》：載雲旗之逶迤。注：逶迤，長貌。

㊅庾信《對燭賦》：燈前桁衣疑不亮。曹植詩：大魚若曲陵。《荀子》：昔者瓠巴鼓瑟，而游魚出聽。

㊆蔡邕《彈琴賦》：感激弦歌，一低一昂。《記》：如有求而弗得。

三更平聲**風起寒浪湧**㊀**，取樂**音洛**喧呼覺船重**㊁**。滿空星河光破碎**㊂**，四座賓客色不動**㊃**。請公臨深**一作江**莫相違**㊄**，迴船罷酒上**上聲**馬歸**㊅**。人生歡會豈有極**㊆**，無使霜露**一作過**霑人衣**㊇**。**

從樂極悲生，結出規諷之意。船重，浪湧不行。破碎，星河影蕩。色不動，斂容知懼。莫相違，毋忘警戒也。請公，指在座賓主。此章，四句起，下二段各八句。

㊀晉樂府《子夜變歌》：三更開門去。《晉書》：謝安嘗泛海，風起浪湧，諸人皆懼，安吟嘯自若。

㊁張衡《西京賦》：取樂今日，遑恤我後。《尉繚子》：焉有喧呼酖酒以敗善類乎。

㊂沈約詩：惟星河猶可識。賈誼《旱雲賦》：相擊衝而破碎。

㊃古詩：四座且莫喧。《史記·信陵君傳》：賓客皆驚。

㊄《記》：孝子不登高，不臨深。

㊅王濬書：迴船過軍。《留侯世家》：上起去罷酒。《史記·廉頗傳》：披甲上馬。

㊆曹植詩：歡會難再遇。《秋風詞》：歡樂極兮哀情多。

㊇魏文帝樂府：溪谷多悲風，霜露沾人衣。謝莊《月賦》：佳期可以還，微霜霑人衣。

漁陽

此當是寶應元年冬晚在梓州作。趙傁曰：公在梓州，聞雍王授鉞，作此詩以諷諸將也。

漁陽突騎去聲猶精鋭㊀，赫赫雍去聲王都一作前節制㊁。猛將去聲翻一作飄然恐後時㊂，本朝音潮不入非高計。禄山北築雄武城㊃，舊防敗走歸其營。繫音計書請問燕平聲耆舊㊄，今日何須十萬兵。上四，諷賊黨之歸順。下四，慰燕人之向化。官軍精鋭，節制得人，彼河北諸將，翻然而來，猶恐後時，若不入本朝，真失計矣。又爲慰諭燕人之詞曰：當時禄山猖獗，尚築壘以防退走，今王師破竹，思明旦夕奔竄，諸耆老當亦知之否耶。

㊀《後漢書》：吴漢亡命在漁陽，説太守彭寵曰：「漁陽突騎，天下所聞也。」《晁錯傳》：輕車突騎。師古注：言其驍鋭，可用衝突敵陳也。

㈡《詩》：赫赫厥靈。《唐書》：寶應元年九月，魯王适改封雍王。冬十月，以雍王爲天下兵馬元帥，統河北、朔方及諸道行營、回紇等兵十餘萬，進討史朝義，會軍於陝州。王，即德宗也。《荀子》：桓文之節制。

㈢猛將，指河北降將，時薛嵩以四州來降，張忠志以五州來降。

㈣《舊書》：禄山反時，築壘范陽北，號雄武城，峙兵聚糧。

㈤繫書，用魯仲連約矢射聊城事。

花底

鶴注：花柳兩章，當是廣德元年春梓州作，宜在《遣憂》之前。

紫萼扶千蕊㈠，黄鬚照萬花。忽疑行暮雨，何事入朝霞㈡。恐是潘安縣㈢，堪留衛玠車㈣。深知好顔色，莫作《廣韻》入去聲**委泥沙。**此詩咏花，有妍華易謝之感。上四句，對花驚喜，下則意在惜花也。紫萼包乎蕊外，黄鬚映自花中，花之内外俱麗矣。行暮雨，見花潤。入朝霞，見花鮮。潘安縣，見花多。留衛玠，見花美。莫委泥沙，不忍覩其零落耳。此詠梅花也，在下章點明。《晚出左掖》詩亦言花底，乃指桃花，有春色醉仙桃可證。

㈠顧注：蕚，花蒂也。蕊，鬚頭之點也，花鬚多是黄色。

㈡周弘正詩：帶啼疑暮雨，含笑似朝霞。

㈢晉潘安仁爲河陽令，縣皆樹花。

㈣衛玠，風神秀異，乘羊車入市，見者以爲玉人。

柳邊

只道去聲**梅花發，那**一作誰**知柳亦新。枝枝總到地，葉葉**錢作蕊蕊**自開春**㈠。**紫燕時翻翼，黄鸝不露身**㈡。**漢南應**平聲**老盡**㈢，**霸上遠愁人**㈣。　顧注：此詩咏柳，有時光迅速之感。首二，初春之柳。枝嫩葉青，正見其新。五六，暮春之柳。漢南、灞上，借柳寄慨。　枝動，故翻燕。葉密，故藏鸝。漢南之柳，應且老盡，自況淹留。灞上之柳，遠亦愁人，遥憶長安也。　顧注：兩句用柳事，調穩而味長。

㈠古詩：枝枝相覆蓋，葉葉相交通。

㈡苕溪漁隱句云：「話盡春愁雙紫燕，唤回午夢一黄鸝。」用燕鸝而語更逸。

㈢《枯樹賦》：昔年移柳，依依漢南。

㊃《三輔黄圖》：霸橋在長安東，漢人送客至此，手折柳贈别，名曰銷魂橋。

聞官軍收河南河北 一云收兩河

此廣德元年春在梓州作。《唐書》：寶應元年冬十月，僕固懷恩等屢破史朝義兵，進克東京，其將薛嵩以相衛等州降，張志忠以恒趙等州降。次年春正月，朝義走至廣陽自縊，其將田承嗣以莫州降，李懷仙以幽州降。

劍外忽傳收薊北，初聞涕淚滿衣裳。却看平聲**妻子愁何在？漫卷詩書喜欲狂。白首**一作**日放歌須縱酒，青春作伴好還鄉。即從巴峽穿巫峽**㊀**，便下**去聲**襄陽向洛陽**㊁。原注：余田園在東京。　上四，聞收復而喜。下思急還故鄉也。　初聞而涕，痛憶亂離。破愁而喜，歸家有日也。縱酒，承狂喜。還鄉，承妻子。末乃還鄉所經之路。　顧注：忽傳二字，驚喜欲絶。愁何在，不復愁矣。漫卷者，抛書而起也。　黄生注：此通首叙事之體。劍外見地，青春見時。曰作伴者，風和景明，能助行色也。

㊀舊注：巴縣有巴峽，巫山縣有巫峽，襄陽屬楚，洛陽屬河南。

㊁顧注：公先世爲襄陽人，祖依藝，爲鞏令，徙河南。父閑，爲奉天令，徙杜陵，而田園尚在洛陽。

顧宸曰：杜詩之妙，有以命意勝者，有以篇法勝者，有以俚質勝者，有以倉卒造狀勝者。此詩之忽傳、初聞，却看、漫卷、即從、便下，於倉卒間寫出欲歌欲哭之狀，使人千載如見。

王嗣奭曰：此詩句句有喜躍意，一氣流注，而曲折盡情，絶無妝點，愈樸愈真，他人決不能道。

朱瀚曰：涕淚，爲收河北。狂喜，爲收河南。此通章關鍵也。而河北則先點後發，河南則先發後點。詳略頓挫，筆如游龍。又地名凡六見，主賓虚實，纍纍如貫珠，真善於將多者。

黄生曰：杜詩强半言愁，其言喜者，惟《寄弟》數首及此作而已。言愁者，使人對之欲哭。言喜者，使人對之欲笑。蓋能以其性情達之紙墨，而後人之性情，類爲之感動故也。使舍此而徒討論其格調，剽擬其字句，抑末矣。

遠遊

此詩乃廣德元年春作。寶應元年，史朝義戰敗，北渡河，帥衛兵來戰，又敗走，所謂胡騎走也。

賤子何人記，迷方一作芳**著**涉略切**處家**㈠。**竹風連野色，江沫**莫葛切**擁春沙**㈡。**種藥扶衰病，吟詩解嘆嗟。似聞胡騎**去聲**走，失喜問京華**㈢。首聯，遠遊之迹。三四，言景。五六，遠遊之事。末二，言情。何人記，言舊交已疏。着處家，謂行踪無定。風竹江沙，自況飄摇流蕩。即景寓情，善於變化。傳言未確，故云似聞。不覺失喜，猶云失聲失笑。顧注：着一失字，從前之揣摩憂慮，當日之驚疑踴躍，種種如畫。

㊀鮑照詩：南國有儒生，迷方獨淪誤。《杜臆》：迷方，本《論語》遊必有方意。

㊁沫，流水之浡。《莊子》：流沫四十里。

㊂宋之問詩：失喜先臨鏡。

春日梓州登樓二首

黄鶴編在廣德元年春在梓州時作。詩云「隨春入故園」，「戰場今始定」，蓋是年春史朝義初滅也。

行路難如此㊀，**登樓望欲迷**㊁。**身無却少**去聲**壯，跡有但**舊作但有**羈栖。江水流城郭，春風入鼓鼙**鞞同。**雙雙新燕子，依舊已銜泥**㊂。此章登樓而興羈旅之感。首聯，情景並提。次聯，承行路。下四，承登樓。《杜臆》：行路之難不一，故用如此二字該之，起語無限悲凉。衰年流落，此身却無少壯，而浪迹但有羈棲，兩句各倒轉一字，便語新而聲協矣。水流城下，登樓所見。風送鼓聲，登樓所聞。新燕巢樓，而旅人無定，對景傷情，語意雙關。數句中，有梓、有春、有樓，寫景言情，相融入化。

㊀古樂府題有《行路難》。

㊁王粲有《登樓賦》。

㊂古詩：思爲雙飛燕，銜泥巢君室。

杜律首句，有語似承上，却是突起者。如「杖錫何來此，秋風已颯然」，「故人亦流落，高義動乾坤」，「行路難如此，登樓望欲迷」，既飄忽，又陡健，此皆化境語也。

其二

天畔登樓眼，隨春一作風**入故園。戰場今始定**㊀**，移**晉作移**柳更**一作豈**能存**㊁。**厭蜀交遊冷，思吳勝事繁。應**平聲**須理舟楫，長嘯下**去聲**荆門**㊂。次章，登樓而動去蜀之懷。上四，遥望故園。下四，追思吴會。蓋恐北歸未能，轉作東遊之想也。《杜臆》：心之所至，目亦隨之，故登樓一望，而天畔之眼，遥入故園。

朝義既平，戰場定矣。洛陽園柳，能復存乎？公少遊吳越，故思勝事，自蜀江至吳，必取道荆門也。

㊀蘇武詩：行役在戰場。

㊁《哀江南賦》：釣臺移柳，非玉關之可望。

㊂袁山松《宜都山川記》：南崖有山，名荆門，北岸有山，名虎牙，二山相對有象門然。

趙汸曰：五言近體，句中用一虚字斡旋，詩家以爲難。若一句中用兩虚字，抑揚見意，惟老杜能之，而陳後山妙得其法。

有感五首

鶴注：此廣德元年逐時有感而作，非止成於一時。　盧注：五章乃收京後追述當年時事，蓋痛其前，又勉其後也。

將去聲**帥蒙恩澤**㈠**，兵戈有歲年。至今勞聖主**㈡**，何以報皇天**㈢**。白骨新交戰**㈣**，雲**趙汸作**輪臺舊拓邊**㈤**。乘槎斷消息，無處覓張騫**㈥**。**首章，歎節鎮不能禦寇。　當時將帥負恩，不知盡心報國，以致邊土爭戰，而敕使不歸。後四句，乃戰和兩意。　勞聖主，承兵戈。　報皇天，承恩澤。　新戰之地，即舊拓之邊，傷今思昔也。　時李之芳使吐蕃，被留經年，故用張騫乘槎爲喻。

㈠《前漢·黄霸傳》：左右之官，皆將帥也。　又：數下恩澤。

㈡吴質書：念蒙聖主恩。

㈢皇天，比君。《楚辭》：皇天無私阿兮。　《北史》：高琳爲後周名將，周文帝宴群公，仍賦詩。琳詩曰：「寄言竇車騎，多謝霍將軍。何以報天子，沙漠净妖氛。」何以報天句，本此。

㈣魏許昌碑表：白骨既交於曠野。　温子昇《爲高敖曹謝表》：群龍交戰。

㊄錢箋：唐自武德以來，開拓邊境，地連西域，皆置都督府州縣。開元中，置朔方等處節度使以統之。禄山反後數年間，西北數十州，相繼淪没，盡取河西、隴右之地，自鳳翔以西、邠州以北，皆爲左衽矣。　曰雲臺，思開國功臣也。　《通鑑》：漢武帝曰：「輪臺西於車師千餘里。」杜佑曰：輪臺，渠犂地，今在交河北庭界中，其地相連。　温子昇《答齊神武勅》：開拓邊境，爲國立功。

㊅《漢・張騫傳》：騫以郎應募使月氏，經匈奴，匈奴留騫十餘載，後亡歸漢。朱注：張騫窮河源，無乘槎之説。張華《博物志》：海上有人，每年八月，乘槎到天河，未嘗指言張騫。宗懔《歲時記》乃云：武帝令張騫尋河源，乘槎而去。趙蔡俱疑懔爲訛。或云：張騫乘槎，出《東方朔内傳》，今此書失傳。庾肩吾《奉使江州》詩：「漢使俱爲客，星槎共逐流。」正用此事也。

洪容齋《續筆》云：前輩謂少陵當流離顛沛之際，一飯不忘君，故詩有云：「萬方頻送喜，無乃聖躬勞。」「至今勞聖主，何以報皇天。」「獨使至尊憂社稷，諸君何以答昇平。」「天子亦應厭奔走，諸公固合思昇平。」皆是心也。

其二

幽薊餘蛇樊作封豕㊀，**乾坤尚虎狼**㊁。**諸侯春不貢，使**去聲**者日相望**平聲㊂。**慎勿吞青海，無勞問越裳**㊃。**大君先息戰**㊄，**歸馬華**去聲**山陽**㊅。　此章，歎鎮將之擁兵。　上二分提，三四承首句，五六承次句，末二總結。　蛇豕，指河北降將。虎狼，指吐蕃羌夷。諸侯不修職貢，致煩朝使諭旨，近在内地，尚有隱憂，況青海越裳，能勤遠略乎。　蓋由人君急於息戰，以致國威不振也。

㈠《左傳》：吴爲封豕長蛇，薦食上國。

㈡賈山《至言》：秦以熊羆之力，虎狼之心。

㈢《董仲舒傳》：使者冠蓋相望。

㈣朱注：天寶後，南詔叛唐歸吐蕃，屢爲邊患。此詩青海指吐蕃，越裳指南詔也。《南史》：林邑國，本漢日南郡象林縣，古越裳界也。杜氏《通典》：交阯之南有越裳國，周公居攝六年，越裳重譯而獻白雉。

㈤《易·師》上爻：大君有命。宋之問詩：漢皇未息戰。

㈥《書·武成篇》：歸馬於華山之陽。

此詩末二句，向有三説。舊注謂：戒當時生事外夷者，其説迂而不切。觀吐蕃入寇，郭子儀僅以二千騎從事，亦何暇生事乎。《杜臆》謂：推原禍本，因玄宗大開邊釁，致貽患至今，若早能息戰歸馬，焉有此禍乎。玩詩語意，亦不相合。錢箋謂：息戰歸馬，惜代宗不復能用兵，而婉其辭以議之。此説近是。但此時民苦兵革，亦豈可勸之用兵乎。愚按廣德元年，史朝義既誅，河北諸將皆降。僕固懷恩奏留降將，分帥河北。唐世藩鎮之禍，實自此始。詩言息戰歸馬，蓋欲收鎮兵以實關内。時子儀在京，可爲統領。一以銷北顧之憂，一以備西侵之患。此最當時大計，唯此計不行，而後有吐蕃之陷京，懷恩之犯闕，不勝紛紛多事矣。考大曆八年，子儀入對，謂河南等鎮，殫屈稟給，未始蒐擇，請追赴關中，勒步隊，示金鼓，則攻必破，守必全，久長之策也。公之熟籌時事，正與汾陽意同。

其三

洛下舟車入㈠，天中貢賦均㈡。日聞紅粟腐㈢，寒待翠華春㈣。莫取金湯固㈤，長令平聲宇宙新。不過平聲行儉德㈥，盜賊本王臣㈦。此章，歎都洛之非計。上四述時議，下四諷時事。

議者謂帝幸東都，其地舟車咸集，貢賦道均，且傳倉多積粟，春待駕臨，此特進言者之侈談耳。豈知國家欲固金湯而新宇宙，實不係乎此。若能行儉德以愛人，則盜賊本吾王臣耳，何必爲此遷都之役耶。單復注：盜賊本王臣，即「撫我則后，虐我則讐」之謂也。顧注：是年天興聖節，諸道節度使獻金飾器用、珍玩駿馬，共值緡錢二十四萬。常衮上言請却之，不聽。代宗漸有奢侈之志，故以儉德規之。

㈠《世説》：晉元帝問洛下消息。

㈡《史記》：成王使召公復營洛邑，曰：「此天下之中，四方入貢，道里均焉。」

㈢《漢·食貨志》：太倉之粟，陳陳相因，腐敗而不可食。

㈣《上林賦》：建翠華之旗。

㈤賈誼曰：金城湯池，帝王萬世之業。

㈥《書》：慎乃儉德。

㈦《詩》：莫非王臣。楊德周曰：「盜賊本王臣」，駕馭撫綏，俱在其中。

錢謙益曰：自吐蕃入寇，車駕東幸，程元振勸帝都洛陽以避蕃亂。郭子儀附章論奏，其略曰：「東周之地，久陷賊中，宮室焚燒，十不存一。矧其土地狹隘，纔數百里間，東有成皋，南有二室，險不足恃，適爲戰場。明明天子，躬儉節用，苟能抑豎刁、易牙之權，任蘧瑗、史鰌之直，則黎元自理，寇盗自息。」公此意，正隱括汾陽論奏大意。

朱鶴齡曰：唐江淮之粟，皆輸洛陽，轉運京師。時劉晏主漕，疏浚汴渠，故言洛下舟車無阻，貢賦大集，當急布春和，散儲粟以贍窮民。

王道俊《博議》曰：《傷春》詩有「近傳王在雒」及「滄海欲東巡」之句，則此詩爲傳聞代宗將幸東都而作也。史稱喪亂以來，汴水湮廢，漕運自江漢抵梁洋，迂險勞費。廣德二年三月，以劉晏爲河南江淮轉運使。時兵火之後，中外艱食。晏乃疏汴水，歲運米數十萬石以給關中。公之意，唐建東都，本備巡幸。今汴洛之間，貢賦道均，且漕渠已通，倉粟不乏，只待翠華之臨耳。勿謂洛陽陿阸，無金湯可守。乘此時而赫然東巡，號令天下，則宇宙長新矣。蓋能行恭儉之德，則率土皆臣，盗賊豈足慮哉。王導論遷都云：「能弘衛文大帛之冠，無往不可。若不績其麻，則樂土爲墟。」公意正此意也。

按：已上兩説不同，今主錢氏，有子儀籌策可據也。

其四

丹桂風霜急㊀，青梧日夜凋㊁。由來强幹地㊂，未有不臣朝音潮㊃。**授鉞親賢往㊄，卑宫制詔遥㊅。終依古封建，豈獨聽簫韶㊆。**

此章，諷朝廷建宗藩以懾叛臣。上二，即景託興，引起强幹。下文，親賢封建，即申明此意。桂，比王室。梧，比宗藩。曰急、曰凋，見其侵陵削弱矣。惟國家本幹强固，則節鎮自然臣服。昔上皇在蜀，一命親賢往鎮，而制詔遂至遥傳，此當時已行之成驗也。今若依古封建之制，可以坐銷亂萌，何待聽簫韶而始見太平哉。　黄生注：卑宫，承前儉德來。張正見詩：丹桂有蘗香。

㊀《漢·五行志》：成帝時童謡：「桂樹華不實，黄雀巢其顛。」注：桂，赤色，漢家象。

㊁鮑照詩：青梧葉方稀。

㊂後漢丁恭議：古者封建諸侯不過百里，强幹弱枝，所以爲治也。

㊃宋意疏：春秋之義，諸父昆弟，無所不臣。　《六韜》：凡國有難，君召將，授以斧鉞。

㊄《左傳》：分茅列土，親賢並建。注：親賢，同姓也。晉武帝詔：益州素號難治，宜以重鎮親賢撫之。　按：天寶十五載七月丁卯，上皇制以太子亨充天下兵馬元帥，朔方、河東、河北、平盧節度使，南取長安、洛陽，此即親賢授鉞之制詔也。時上皇初幸蜀中，行宫草創，故曰卑宫。錢箋：上皇分封諸王，如禹之與子，故以卑宫言之。《壯遊》詩云「禹功亦命子」，此其證也。

㊅《魏都賦》：察卑宫於夏禹。　劉淵曰：古者王言，同稱爲命，秦并天下，改命曰制、令曰詔。肅宗乾元二年，以趙王係爲兵馬元帥。詔曰：靖難平兇，必資於金革。總戎授律，實仗於親賢。寶應元年，代宗即位，以雍王适爲元帥。詔曰：國之大事，兵馬爲先。朝有舊章，親賢是屬。此肅、代兩朝，授鉞親賢，相沿爲定制矣。

㊆《虞書》：簫韶九成。

錢謙益曰：天寶十五載七月，房琯建分鎮討賊之議，上皇詔曰：「令元子北略朔方，命諸王分守重鎮。」詔下，遠近相慶，咸思效忠於興復。禄山撫膺曰：「吾不得天下矣。」肅宗即位，雖用諸子統師，然皆不出京師，遥制而已。宗支削弱，藩鎮不臣。公追歎朝廷不用琯議，失强幹弱支之義也。

盧元昌曰：公是年，爲閬州《進論巴蜀安危表》一則曰：願陛下度長計大，速以親賢出鎮。再則曰：必以親賢委之節鉞，此古維城磐石之義。終曰：臣特望以親賢爲總戎者，意在根固流長，國家萬代之利。與此詩相表裏。

其五

胡一作盜**滅人還亂**㈠，**兵殘將**去聲**自疑**㈡。**登壇名絶假**㈢，**報主**一作執玉**爾何遲**。**領郡輒無色**㈣，**之官皆有詞**㈤。**願聞哀痛詔**㈥，**端拱問瘡痍**㈦。此章，慨當時重節鎮而輕郡守。上四，責諸將之跋扈。下四，傷州郡之誅求。寇滅而人還亂者，由兵少而將自疑也。在諸將實封爵土，絶非假攝者比，何以不思報主，而反懷貳心耶。且節鎮權重，則徵斂日繁，郡守不得自主，故領郡常無氣色，而之官每有怨詞。代宗端拱方新，何不下哀痛之詔，以恤窮民乎。知恤民疾苦，則當重司牧之任，以免節鎮之牽制也。

㈠《杜臆》：僕固懷恩恐賊平寵衰，奏留薛嵩等分帥河北，此「兵殘將自疑」也。田承嗣舉管内户口壯者，皆籍爲兵，又選驍騎萬人自衛，謂之牙兵，此「胡滅人還亂」也。

㈡殘，乃殘少之殘，非殘害之殘。《後漢·公孫述傳》：光武下詔曰：「勿以來歙、岑彭受害自疑。」

㈢邵注：漢高帝築壇，拜韓信爲大將。顧注：廣德元年，諸道節度使並加實封，所謂名絶假也。《漢書·韓信傳》：信使人言曰：「齊邊楚不爲假王以鎮之，其勢不定。」帝曰：「大丈夫定諸侯，即爲真王耳，何以假爲。」趙注：名絶假，言真拜之，非特假節而已。

㊃宋玉《神女賦》：比之無色。

㊄《漢書》：蕭望之便道之官。《左傳》：我有詞也。

㊅盧注：哀痛詔，即是年柳伉疏中「天下其許朕自新」之意。邵注：漢武帝末年，下哀痛之詔以自悔過。

㊆隋煬帝詩：端拱朝萬國。《季布傳》：創痍未瘳。創、瘡同。

錢謙益曰：李肇《國史補》：開元以前，有事於外，則命使臣，否則止。自置八節度、十採訪，始有坐而爲使。其後名號益廣，大抵生於置兵，盛於專利，普於銜命。於是爲使則重，爲官則輕。故天寶末，佩印有至四十者。大曆中，請俸有至千貫者。宦官内外，悉屬之使。舊爲權臣所管，州縣所理，今屬中人者有之。此詩云「登壇名絶假」，謂諸將兼官太多，所謂坐而爲使也。「領郡輒無色」，州郡皆權臣所管，不能自達，故曰無色也。「之官皆有詞」，所謂爲使則重，爲官則輕也。《送陵州路使君》詩云：「王室比多難，高官皆武臣。」與此正相發明。東坡謂唐郡縣多不得人，由重内輕外者，此天寶以前事。以言乎廣德之時，則迂矣。

王嗣奭《杜臆》曰：詩人尚風，其弊也，烟雲花草，凑砌成篇，核其歸存，恍無定處。杜詩宗雅頌，比興少而賦多。如此五首，皆賦也，即用比興，意有所主，總歸於賦。故情景不一，而變化無窮，一時感觸，而千載長新。　又曰：讀此五詩，皆救時之碩畫，報主之赤心，自許稷契，真非虚語。耳食者謂公志大才疏，良可悲矣。

黄生曰：七律之《諸將》，責人臣也。五律之《有感》，諷人君也。然此雖諷人君，未嘗不責其臣，以强圉國事，敗壞至此，皆人臣之罪也。公平日諄諄論社稷憂時事者，大指盡此五首。　又曰：此五首，在公生平爲大抱負，即全集之大本領，從來讀杜詩者，並未拈出。　又曰：末首，通結數章之意，而歸本於主德。所謂君仁莫不仁，君正莫不正，而惟務格君之心者，具於此見之。讀此五章，猶以詩人目少陵者，非惟不知人，兼亦不知言矣。

春日戲題惱郝使去聲君兄一本無兄字

鶴注：寳應元年十一月，公至通泉時，郝招飲，出二姬以侑樽。次年春，公在梓州，因作此詩以戲之。此廣德元年作。

使去聲君意一作俊氣凌青霄㊀，憶昨歡娱常見招。細馬時鳴金騕褭㊁，佳人屢出董嬌饒㊂。

此追叙通泉之宴。　郝常見招，即其意氣。馬乃佳人所乘者，故下文有再騁之句。

㊀《北山移文》：干青霄而直上。

㊁《唐書》：凡馬有左右監，以别其粗良。細馬稱左，粗馬稱右。　黄希曰：馬謂之金騕褭，因漢武

帝鑄金爲麟趾褭蹄，詩人遂用之。盧照鄰詩：漢家金騕褭。

㊂《玉臺新咏》：宋子侯曾有《董嬌饒》詩。

東流江水西飛燕㊀，**可惜春光不相見**㊁。**願攜王趙兩紅顔**，**再騁肌膚如素**吴作雪**練**㊂。此望郝攜妓而來。自通回梓，郝在東，公在西，故借水流燕飛以起興。不相見，指佳人而言。王趙，乃使君家妓。

㊀江水，即射洪江。古樂府：東飛伯勞西飛燕，黄姑織女時相見。

㊁沈約詩：遥裔發海鴻，連翩出簷燕。春秋更去來，參差不相見。

㊂又《恩倖傳論》：素練丹魄，至皆兼兩。

通泉百里近梓州㊀，**請**一作諸**公一來開我愁**。**舞處重**平聲**看**平聲**花滿面**㊁，**樽前還有錦纏頭**㊂。末再致盼望之詞。百里攜妓，勢所不能，亦空想花容而已，故曰戲、曰惱也。此章三段，各四句。

㊀《九域志》：通泉在梓州東南百三十里，兹云百里，舉成數言耳。

㊁《酉陽雜俎》：今婦人面飾用花子，起自昭容上官氏所製，以掩點跡。

㊂杜田曰：唐明皇宴於清元小殿，自打羯鼓。曲終，戲謂八姨曰：「樂籍今日有幸約供奉夫人，請一纏頭。」王洙曰：唐王元寶富而無學識，嘗會賓客。親友謂之曰：「昨日必多佳談。」元寶視屋良久，曰：「但費錦纏頭耳。」

杜詩詳注卷之十二

題郪七稽切原一作縣郭三十二明府茅屋壁

顧注：此廣德元年從梓州往閬州時作。《唐志》：梓州治郪縣。《一統志》：廢郪縣，在潼川州治東，明併入州。州西一百里有漢廢郪縣故城。盧注：茅屋壁，便見廉吏梗概。

江頭且繫音計**船，爲**去聲**爾獨相憐。雲散灌壇雨**㈠**，春青彭澤田**㈡**。頻驚適小國**㈢**，一擬問高天**㈣**。别後巴東路，逢人問幾賢**㈤**。**首聯臨别之情，次聯郪縣之景，下皆憐郭之意。明府大才小試，天意雖曰難知，但有遺愛在民，人情應共稱述，問天問人，乃互應之詞。

㈠《搜神記》：文王以太公爲灌壇令，期年，風不鳴條。文王夢一婦人甚麗，當道而哭，問其故，曰：「我泰山之女，嫁爲西海婦，欲歸，灌壇令當道有德，廢吾行。吾行，必有大風疾雨。」文王覺，召太公問之，果有疾風暴雨從太公邑外過。文王乃拜太公爲大司馬。

㈡《陶潛傳》：潛爲彭澤令，公田悉令種秫，曰：「令吾嘗醉於酒足矣。」妻子因請種秔，乃使二頃五十畝種秫，五十畝種秔。　此引灌壇、彭澤，乃借比縣令。

㊂《左傳》：楚文王戒申侯毋適小國。

㊃屈原有《天問》。

㊄問幾賢，問如郭之賢者幾人乎。

奉送崔都水翁下去聲峽

鶴注：廣德元年在梓州作。　崔爲都水使，與公爲甥舅，故稱曰翁。下峽，將歸洛陽也。　舊注謂歸長安，反紆途矣。公詩「即從巴峽穿巫峽，便下襄陽向洛陽」，此可證也。《唐書》：都水監使者二人，正五品上，總河渠諸津監署。

無數涪音浮**江筏，鳴橈總發時㊀。別離終不久，宗族忍相遺。白狗黄牛峽㊁，朝雲暮雨祠㊂。所過**平聲**憑**一作頻，非**問訊，到日自題詩㊃。**　上四叙送崔，下四記下峽。　筏多橈響，從行者衆。　别離不久，公亦將出峽，以親族在京，不忍遺棄故也。　峽畔祠前，皆崔翁經過之地。　《杜臆》：經過之處，有相知者在，先憑翁問訊，待將來到日，我自題詩以贈也。

㊀胡夏客曰：出峽之舟，多以竹木之筏附於兩旁，至今猶然。　邵注：編竹爲桴，大者曰筏。　橈，短

棹也。

㊁《十道志》：白狗峽，在歸州，兩崖如削，白石隱起，其狀如狗。黄牛峽，在夷陵州，石色如人牽牛之狀，人黑牛黄。

㊂宋玉《高唐賦》：「朝爲行雲，暮爲行雨。」此即巫山神女祠也。

㊃顧注：將來欲憑此以問安信，何不按日題詩留存手跡乎。盧注云：張籍《送遠曲》：「願君到處自題名，他日知君從此去。」即末二句意。按：二説太曲，還從《杜臆》爲當。

鄴城西原送李判官兄武判官弟赴成都府

鶴注：此當是廣德元年春作。

憑一作登**高送所親，久坐惜芳辰**㊀。**遠水非無浪**㊁，**他山自有春**㊂。**野花隨處發，官**一作妖**柳著**直略切行音杭**新**。**天際傷愁别**㊃，**離筵何太頻**㊄。此章惜芳辰三字，見戀别之情。水浪可憂，而山春又可樂，花柳可娱，而離筵又可悵，皆就芳辰上寫出悲歡交集之意，於惜别情景，倍覺悲傷矣。　李、武稱兄弟，故曰所親。兩人俱往蜀，故云太頻。

㊀梁元帝《纂要》：春辰曰芳辰。

㊁隋煬帝詩：遠水翻如岸。

㊂《詩》：他山之石。

㊃鮑照《遊思賦》：陽精滅兮天際紅。

㊄宋之問詩：離筵多故情。

涪江泛舟送韋班歸京得山字

鶴注：涪江在梓州涪城縣，此當是廣德元年春在梓州作。

追餞同舟日，傷春一作心一水間㊀。飄零爲客久，衰老羨君還。花雜一作遠重重平聲樹㊁，雲輕處處山。天涯故人少，更益一作憶鬢毛斑。上四泛舟送別，下四對景傷情。花樹雲山，歸途春色。天涯應爲客，故人應君還，鬢斑應衰老，比上截更進一步，愈覺可傷。

㊀古詩：相望一水間。

㊁隋煬帝詩：遠意更重重。趙曰：花遠不如花雜，蓋重重便有遠意，不宜疊用也。

泛舟送魏十八倉曹還京因寄岑中允參范郎中季明

鶴注：此當是廣德元年在梓州作。是年岑參自虢州長史歸，爲太子中允。《唐書》：諸衛府各有倉曹參軍。　杜確：岑參出爲虢州長史，改太子中允，兼殿中侍御史，充關西節度判官。范季明無考。

遲日深江一作春**水**㈠，**輕舟送別筵。帝鄉愁緒外**㈡，**春色淚痕邊**㈢。**見酒須相憶，將詩莫浪傳**㈣。**若逢岑與范，爲**去聲**報各衰年**㈤。上四，送魏還京，有感時事。下四，臨別丁寧，兼寄岑范也。　鶴曰：玄肅二宗，是年三月葬，故有「帝鄉愁緒」、「春色淚痕」之句。　公詩多傷時語，故囑其莫浪傳以取忌。

㈠《詩》：春日遲遲。

㈡古歌：乘彼白雲，至於帝鄉。　梁簡文帝詩：此時愁緒密。

㈢又：淚痕未燥詎終朝。

㈣《朝野僉載》：咸亨中謡曰：「莫浪傳，阿婆瞋。」

㈤各衰年，以己之衰年報岑范也。

送路六侍御入朝音潮

黃鶴編在廣德元年春梓州詩内。

童稚情親四一作三十年，中間消息兩茫然。更爲後會知何地，忽漫相逢是別筵㊀。不分音問。一作忿桃花紅似錦㊁，生憎柳絮白於一作如綿㊂。劍南春色還無賴㊃，觸忤愁人到酒邊。上四送別之情，下四臨別之景。追已往，念將來，傷現在，寫出會難別易，數語含無限悲傷。

張綖注：花柳，春色可愛者，忽然可惱，以其觸忤愁人，直到酒邊也。

㊀張華詩：「詞端究未竟，忽唱分途始。前悲尚未弭，後感方復起。」此前四語所本。《孔叢子》云：彼有戀戀之心，未知後會何期。

㊁不分，不能分辨也。徐摛詩：恒教羅袖拂，不分秋風吹。張正見詩：不分梅花落，還同橫笛吹。又《哀桃賦》：爾乃萬株成錦，千林似翼。《寰宇記》：桃花溪，在郪縣三十里，南流入射洪縣。

㊂盧照鄰詩：生憎帳額繡孤鸞。駱賓王詩：生憎燕子千般語。祖孫登《詠柳》：飛綿亂上空。

㊃唐貞觀元年，分天下爲十道，九曰劍南道。無賴，言其狼籍。

朱瀚曰：始而相親，繼而相隔，忽而相逢，俄而相别，此一定步驟也。能翻覆照應，便覺神彩飛動。及細按之，後會無期，應消息茫然。忽漫相逢，應童稚情親。無賴，即花錦、絮綿。觸忤，即不分、生憎。脈理之精密如此。

涪城縣香積寺官閣

鶴注：此當是廣德元年春作。涪城在梓州西北五十五里。《杜臆》：涪城縣，今入潼川州。《寰宇記》：香積山，在涪城縣東南三里，北枕涪江，寺當在其上。長安亦有香積寺，題故加涪城縣以别之。

寺下春江深不流，山腰官閣迥添愁㈠。**含風翠壁孤雲細，背**音佩**日丹楓萬木稠。小院迴廊春**一作深，一作清**寂寂**㈡，**浴鳧飛鷺晚悠悠**㈢。**諸天合在藤蘿外**㈣，**昏黑應**平聲**須到上頭**㈤。

迴閣臨江，故易生愁。中四，皆登閣所見之景，雲細、木稠在山前，小院迴廊在閣内，浴鳧飛鷺在江中，日晚到寺，得以盡覽其勝矣。作三層看，便明。山下有江，山腰有閣，山上則有寺也。輕風散雲則漸細，落日映楓則更稠，此從一淡一濃對説。寂寂，境地之幽。悠悠，物性之閒。

㈠庾信詩：春江下白帝。《世説》：淵注渟著，納而不流。不流者，江深水静也。添愁者，山高難上也。　庾信《枯樹賦》：頓山腰而半折。

㈡梁簡文帝《善覺寺碑》：迴廊遥迓。

㈢《淮南子》：皃浴猿躩。　北齊蕭慤詩：飛鷺復驚翬。

㈣佛書有三界諸天，自欲界以上皆曰諸天。　陳注：自四天王天，至非有想天、非無想天，皆諸天也。　此指山頂殿像言。

㈤古樂府：夫壻居上頭。

泛江送客

鶴注：此是廣德元年暫遊左綿時作。　東津在綿州，《打魚歌》云「綿州江水之東津」是也。　錢箋：《輿地紀勝》：東津在郪縣東四里，渡涪江水。

二月頻送客，東津江欲平。　烟花山際重㈠，舟楫浪前輕。　淚逐勸杯下去聲。　一作落㈡，**愁連吹笛生㈢。　離筵不隔日㈣，那得易**去聲**爲情。**　上四泛江送客，下四臨别傷情。　春水生，故江平。　烟花承二月，舟楫承東津。　重輕二字，眼在句底。　把杯聞笛，適足增悲，離筵故也。　不隔日，應上頻送。

㈠王融詩：烟花雜如霧。「烟花山際重」，重乃濃厚之意。黄生云：重即平聲深字，言望去非一重也。

㈡隋尹式詩：淚逐斷絃揮。

㈢王洙曰：馬融去京踰年，有洛客逆旅吹笛，暫聞之甚悲感。

㈣離筵，祖席也。

雙燕

當是廣德元年春在閬州作。銜泥入堂，此春日事。曰應曰且，乃計其將來也。鶴曰：觀末句，公有意於出峽，未聞嚴武鎮蜀之信也。

旅食驚雙燕一作雙飛燕㈠，**銜泥入北**一作此**堂**㈡。**應**平聲**同避燥濕，且復**扶又切**過**一作遇**炎涼**㈢。**養子風塵際**㈣，**來時道路長**㈤。**今秋天地在，吾亦離**去聲**殊方**㈥。此詩託燕自喻，於首尾露意。旅食而驚雙燕者，爲身將去而燕反來也。隨地羈棲，聊避燥濕也。交遊漸冷，歷過炎涼也。攜家梓閬，養子風塵也。長安赴蜀，來時道路也。句句說燕，却句句自慨，皆與旅食二字相關。顧云：世經亂離，而天地仍在，猶云天空任鳥飛。

㈠顧注：春燕以其匹至，故《詩》曰「燕燕于飛」。　古詩：昔爲雙飛燕，銜泥巢君室。

㈡鮑照詩：出入南闕裏，經過北堂陲。

㈢避燥濕，燕不露巢。過炎涼，自夏徂秋。　《左傳》：子罕曰：「吾儕小人，皆有闔廬，以避寒暑燥濕。」　劉虬書：炎涼始茂，動静惟安。

㈣古樂府《蛺蝶行》：蛺蝶之遨戲東園，奈何卒逢三月養子燕，接我苜蓿間。

㈤吴均《燕》詩：問余來何遲，山川幾紆直。所謂「來時道路長」也。

㈥從春叙起，從秋收結。

百舌

此亦同時所作。　時程元振已貶斥，公初春猶未知，故借百舌以寄慨。　王十朋曰：百舌者，反舌也，能反覆其舌，隨百鳥之音，春囀夏止。《禮記》：小暑至，反舌無聲。　《朝野僉載》：百舌，食蚯蚓，正月蚓出而來，十月蚓藏而往。

百舌來何處？重重平聲**祇報春。知音兼衆語，整翮豈多身。花密藏難見**一云難相見，**枝高聽轉新。過時如發口，君側有讒人**㈠。　此詩借鳥託諷，在末二露意。　起句便有怪駭意，重重報春，厭其聒耳。中四，見利口百出，不在多人，且匿形難見，而聳聽易投。過時發口，慮及讒人，結語大有關係。

㈠《汲冢周書》：芒種之日，螳螂生。又五日，鵙始鳴。又五日，反舌無聲。螳螂不生，是謂陰息。鵙始不鳴，令奸壅逼。反舌有聲，佞人在側。黄山谷云：予讀《周書·月令》，乃解老杜「過時如發口，君側有讒人」之句。《張儀傳》：陳軫曰：「軫可發口言乎？」《公羊傳》：晉趙鞅除君側之惡。《楚辭》：讒人高張。

上（上聲）牛頭寺

鶴注：當是廣德元年在梓州作。錢箋：《寰宇記》：牛頭山，在梓州郪縣西南二里，高一里，形似牛頭，四面孤絶，俯臨州郭，下有長樂寺。樓閣烟花，爲一方勝概。《九州記》：葛仙翁嘗遊此山。

青山意不盡，衮衮上（上聲）**牛頭。無復**（扶又切）**能拘礙**㈠**，真成浪出遊**㈡**。花濃春寺靜，竹細野池幽。何處啼鶯切**㈢**，移時獨未休。**首章，初上寺而賦也。上四登山，喜心目之曠。下四入寺，詠景物之佳。山意不盡，謂巒嶂層疊。衮衮，連步登陟貌。無拘礙，觸景蕭灑。浪出遊，恣情覽勝。花竹之下，寺静池幽，反覺鶯啼太切，真是巧於形容。

㊀《虞詡傳》：勿令有所拘礙。何遜詩：吾人少拘礙，得性便游逸。

㊁梁簡文詩：真成恨不已。

㊂錢箋：圖經云：山上無禽鳥棲集。而杜詩有鶯啼之句，則圖經誤也。

望牛頭寺

《杜臆》：題必有誤，望字當在寺下。地志：州南七里有鶴林寺。而牛頭山在州西南二里，正與相望。

牛頭見鶴林㊀，**梯逕繞幽深**。一云秀麗一何深。**春色浮**一作流**山外，天河宿**正異定作没**殿陰。傳燈無白日**㊁，**布地有黄金**㊂。**休作狂歌老，迴看**平聲**不住心**㊃。次章，既上寺而有望也。上四望中之景，下四望中之意。《杜臆》：牛頭山高，故望見鶴林。下三句，乃鶴林寺景，其寺必有名僧傳佛心印，而長者於此布金。故公欲從之求第一義也。　幽深，謂路逕曲折。春色，日所見。天河，夜所見。無白日，燈常在。有黄金，殿至華。回看不住，欲此心空虛無着。

㊀《涅槃後分》：佛入涅槃已，東西二雙合爲一樹，南北二雙亦合爲一，皆垂覆如來，其樹慘然變白。

經云樹色如鶴之白，故名鶴林。王融《法門頌啟》：鶴林雙樹，顯究竟以開泯。

㈡《釋迦成道記》：一燈滅而一燈續。注：燈有照暗除昏之義，故净名有無盡燈。王洙曰：釋家以燈喻法，謂能破暗也。六祖相傳一法，故云傳燈。釋書有《傳燈録》。趙曰：此言長明燈也，借傳燈言之。

㈢江總賦：成黄金之勝地。邵注：給孤長者以黄金側布易國王太子祇園。朱注：《彌陀經》：極樂國土有七寶蓮池，池底以金沙布地。

㈣《金剛經》：應無所住而生其心。《衆香偈》：轉不住心，退無因果。

登牛頭山亭子

與前詩亦同時作。

路出雙林外㈠，亭窺萬井中。江城孤照日，山一作春**谷遠含風。兵革身將老，關河信不通㈡。猶殘數行**音杭**淚，忍對百花叢。**此章，乃登山亭而作也。上四叙景，下四感懷，八句皆整對。　憑高遥望，故城照日而見其孤，谷含風而覺其遠。　世亂無家，止餘數行之淚，忍對此百花叢中乎，傷心甚矣。

㊀朱注：《傅大士傳》：大士捨宅於松下建寺，因以樹名雙林。徐陵《東陽雙林寺傅大士碑》：大士熏禪所憩，獨在高巖。爰挺嘉木，是名檮樹。擢本相對，似雙槐於俠門；合幹成陰，類雙桐於空井。

㊁庾信《哀江南賦》：提挈妻子，關河累年。趙汸注：吐蕃猶盛，故關河未通。張易之詩：鳥吟千户竹，蝶舞百花叢。

上上聲兜率音律寺

鶴注：寺在梓州，當是廣德元年作。洙曰：佛書有兜率天宫，故以名寺。《釋迦成道記注》：梵云兜率陀，或云覩史陀，此云知足，即欲界第四天也。錢箋：圖經：兜率寺在梓州郪縣南二里。《寰宇記》：前瞰郡城，拱揖如畫。侯圭《東山觀音寺記》云：梓州浮圖大小十二，慧義居其北，兜率當其南，牛頭據其西，觀音距其東。《方輿勝覽》云：兜率寺在南山，一名長壽寺，隋開皇中建，即蘇軾詩所稱「牛頭與兜率，雲木鬱堆壠」者。其林泉糾合之勢，山川表裏之形，抽紫巖而四絶，疊丹崖而萬變。連溪拒石，所以控引太虛；蒸雲駕雨，所以盪洩元氣。此見王勃寺浮圖碑。

兜率知名寺，真如會法堂㊀。**江山有巴蜀**㊁，**棟宇自齊梁**㊂。**庾信哀雖久**㊃，**周**蔡作周，舊作何**顒好**去聲**不忘**㊄。**白牛車遠近**㊅，**且欲上**上聲**慈航**㊆。此章初上兜率寺而作也，上四言景，下四言情。兜率知名之寺，乃真如會法之堂，見其爲禪宗也。江山兼有巴蜀，寫其形勝。棟宇起自齊梁，推其古迹。庾信哀時，周顒好佛，皆屬自喻。末言安得駕彼牛車，以藉慈航之一渡乎。

㊀《圓覺經略疏》：圓覺自性，本無僞妄變易，即是真如。真謂真實，顯非虚妄。如謂如常，表無變易。梁簡文帝詩：當須耳應漏，然後會真如。江總《入龍丘巖精舍》詩：法堂猶集雁。

㊁趙注：江山有巴蜀，猶羊叔子登峴山云「自有宇宙，即有此山」之義。王勃詩：江山蜀道賒。

㊂向秀《思舊賦》：棟宇存而不毁。朱注：王勃《郪縣兜率寺碑》：兜率寺者，隋開皇中之所建也。此云自齊梁，疑未詳考。

㊃《北史》：庾信位望通顯，常有鄉關之思，乃作《哀江南賦》。

㊄蔡曰：何顒見《後漢書·黨錮傳》，與詩義不類，或疑是周顒。周顒奉佛有隱操。朱注云：按蔡注本葉少藴《避暑録》。《南史》：周顒音詞辯麗，長於佛理，於鍾山西立精舍，休沐則歸之。清貧寡欲，終日長蔬，雖有妻子，獨處山舍。公岳麓道林二寺詩用此，亦作何顒，蓋周何字相近而訛耳。胡遯叟曰：史稱周顒與何胤皆精信佛法，周娶妻，何食肉，各有其累。公蓋誤憶其姓用之耶。《文選》李善注引梁簡文帝《草堂傳》曰：周顒昔經在蜀，以蜀草堂林壑可懷，乃於鍾嶺雷次宗學館立寺，因名草堂，亦號山茨。

㊅《法華經》：有大白牛，肥重多力，形體殊好，以駕寶車。車遠近，謂遠近俱可到。

㊆清涼禪師《般若經序》：般若者，苦海之慈航，昏衢之巨燭。梁昭明太子詩：慧海渡慈航。

葉夢得曰：詩人以一字爲工，世固知之，唯變化開闔，出奇無窮，殆不可以形迹捕詰。如「江山有巴蜀，棟宇自齊梁」，則其遠近數千里，上下數百年，盡在有、自兩字間，而吞吐山川之氣，俯仰古今之懷，皆見於言外也。

望兜率寺

《杜臆》：此亦指寺前望見者。

樹密當山徑，江深隔寺門。霏霏雲氣動一作重㈠，**閃閃浪花翻**㈡。**不復**扶又切**知天大，空餘見**如字。須溪音現，非**佛尊**㈢。**時應**平聲**清盥**一云興**罷，隨喜給孤園**㈣。次章，既上寺而又望也。上四詠寺前之景，下四有超世之思。　雲氣，承樹密。浪花，承江深。到此禪林妙境，不復知天之大，而唯見佛爲尊矣，因欲盥手而行，隨處覽勝也。

㈠《九章》：雲霏霏而承宇。

㈡江逌賦：寒光閃閃而翻漢。

㈢朱長孺云：言佛之尊於天也。闞澤云：孔老二教，法天制用，不敢違天。佛之設教，諸天奉行，不敢違佛，故佛號人天師。

㊃沈約《懺悔文》：隨喜讚悦。　給孤園，注别見。

儒者敬天，佛氏信心。惟敬天，故時時戒懼慎獨，求無忝於所生。惟信心，故乍見圓覺妙明，視一切皆空幻，充其説，殆流於無忌憚而不自知也。此詩云「不復知天大，空餘見佛尊」，非推尊釋道之大，正言其所見之小耳。

甘園甘，古通作柑。

黄鶴編在廣德元年春作，蓋梓州舊有甘園，非瀼西甘園也。朱注：《益州方物贊》：柑，生果、渠、嘉等州，結實埒於江南，味差薄。李實曰：柑園在梓州城南十里，今猶名柑子鋪，柑廢。《唐書》：劍南眉、簡、資等州，歲貢柑。

春日清江岸，千甘二頃園。青雲羞一作著**葉密，白雪避花繁**㊀。**結子隨邊使**去聲㊁，**開籠舊作筩。**《杜臆》欲作筐**近至尊**㊂。**後於桃李熟，終得獻金門**㊃。此詠春日甘園，故從葉花説起。結子上貢，在秋來成熟時。末二，言外感慨，見大器晚成，不求早達也。

㊀雲羞雪避，此句中着眼處，然各有所本。江淹《蓮花賦》：「青梧羞烈，沉水慚馥。」此羞字所本。王績《春日》詩：「雪避南軒梅，風催北庭柳。」此避字所本也。

㊁顧注：蜀爲遐方，故稱邊使。
㊂《杜臆》：橘非筒盛，當是筐字。
㊃揚雄《解嘲》：歷金門，上玉堂。

陪李魯旹作章梓州王閬州蘇遂州李果州四使去聲君登惠義寺

鶴注：當是廣德元年春作。　《唐書》：閬州，屬山南西道。《舊書》屬劍南道。　遂州，後周所置，唐因之，即今潼川州之遂寧縣，唐時與梓州爲鄰。　果州南充郡，屬山南西道，武德四年析隆州置。　蔡曰：地志：惠義寺長平山，在梓州郪縣北。

春日無人境，虚空不住天㊀。鶯花隨世界㊁，樓閣倚一作寄**山巔㊂。遲暮身何得，登臨意惘**一作寂**然。誰能解金印㊃，瀟灑共安禪㊄。**　一云：三車將五馬，若個合安禪。　上四咏寺，下四感懷。　無人境，言其幽。不住天，言其曠。鶯花，春時景物。樓閣，寺中形勢。遲暮二句，自傷入道已晚。誰能二句，并勸四公解脱。　《杜臆》：公以作客之窮，真有學佛之想，故後詩屢及之。

㊀《楞嚴經》：虚空寂然。　杜修可曰：取佛書不住相意，謂天運無常以成四時。
㊁唐孫逖詩：邊地鶯花少，年來未覺新。　《瓔珞經》：無量世界，盡觀衆生。　張注：丘遲書：「雜

花隕樹，群鶯亂飛。」後人合之曰鶯花。
㊂周王褒詩：建章樓閣迥。
㊃《晉書》：周顗曰：「取金印如斗大。」
㊄無名釋詩：高揖謝時俗，瀟灑出樊籠。《法華經偈》：安禪合掌。江總詩：石室乃安禪。

數色角切陪李魯旹作章，下同梓州泛江有女樂在諸舫《方輿勝覽》作渚舫戲爲艶曲二首贈李

鶴注：當是廣德元年春作。

上客廻空騎去聲，佳人滿近船。江清歌扇底，野曠舞衣前㊀。玉袖《杜臆》作燕凌一作臨風並㊁，金壺《杜臆》作皛隱趙汸作引浪偏㊂。競將明媚色㊃，偷眼艶陽天一作年㊄。首章從李公說到女樂，形容一時聲妓之盛，所謂艶曲也。舫上佳人，有歌者，有舞者，有迎風並立者，有提壺引水者，此分寫佳人景態也。又見彼此凝眸，媚眼交映於春光，此合寫佳人情致也。黄生注：首句上客，不應於本章，而應於下章結處，乃通二首爲章法。凌風承野曠，引浪承江清。競將二字，見女樂滿船。

㈠謝靈運詩：野曠沙岸静。

㈡梁簡文帝詩：風吹玉袖香。何遜詩：驚絃雪袖遲。玉、雪皆言袖色之白耳。若以玉飾袖，豈能凌風乎？

㈢鮑照詩：金壺啟夕淪。隱浪偏，舊注謂浪映金壺之半偏，於上下文不合。黄生從趙本作引浪爲是。

㈣隋煬帝《江南曲》：宿霧洗開明媚眼。

㈤鮑照詩：當避艷陽年。邵注：佳人偷眼春光，以争妍媚也。

王嗣奭曰：玉袖金壺，疑其有誤，蓋詩詠佳人，不應參入金壺，上有舞衣，不應複用玉袖。今定玉袖爲玉燕，金壺爲金凫。燕凌風者，學其舞也，凫隱浪者，避其歌也，亦戲詞也。梁簡文帝詩：玉燕貼青驪。《拾遺記》載師曠時有白燕來巢。明皇有金凫燈。何遜詩：銀海終無浪，金凫會不飛。皆可證。《復齋漫録》：古今詩人詠婦人者，多以歌舞爲稱。梁元帝《妓應令》詩：「歌清隨澗響，舞影向池生。」劉孝綽《看妓》詩：「燕姬奏妙舞，鄭女愛清歌。」北齊蕭放《冬夜對妓》詩：「歌還團扇後，舞出妓行前。」弘執恭《觀妓》詩：「合舞俱回雪，分歌共落塵。」陳陰鏗《侯司空宅詠妓》詩：「鶯啼歌扇後，花落舞衫前。」陳劉刪亦云：「山邊歌落日，池上舞前溪。」庾信《趙王看妓》詩：「緑珠歌扇薄，飛燕舞衫長。」江總《看妓》詩：「並歌時轉黛，息舞暫分香。」隋盧思道《夜聞鄰妓》詩：「怨歌聲易斷，妙舞態難雙。」陳元操《春園聽妓》詩：「紅樹摇歌扇，緑珠飄舞衣。」釋法宣《觀妓》詩：「舞袖風前舉，歌聲扇後驕。」王勣《詠妓》

詩：「早時歌扇薄，今日舞衫長。」劉希夷《春月閨人》詩：「池月憐歌扇，山雲愛舞衣。」以歌對舞者七，以歌扇對舞衣者亦七，雖相緣以起，然詳味之，自有工拙也。杜取以爲艷曲云：「江清歌扇底，野曠舞衣前。」又陳子良詩：「明月臨歌扇，行雲接舞衣。」李義府詩：「鏤月成歌扇，裁雲作舞衣。」儲光羲詩：「竹吹留歌扇，蓮香入舞衣。」

洪容齋曰：唐人好以歌扇對舞衣。

其二

白日移歌袖一作裹㈠，**青霄近笛牀**㈡。**翠眉縈度**《漢書注》一音鐸，一音渡**曲**㈢，**雲鬟儼成**一作分**行**音杭㈣。**立馬千山暮，迴舟一水香。使**去聲**君自有婦**㈤，**莫學野鴛鴦**㈥。次章從女樂説到李公。白日承艷陽來，前後自相聯絡。移白日，酣歌終日也。近青霄，聲徹雲霄也。縈迴度曲，前歌將盡也。儼立成行，後歌將繼也。立馬，即空騎之候迎者。迴舟，即女樂之滿舫者。末聯雖涉戲詞，而却含規諷。黄生曰：李梓州耽於女樂，公故撰爲艷曲，雖曰戲之，而實所以規之。曲終雅奏，其詞麗以則，本詩人作賦之義。此豈《玉臺》、《香奩》諸體淫而近褻者所可同日語哉。

㈠曹植《七啟》：爲歡未渫，白日西傾。

㈡《蜀都賦》：干青霄而秀出。齊《南郊樂歌》：紫芬靄青霄。顧宸注：此言響遏行雲，覺青霄若與笛牀相近。《釋名》：牀，裝也，凡所以裝載者皆謂之牀，如糟牀、食牀、鼓牀、筆牀，皆此義。《樹萱録》云：南朝呼筆管爲牀。笛牀當即其類。

㊂宋玉《好色賦》：眉如翠羽。《漢·元帝紀》：帝自度曲。瓚云：歌終更授其次，謂之度曲。古詩：度曲翠眉低。《西京賦》：度曲未終，雲起雪飛。張衡《舞賦》：度終復合，次授二八。

㊃沈約詩：麗色倘未歇，聊承雲鬢垂。薛道衡詩：佳麗成行。

㊄《羅敷行》：使君自有婦，羅敷自有夫。

㊅古樂府歌：湖中百種鳥，半雌半是雄。鴛鴦逐野鶴，恐畏不成雙。盧注：鴛鴦本有定耦，若野鴛，則亂群矣。

唐人《五日觀妓》詩：「眉黛奪將萱草色，紅裙妬殺石榴花。誰道五絲能續命，却令今日死君家。」此縱情徇欲，少年無賴之談，豈可列于風雅中乎？杜公《陪李梓州泛江》詠諸舫女樂云：「翠眉縈度曲，雲鬢儼成行。」結語則云：「使君自有婦，莫學野鴛鴦。」姚通泉《攜酒泛江》詠綵舟美人云：「笛聲憤怨哀中流，妙舞逶迤夜未休。」結語則云：「人生歡會豈有極，無使霜露霑人衣。」觀此二詩，能發乎情，止乎禮義，樂而有節，可以見公之所養矣。

送何侍御歸朝音潮。

原注：李梓州泛舟筵上作。李，魯訔作章。

鶴注：此當是廣德元年春作。

舟楫諸侯餞㊀，車輿使去聲**者歸㊁。山花相映發㊂，水鳥自孤飛㊃。春日垂霜鬢，天隅把**

繡衣㊄。故人從此去一作遠㊅，寥落寸心違。上四送別之景，下四悵別之情。舟楫水餞，車輿陸行，諸侯指李，使者指何。山花映發，起下繡衣故人，見侍御歸朝之樂。水鳥孤飛，起下霜鬢寸心，見異方作客之窮。興中有比，杜詩善用此法。

㊀《易》：舟楫之利。

㊁《淮南子》：車輿極於雕琢。《漢書·王嘉傳》：今之郡守，重於古諸侯。

㊂庾信詩：山花焰火然。《世説》：王子敬曰：「從山陰道上行，山川自相映發，使人應接不暇。」

㊃《詩義疏》：鷺，水鳥也。

㊄洙曰：漢御史繡衣持斧。

㊅沈佺期詩：故人從此去。

江亭送眉州辛別駕昇之得蕪字

鶴注：公有《江亭王閬州筵餞蕭遂州》詩，則江亭在閬州，此當是廣德二年春在閬州作。

柳影含雲幕一云重㊀，江波近酒壺。異方驚會面㊁，終宴惜征途㊂。沙晚低風蝶㊃，天晴喜浴鳧㊄。別離傷老大㊅，意緒日荒蕪㊆。首聯，餞別之事。次聯，惜別之情。三聯，臨別之景。末聯，憶別之懷。柳影江波之處，設幕置酒，故屬叙事。下面風蝶浴鳧，全寫時景，意非重複。《杜臆》：宴終即別，故云「終宴惜征途」。語淺而有味。五六低喜二字，虛字實用。

㈠雲幕，幕高如雲也。

㈡《後漢書》：范丹曰：「遠適千里，會面無期。」

㈢曹植詩：終宴不知疲。

㈣《古今注》：蛺蝶，一名野蛾，一名風蝶。

㈤《淮南子》：鳧浴蝯躩。

㈥古詩：老大徒傷悲。

㈦江總詩：遊人意緒多。　邵注：荒蕪，撩亂也。

行次鹽亭縣聊題四韻奉簡嚴遂州蓬州兩使去聲君咨議諸昆季

鶴注：當是廣德元年自梓州至鹽亭時作。公是年春夏客梓州，鹽亭縣在梓州東九十里，遂州與梓州爲鄰，蓬州則鄰於閬州，而閬與梓又爲鄰也。《杜臆》：遂州、蓬州同姓，而各以官地爲號。　顧注：《舊唐書》：嚴震，字遐聞，梓州鹽亭人，至德乾元間屢出家財以助軍需，授州長史、王府諮議參軍。嚴武移西川，署爲押衙。德宗朝累官至同平章事、檢校尚書左僕射。礪，震之宗人也，累官至山南西道節度使。《寰宇記》：嚴震及弟礪墓在負戴山下，去縣西一里。據此則諮議諸昆季，蓋嚴震及礪也。其嚴遂州、蓬州二使君名，不可考矣。　錢箋：《寰宇記》：鹽亭縣，因井爲名。負戴山在縣西一里，高二里，自劍門南來，過劍州入當縣，龍盤虎踞，起伏四百餘里，至此却蹲。山有飛龍泉，噴下南流入梓潼江，水色清泠，其味甘美，時以爲瓊漿水，即此詩所云春水泠泠也。

馬首見鹽亭，高山擁縣青。雲溪花淡淡一作漠漠，**春郭水泠泠。全蜀多名士**㈠，**嚴家聚德星**㈡。**長歌意無極，好爲**去聲**老夫聽**平聲。　上四鹽亭之景，下四簡嚴昆弟。　首二乃遠望，次二乃近見，五六言地靈而人傑。　顧注：題止四韻，而曰長歌，反覆長吟，意思無窮也。

㈠《蜀都賦》：近則江漢炳靈，世載其英。蔚若相如，皭若君平，王褒韡曄而秀發，揚雄含章而挺生。「全蜀多名士」，本此。

㈡《異苑》：陳仲弓與諸子姪造荀季和父子，於時德星聚，太史奏五百里內有賢人聚。

倚杖 原注：鹽亭縣作。

詩成後拈倚杖二字爲題，非咏倚杖也。鮑照詩：倚杖牧雞豚。

看花雖郭內一作外，非㊀，**倚杖即溪邊。山縣早休市，江橋春聚**一作近**船。狎**一作野**鷗輕白浪**一云日㊁，**歸雁喜青**一作清**天**㊂。**物色兼生意**㊃，**淒涼憶去年。**《杜臆》：閲前詩，知縣中有山有溪，故有郭内溪邊之句。早休市，見俗樸。春聚船，見民稠。狎鷗、歸雁，俱物色而兼生意者。鹽亭屬梓州，蓋去年避亂於此也。市承郭，船承溪。鷗雁承春，物色生意又承鷗雁，逐層接下甚明。近注將生意物色，分頂中二聯者，未確。

㊀首句用一雖字，自當作郭内。

㊁任昉詩：聊訪狎鷗渚。

㊂何敬祖詩：歸雁和鳴。

㊃何遜詩：華池物色曛。　王褒詩：摧殘生意餘。

惠義寺送王少去聲尹赴成都得峰字

鶴注：當是廣德元年春梓州作。

苒苒谷中寺㊀，**娟娟林表峰。闌干上**上聲**處遠，結構坐來重**平聲。**騎馬行春徑，衣冠起暮**一作晚**鐘**㊁。**雲門青**一作春**寂寂**一作寂寞，**此別惜相從。**上四登寺，寫景叙事。下四送王，即景言情。《杜臆》：苒苒，狀寺之幽蔚。娟娟，狀山之高秀。外設闌干，中有石級，所謂結構也，前《飛仙閣》詩「棧雲闌干峻，梯石結構牢」可證。上處見其遥遠，坐來見其重疊，山路之高峻可知。餞別之後，少尹騎馬而行，僧人衣冠而起暮鐘矣。山門閴寂，惜不與之偕行也。

㊀《杜臆》：志書：寺在北山，名長平山。楊炯《惠義寺銘》：「長平山兮建重閣，山穹窿兮下磅礴。」可知寺高路遠。

㊁申涵光曰：寺僧見貴客至，故衣冠鳴鐘。劉云解不得何也。

惠義寺園一本無園字送辛員外

鶴注：此亦廣德元年作。朱注：以下二首，俱見卞圜、吴若、黄鶴本。櫻桃結子在春，而熟於四月，今云垂實，蓋在春末矣。

朱櫻此日垂朱實㊀，郭外誰家負郭田。萬里相逢貪握手，高才仰望足離筵。此章從寺前時景，寫出餞別傷情。足，盡也，言仰望無窮之意，盡於離筵頃刻之間。

㊀《永徽圖經》：櫻桃洛中者勝，深紅色曰朱櫻，明黄色曰蠟櫻。

又送

鶴注：魯訔年譜云：公送辛員外暫至綿，詩云：「直到綿州始分首」，則魯説爲是。

雙峯寂寂對春臺，萬竹青青照一作送客杯㊀。細草留連侵坐軟，殘花悵望近去聲人開。同舟昨日何由得，並馬今朝未擬迴。直到綿州始去聲分首一作手，江邊樹裏共誰來。此章從離筵之景，重叙送别之情，在四句分截。雙峯遠景，萬竹近景。細草殘花，觸景生愁矣。綿州同往，江上獨來，説得情緒難堪。趙大綱曰：留連就草言，悵望就花言。歐公詩「野花向客開如笑，芳草留人意自閒」，亦同此意。然唯人留連，故見草亦留連，唯人悵望，故見花亦悵望耳。

㊀寂寂對青青，是借對。王維詩：落花寂寂啼山鳥，楊柳青青渡水人。王勃詩：他席他鄉送客杯。

朱瀚曰：此詩，一二死句，三四無脈，五六枯拙，七八不韻，故知其爲贋作也。

今按：臺上酌酒，而花草傷情，四句亦自聯絡。唯下四語，生意索然，疑非少陵手筆耳。

巴西驛亭觀江漲呈竇十五使去聲君二首

竇應元年夏，公送嚴武至綿州。廣德元年春，公在梓州，有《惠義寺送辛員外》詩，中云「細草殘花」，蓋春候也。末云「直到綿州」，蓋重至綿州矣。此詩末章言春暮，正其時也。今依黄鶴編在廣德元年春綿州作。黄謂年譜脱漏，是也。朱注：《唐書·地志》：綿州巴西郡，治巴西縣。又劉璋分三巴，巴郡閬中縣，巴西郡治焉。唐先天二年，改隆州巴西郡爲閬州，治閬中郡，蓋綿閬皆稱巴西也。又杜安簡地志云巴郡則巴渝集壁，巴東則夔忠，巴西則綿閬，此詩巴西驛亭，當如舊注附綿州詩内。楊德周曰：《綿州地志》：巴字水在綿州治西四里，涪水自北經城西，析而爲二，安水自東迤邐繞城東南，匯於芙溪。每江漲，登山望之，點畫天然，甚肖也。芙蓉溪，即杜東津觀打魚處。

宿雨南江漲㈠，**波濤亂遠峰**㈡。**孤亭凌噴薄**㈢，**萬井逼春容**㈣。**霄漢愁高鳥**㈤，**泥沙困老龍**㈥。**天邊同客舍**，**攜我豁心胸**㈦。此章，喜江漲之景，記與竇同觀，在六句分截。波濤高湧，而水映遠峰，有似摇亂。孤亭，指驛亭。萬井，謂巴郡。噴薄，侵蝕之勢。春容，衝激之聲。水漲而闊，故鳥愁。水漲而蕩，故龍困。天邊，指綿州。同舍，指竇使君。按首章曰「天邊同客舍」，末章曰「同是一浮萍」，竇使君蓋寄迹於綿州者。黄鶴疑爲綿州刺史繼杜使君之任者，誤矣。《杜臆》因「關心小剡縣」句，謂竇必官於剡，亦鑿矣。

㈠崔湜詩：宿雨清龍界。　黄希曰：南江，蓋岷江也。岷江出茂州，而茂與綿爲鄰。

㈡謝靈運詩：遠峰隱半規。　《海賦》：峌峴孤亭。

㈢《吴都賦》：噴薄沸騰。

㈣《漢·刑法志》：一同百里，提封萬井。　《學記》：待其從容。注：從，讀如春，謂擊也，擊鐘者每一春爲一容，然後盡其聲，此借言水勢衝擊之狀。

㈤《史記·韓信傳》：高鳥盡，良弓藏。

㈥《江賦》：或混淪乎泥沙。

㈦江淹詩：無以滌心胸。

公詠江漲詩，前後三見。初云「細動迎風燕，輕摇濯浪鷗」，此狀江流平滿之景。繼云「大聲吹地轉，高浪蹴天浮」，此狀江水洶湧之勢。兩者工力悉敵。其云「魚鼈爲人得，蛟龍不自謀」，語稍近直，不如「霄漢愁高鳥，泥沙困老龍」，尤爲警拔。

其二

轉驚波作惡一作怒㈠，**即恐岸隨流。賴有杯中物**㈡，**還同海上鷗**㈢。**關心小剡縣**㈣，**傍**去聲**眼見揚州**㈤。**爲**去聲**接情人飲**㈥，**朝來減片**一作半**愁。**次章畏江漲之勢，記與竇同飲，在四句分截。　波惡岸流，江漲未平，此眼前實景。杯酒海鷗，忘其淪溺矣。剡縣揚州，比擬江漲，此意中客景。對飲銷愁，感在使君也。

㈠《史記·始皇紀》：水波惡。

㈡陶潛詩：且進杯中物。

㈢《杜臆》：同海鷗，乃謔詞。　《列子》：海上人好鷗鳥，其父欲取之，明日之海上，鷗鳥舞而不下。

㈣鮑照詩：萬曲不關心。　《九域志》：越州東南二百八十里有剡縣。《一統志》：今紹興府嵊縣。

㈤揚州，大江所經。《禹貢》：淮海惟揚州。　張遠注：公少遊吴越，久不能忘，一見水勢之大，遂疑旦夕可達，故曰關心，曰傍眼。

㈥鮑照詩：留酌待情人。情人，指竇。

又呈竇使去聲君

《杜臆》謂此詩與前二章，乃同時作。觀首句向晚二字，可見。　錢箋：前詩第二首及此章見員安宇所收。

向晚波微一作猶**綠，連空岸却**一作脚**青**㈠。**日兼春有暮，愁與醉無醒。漂泊猶杯酒，踟蹰此驛亭**㈡。**相看**平聲**萬里外，同是一浮萍。**　此詩在驛亭誌别，又與竇同慨。　首聯叙景，次聯叙情，下四逐聯相承。波緑岸青，水平雨止矣。日晚春盡，故皆云暮。愁來醉倦，故不能醒。杯酒驛亭，此春日愁醉之由。萬里浮萍，此飄泊躊躕之感。波微緑對岸却青，不必作脚青解。趙汸注：詩用兼與，以一字而貫兩事。《杜臆》：對江漲言，故云同一浮萍。

㊀江淹《别賦》：春水緑波。《杜臆》：緑波曠闊，似連青天爲岸脚，寫景亦奇。

㊁李白詩：驛亭三楊樹。

鄢陵劉逴曰：子美五言律，多創立法度，迥異諸人，變化無窮，誠可師資，但有膾炙群口，實非當傚者。如「身無却少壯，迹有但羈棲」，「客病留因藥，春深買爲花」，「日兼春有暮，愁與醉無醒」，俱屬刻削。如「枉道祇從入，吟詩許更過」，「風送蛟龍雨，天長驃騎營」，屬用意深晦。如「煖老須燕玉，充飢憶楚萍」，屬用事過僻。如「野花留寶靨，蔓草見羅裙」，則屬纖巧。「委波金不定，照席綺逾依」，則屬瑣碎。「仰蜂粘落絮，行蟻上枯梨」，則屬細小。「不爨井晨凍，無衣牀夜寒」，則屬猥苦。「賜書誇父老，壽酒賽城隍」，則屬俚俗。「鹿門攜不遂，雁足繫難期」，則屬歇後。「不知西閣意，肯别定留人」，則屬補綴。「待爾嗔烏鵲，抛書示鶺鴒」。枝間喜不去，原上急曾經」，又「群盗哀王粲，中年召賈生。登樓初有作，前席竟爲榮。宅入先賢傳，才高處士名。異時懷二子，春日獨含情」，皆以下續上，交股相承，則屬繁複。如《悶》詩句句見悶，則屬謎語。惟「子能渠細石，吾亦沼清泉」，以實字作眼，固所當效。而後聯「柴荆即有焉」，却涉草率語。大概詩出杜口，人即群然尊信，無暇别擇，其亦不善學杜矣。

陪王漢州留杜綿州泛房公西湖

鶴注：當是廣德元年春至漢州時作，故云「春池賞不稀」。西湖在漢州，即所云城西池也。又曰：《九域志》：成都北至綿，不滿二百里，蓋漢在成都綿州之間。《舊書·房琯傳》：上元元年四月，以禮部尚書出爲晉州刺史，八月改漢州刺史。寶應二年四月，拜特進刑部尚書。錢箋：《方輿勝覽》：房公湖，又名西湖。按壁記，房相上元初牧此邦，其時始鑿湖，有詩存焉。朱云：此詩與下詩，俱及房公赴召，則廣德元年春公嘗至漢州矣。舊譜不書，略也。今按《唐書》謂召琯在寶應二年之夏，是即廣德元年也。其云夏召，恐誤，據此詩，春末蓋已赴召矣。

舊相去聲**恩追後，春池賞不稀。闕庭分**音問**未到**㊀**，舟楫有光輝。豉**是義切**化蓴絲熟**㊁**，刀鳴鱠縷飛**㊂**。使**去聲**君雙皂蓋，灘淺正相依**㊃**。**三頂恩追，歎不與房相偕往。四頂池賞，喜得與王杜同遊。蓴絲鱠縷，房湖所産。雙蓋相依，陪宴已久也。三四對法錯綜，亦律中帶古。

㊀闕庭未到，就自己言，故用分字。曹植《責躬表》：自分黄耇，永無執圭之望。又云：僻處西館，未奉闕庭。《光武紀》：封隆曰：「臣得生到闕庭。」

㊁《説文》：豉，配鹽幽菽也。《世説》：陸機詣王武子，武子前有羊酪，問：「吴中何以敵此？」機曰：

「千里蓴羹，但未下鹽豉耳。」　師氏曰：《本草》：蓴生水中，三月至八月莖細如釵股，通名爲絲蓴。

㊂《西征賦》：饔人縷切，鸞刀若飛。

㊃雙蓋在岸上，泛舟在池中，水滿灘淺，故舟與蓋相依。

此詩舊有兩説：一指房公應召時，則恩追乃恩命追赴，所謂分未到者，房在中途也。一指房公既歿後，則恩追乃恩賜追贈，所謂分未到者，房卒中途也。今按房琯見召，屬廣德元年事，其卒在夏。此時房復起用，故泛湖而有喜詞，觀下章云「爲報鵝隨王右軍」，以琯在途次故也。若二年之春，公不復至漢州，焉得復有西湖之泛乎。

或將上四句全主房湖説者，曰恩追，曰未到，曰光輝，爲知己之感，故三致意焉。但此詩本爲王杜泛湖而作，不應多敘房事也。

得房公池鵝

此亦在漢州作。

房相去聲**西池鵝一群，眠沙泛浦白於**一作如**雲。鳳凰池上應**平聲**回首，爲**去聲**報籠隨王右軍**㊀。《杜臆》：池中養鵝，而題云得鵝，必有取而餉之者，因戲言房公在鳳池，休得回顧此鵝，爲我報云，右軍已籠而去矣。房向在中書，故用鳳凰池。公素善書法，故自比王右軍，公詩云「七齡作大字」，可見。

㊀《法書要録》：王羲之性好鵝，山陰曇礦村有道士養好者十餘，王往求市易。道士言府君若能自屈書《道德經》各兩章，便合群以奉。羲之住半日，爲寫畢，籠鵝而歸。

答楊梓州

單復編在漢州詩内。據前有李梓州，後有章梓州，此又有楊梓州，一歲而有三梓州，何更代之速耶。

悶到房舊作楊，郭知達本定作房**公池水頭，坐逢楊子鎮東州。却向青溪不相見，迴船應**平聲。郭作因**載阿戎遊**㊀。遇楊而未盡遊池之興，故作詩以答之，此只如一首短札耳。

㊀阿戎指梓州之姪。《晉書》：阮籍謂王渾曰：「與卿語，不如與阿戎談。」阿戎，渾子戎也。

舟前小鵝兒

原注：漢州城西北角官池作。官池，即房公湖。

鵝兒黄似酒，對酒愛新鵝㊀。**引頸嗔船逼**一作過㊁，**無行**音杭**亂眼多。翅開遭宿雨，力小困**

滄波。客散層城暮，狐狸奈若何。上二對酒觀鵝。嗔船亂眼，切舟前。翅開力小，切小鵝。末二，深致愛惜之意。　舊本俱作新鵝，朱氏獨作鵝黄，不協歌韻。　盧注謂諷董廷蘭輩，非也，公於房相，從無譏刺語。

〔一〕《方輿勝覽》：鵝黄乃漢州酒名，蜀中無能及者。　盧照鄰詩：「鵝黄粉白車中出。」裴慶餘詩：「滿額鵝黄金縷衣。」皆言淡黄色也。杜詩則言酒色。　東坡詩：「小舟浮鴨緑，大杓瀉鵝黄。」陸放翁詩：「兩川名醖避鵝黄。」此皆用公語耳。

〔二〕希注：鵝一名舒雁，王羲之愛其宛頸。　宛頸而宿，鵝之常性，今云引頸，則鵝嗔怒時也。

〔三〕庾信詩：雲光偏亂眼。

杜詩有用俗字而反趣者，如鵝兒、雁兒，本諺語也，一經韻手點染，便成佳句。　如「鵝兒黄似酒，對酒愛新鵝」，「雁兒争水馬，燕子逐檣烏」是也。

官池春雁二首

鶴曰：官池，即城西池。

自古稻粱多不足〔一〕，至今鸂鶒亂爲群。且休悵望看平聲**春水，更恐歸飛隔暮雲〔二〕。**　此詩寓意於春雁也。上二嘆其失所，下二惜其未歸。　看春水，時不能留。隔暮雲，遠不能達。《杜臆》：首章比逆旅無依，最苦在「亂爲群」三字。

㊀《廣絶交論》：分雁鶩之稻粱。

㊁《詩》：歸飛提提。

其二

青春易去聲。《杜臆》作易，舊作欲盡急還鄉㊀，紫塞寧論平聲尚有霜㊁。翅在雲天終不遠，力微矰音增繳音勺絶須防㊂。　承前章歸飛説來。上二歸思之急，下二歸路之難。　終不遠，慰之也。絶須防，危之也。　《杜臆》：下章比欲歸無資，最苦在「力微」二字。

㊀又曰：雁歸在初春，若春盡則無霜矣。首句欲盡，當作易盡。　孫楚《雁賦》：背青春而北息。

㊁邵注：紫塞在太原府雁門關下，北地寒，故尚有霜。《蕪城賦》：北走紫塞雁門。　蕭子範詩：遊雁犯霜飛。

㊂翅在、力微，各兩字另讀。　毌丘儉詩：飛騰冲雲天，奮迅協光熙。《兩都賦》：撫鴻罿，御矰繳。

投簡梓州幕府兼簡韋十郎官黄本無官字，郭云新添。

黄鶴編在漢州詩内。

幕下郎官安隱烏衮切。一作穩**無？從來不奉一行**音杭**書**㊀。**固知貧病人須棄，**一作不知貧病關何事。**能使韋郎跡也**去聲**疏。**上二諷幕府諸公，下二諷韋十郎官。

㊀黄希曰：唐多以朝士入州幕，故云幕下郎官。不奉書，不接來書也。王凝之《王氏女帖》：説汝勉難安隱，深慰懸心。朱注：《説文》：隱，安也。又與穩通。《通鑑》：玄宗遣中使至范陽，禄山踞牀不拜，曰：「聖人安隱。」注：隱讀曰穩。又唐帖多寫穩爲隱，作隱正得之。《杜臆》：無字出韻，或六魚、七虞兼用耶。

漢川王大録事宅作

朱注：此見郭知達本，他刻皆不載。按：成都無漢川之名，當是廣德元年漢州作。《魏志·張魯傳》：魯據漢中，功曹閻圃曰：「漢川之民，户出十萬，財富土沃。」則漢川即漢中也。朱氏謂公有《詰王録事許修草堂貲》詩，疑即其人，非也。按此詩言才名叔，蓋公尊行也，後詩直云「爲嗔王録事」，知其别爲一人矣。

南溪老病客㊀，**相見下**去聲**肩輿。近髮看**平聲**烏帽**㊁，**催尊煮白魚。宅中平岸水**㊂，**身外滿牀書**㊃。**憶爾才名叔**㊄，**含悽意有餘**㊅。首聯自叙，下六叙王，三四見其老而好客，五六見其宅之清雅。

㈠公《送韋司直歸成都》詩：「爲問南溪竹，抽梢合過牆。」知南溪即浣花溪。《晉史》：王獻之乘平肩輿，徑入顧辟疆園。

㈡杜詩「白益毛髮古」，是明說白頭，「近髮看烏帽」，是暗藏白頭，同一事而句法善化。

㈢陰鏗詩：岸水帶斜暉。

㈣庾信詩：書卷滿牀頭。

㈤《江表傳》：諸葛恪少有才名，發藻岐嶷，辯論應機。

㈥異鄉相遇，故曰含悽。謝靈運詩：含悽泛廣川。

《滹南遺老詩話》：世所傳新添杜詩四十餘篇，吾舅周君卿嘗辯之云：惟《瞿唐懷古》、《呀鶻行》、《惜別行》爲杜無疑，自餘皆非真本，蓋後人依倣而作。

朱鶴齡曰：新添詩固多贗者，然滹南之説，恐亦未然。如《别嚴二郎》、《客舊館》、《呈路十九》、《遣憂》、《巴山》、《愁坐》、《陪鄭公秋晚》、《放船》、《避地》等詩，皆非子美不能作。

短歌行送祁録事歸合州因寄蘇使去聲君

鶴注：此當是廣德元年春梓州作。公梓州詩有「應須理舟楫」及「長嘯下荆門」之句也。《唐六典》：煬帝罷州置郡，有東西曹掾及主簿。皇朝省主簿，置録事參軍，開元初改司録參軍事三人。《唐書》：合州涪陵郡，屬劍南東道。朱注：祁録事乃合州録事，故詩稱蘇使君爲賢府主。魯訔作邛州録事，誤也。古樂府題有《短歌行》。

前者途中一相見，人事經年記君面㈠。**後生相勸**一作動**何寂寥，君有長才不貧賤**㈡。**君今起舵春江流**㈢，**余亦沙邊具小舟。幸爲**去聲**達書賢府主，江花未盡會江樓**㈣。上四稱祁録事，下四送歸寄蘇。相勸後生，何憂寂寥，具此長才，終當顯達矣。二句慰詞。賢府主，指蘇使君。花期相訂，公亦將往合州也。

㈠申涵光曰：此老固記一不記十者，得令經年記面，亦非易事。王洙曰：古者有半面之交。

㈡《史記·陳平傳》：豈有美好如陳平而長貧賤者乎。

㈢起舵，所以行舟。

㈣《方輿勝覽》：江樓在合州州治之前，釣魚山、學士山、巫山横其前，下臨漢水。

送韋郎司直歸成都

鶴曰：此是廣德元年春在梓州作。若廣德二年暮春，公已歸成都，即仲春在閬亦當聞嚴武之信，何云「爲問南溪竹，抽梢合過牆」耶？

竄身來蜀地㈠**，同病得韋郎**㈡**。天下兵**一作干**戈滿，江邊歲月長。别筵花欲暮，春日鬢**一作春鬢色**俱蒼。爲**去聲**問南溪竹**一作笋㈢**，抽梢合過牆。**原注：余草堂在成都西郭。上四留蜀之感，下四送韋成都。

㈠劉楨詩：竄身清江濱。

㈡《吴越春秋》：子胥曰：「子不聞河上歌乎，同病相憐，同憂相救。」

㈢南溪即浣花溪。宋之問詩：緑褥南溪樹。

《隨筆》云：陶淵明詩：「我屋南山下，今生幾叢菊。薔薇葉已抽，秋蘭氣當馥。」王摩詰詩：「君自故鄉來，應知故鄉事。來日綺窗前，寒梅著花未？」杜公《送韋郎歸成都》云「爲問南溪竹，抽梢合過牆。」又《寄草堂》云：「尚念四小松，蔓草易拘纏。」古今詩人，懷想故居，形之篇詠，必以松竹梅菊爲比興，皆見文人雅致。

寄題江外草堂

鶴注：此當是廣德元年作。李泰伯曰：公在梓州，懷思草堂而作是詩。

我生性放誕㈠**，雅欲逃自然**㈡**。嗜酒愛風**一作修**竹，卜居必**一作此**林泉。**憶前此卜居。申涵光曰：「嗜酒愛風竹」，可想名士風流。

㈠《文士傳》：阮籍放誕，有傲世情，不樂仕宦。

㈡雅，常也。　高彪詩：滌蕩去穢累，飄逸任自然。

遭亂到蜀江，卧痾遺晉作遺**所便**㈠**。誅茅初一畝**㈡**，廣地方**一作必**連延**㈢**。經營上元始**㈣**，斷手寶應年**㈤**。敢謀土木麗**㈥**，自覺面勢堅**一作賢㈦。**亭臺**一作臺亭**隨高下，敞豁當清川。惟**一作雖**有會心侶**㈧**，數**色角切**能同釣船。**此追叙草堂始末。上四構堂之由，中四營堂之事，下四堂景之勝。　遠注：肅宗乾元二年十二月，公至成都。上元元年，乃建草堂之始，又二年爲寶應元年，乃成草堂之日。　《杜臆》：「臺亭隨高下，敞豁當清川」，結構殊不草草。

㈠釋慧浄詩：卧痾苦留滯，闢户望遥天。

㈡屈原《卜居》：寧誅鋤草茅以力耕乎？　《記·儒行》：儒有一畝之宫。

㈢《選》賦：階除連延。

㈣《詩》：經之營之。

㈤《淳化帖》：唐高宗勑：使至，知元堂已成，不知諸作總得斷手。

㈥《後漢書》：梁冀起第宅，殫盡土木。

㈦《考工記》：審曲面勢。

㈧古樂府《短歌行》：不羨一囊錢，惟重心襟會。

干戈未偃息，安得酣歌眠㈠。**蛟龍無定窟，黄鵠摩蒼天**㈡。**古來賢達士**一作賢達志，一作達士志㈢，**寧受外物牽**㈣。**顧惟魯鈍姿**㈤，**豈識悔吝先**㈥。**偶攜老妻去，慘澹凌風烟。事跡無固必**㈦，**幽貞貴**一作媿**雙全**㈧。此述去草堂之故。各四句轉意。言避亂播遷，如蛟龍黄鵠之縱遊，惜前此不能先幾遠去，覺有愧於古人，但欲身名兩全，不得不攜家他適耳。干戈，指徐知道之亂。風烟，謂冒寒而行。幽貞，謂隱居守正。

㈠《書》：酣歌於室。

㈡古樂府：黄鵠摩天極高飛。

㈢晉羊祜登峴山曰：「由來達賢勝士，登此眺望。」

㈣沈約詩：所累非外物。

㈤顧，念也。惟，思也。《南史・劉峻傳》：少年魯鈍。

㈥《繫辭》：憂悔吝者存乎介。介即幾先也。

㈦固必，見《論語》。

㈧《易》：利幽人之貞。

尚念四小松，蔓草易音異。一作已**拘纏**㈠。**霜骨不堪**一作甚**長**子兩切㈡，**永爲鄰里憐**。此回憶故園景物也。此章首尾各四句，中二段各十二句。

㈠《詩》：野有蔓草。

㈡《杜臆》：松曰霜骨，松苗曰霜根，立言清峭。士大夫能視物我一體，則無自私自利之懷。少陵傷茅屋之破，則思廣厦萬間，以庇寒士，念草堂則曰「干戈未偃息，安得酣歌眠」，詠四松則曰「敢爲故林主，黎庶猶未康」，觸處皆仁心發露，稷卨之徒也。

陪章留後侍御宴南樓得風字

鶴注：寶應元年及廣德元年之春，守梓州者乃李使君也。是年之夏，守梓州者乃章侍御也。此當是廣德元年夏作。

絶域長夏晚㈠，**茲樓清宴同**㈡。**朝**音潮**廷燒棧北**㈢，**鼓角漏**舊作滿，《正異》及《英華》皆作漏**天東**㈣。此登樓而有感世亂。朝廷在燒棧之北，歎長安未平。鼓角在漏天之東，恐梓州多事。

㈠漢武詔：茂才異等，可爲將相使絶域者。

㈡江總詩：清宴留神賞。

㈢《漢書》：張良説高祖燒絶棧道。

㈣《寰宇記》：邛都縣漏天，秋夏長雨，僰道有大漏天、小漏天。趙曰：漏天在雅州。　鶴曰：廣德元年，吐蕃陷隴右諸州，詔焚大散關。是時史朝義已誅，東都無事，鼓角不至於滿天，當依舊注作漏天。雅州屬西川，而梓州爲東川故也。　朱注：《通鑑》上元二年二月，奴剌、党項寇寶雞，燒大震關。廣德元年秋七月，吐蕃入大震關，陷蘭、廓、河、鄯、洮、岷、秦、成、渭等州，故有燒棧二句。

屢食將軍第一作邸㈠，**仍騎**一云驕**御史驄。本無丹竈術**一作訣㈡，**那免白頭翁。**此陪宴而自傷年老。　曰屢、曰仍，見宴非一次。將軍第，切留後。御史驄，切侍御。

㈠《左傳》：豈將軍食之而有不足。　《梁冀傳》：大將軍西第成。

㈡《南越志》：長沙郡瀏陽縣有王喬山，山有合丹竈。江淹《别賦》：守丹竈而不顧，鍊金鼎而方堅。

寇盜狂歌外，形骸痛飲中。野雲低度水，簷雨細隨風。此記歡宴情景。　寇盜付狂歌之外，亂且莫愁。形骸寄痛飲之中，老可暫忘。二句雙挽上文。低雲、細雨，此樓前所見之景。

出號江城黑㈠，**題詩蠟炬**一作燭**紅。此身醒復**扶又切**醉，不擬哭途窮。**此記宴畢情事。《杜臆》：一面出令，一面吟詩，有孟德横槊賦詩之風。　窮途免哭，身託醉鄉也。　此章四段，各四句。

㈠朱注：《通鑑》：玄宗誅韋后，逮夜，葛福順、李仙鳧皆至，請號而行。注：凡用兵下營及攻襲，就主帥取號以備緩急相應。

臺上得涼字

此與上章同時之作，初宴南樓，後移臺上也。

改席臺能俗本作爲**迥**㊀，**留門月復**扶又切**光**㊁。**雲霄**一作行**遺暑濕，山谷進風涼。老去一杯足，誰憐屢舞長**㊂。**何須把官燭**㊃，**似惱鬢毛蒼。**此臺上夜飲而作也。上四風月之佳，下四衰老之感。近雲納風，臺上高曠也。酒杯樂舞，席間供設也。把燭句，又與月光相應，此只隨意説來，而脈理清析如此。

㊀謝朓詩：臺迥月難中。

㊁蕭琮詩：重門月已映。即所謂「留門月復光」也。舊云留住城門者，非是。主將燕客不待留門，且言留城門而月復光，豈有此句法乎。

㊂薛道衡詩：陶然寄一杯。老去二句，即所謂「老畏歌聲繼，愁隨舞曲長」也。《詩》：屢舞僛僛。

㊃謝承《後漢書》：巴祗爲揚州刺史，與客坐閤下，不燃官燭。

送王十五判官扶侍還黔中得開字

黄鶴依舊次，編在廣德元年夏作。　顧注：王判官，本黔陽人，而宦於蜀者，時奉母歸養，故作詩以送之。　《唐書》：黔州黔中郡，屬江南西道，本三國吴黔陽郡，周爲黔州，貞觀四年，置都督府。　王應麟云：黔中，漢改爲武陵郡，今鼎、澧、沅、沅、黔州之地。《一統志》：今爲辰州府地。

大家音姑**東征逐**楊作將，陳作隨**子回**㊀，**風生洲渚錦帆開。青青竹笋迎船出**㊁，**日日**一作白白**江魚入饌來**㊂。**離别不堪無限意，艱危深仗濟時才**㊃。**黔陽信使**去聲**應**平聲**稀少**㊄，**莫怪頻頻**一作頻煩**勸酒杯。**上四王歸養，下四送還黔。　大家同回，提明扶侍。　風生洲渚，還舟之景。竹笋江魚，舟中供母。　臨别而歎時危，以其才堪濟蜀也。　頻勸酒杯，欲别不忍之意。

㊀朱注：曹大家《東征賦》：「維永初之有七兮，余隨子乎東征。」逐子，即隨子義也。　顧注：婦人三從，其一從子。　逐即從義。　楊用修因古樂府有一母將九雛，欲改逐爲將。　將子，領子也。　澤州陳家宰注：依賦直當作隨子。

㊁《楚國先賢傳》：孟宗最孝，母好食笋，冬月無之，宗入林中哀號，笋爲之生。　庾信《春賦》：新芽

竹笋。

㊂《東觀漢記》：姜詩與婦傭作養母，母好飲江水，嗜魚鱠，俄而湧泉舍側，味如江水，每旦出雙鯉魚。　錢箋：韓子蒼作白白。吴曾《漫録》作日日。據傳言每旦，當以日日爲是。按：日日對青青，乃借對法。前詩雙峰寂寂對萬竹青青，亦不拘於青白作配也。

㊃薛道衡詩：幸逢爲善樂，須降濟時才。

㊄吴祇詩：玉關信使斷。

楊慎曰：杜詩「青青竹笋迎船出，白白江魚入饌來」，用孟宗、姜詩事。韋蘇州《送人省覲》詩云：「沃野收紅稻，長江釣白魚。」又云：「洞庭摘朱果，松江獻白鱗。」然杜不如韋句之雅。青青自好，白白近俗，有似童謡「白白一群鵝」之句矣。

朱瀚曰：首句逐字無出，次句可入元人院本，三四竟是吴歌，而用事亦俗。五句無聊之極，六句上文不接，但勦襲「安危須仗出群材」句耳。七八淺易，又似酒肆主人聲口。

喜雨

據原注有「浙右多盜賊」句，朱注謂《舊唐書》寶應元年八月，台州人袁晁反，陷浙東州郡。廣德元年四月，李光弼討之。此詩末自注語，正指袁晁也。是時公在梓閬間，故有「巴人困軍須」之句。諸本編次皆失之。鮑照有《喜雨》詩題。

春旱天地昏，日色赤如血㊀。**農事都已**樊作未**休，兵戎況騷屑**㊁。歲旱兵興，兩意並提。

㊀趙次公曰：晉光熙元年五月壬辰，日光四散，赤如血流，照地皆赤。

㊁何遜詩：仲秋黄葉下，長風正騷屑。騷屑，不安貌。

巴人困軍須㊀，**慟哭厚土熱。滄江夜來雨**㊁，**真宰罪一雪。穀根小**一作少**蘇息，沴**音例**氣終不滅**㊂。**何由見寧歲**㊃，**解我憂思結。**此憫巴人之困窮。前四喜久旱得雨，後四憂兵戈未息，分應起段。旱災爲虐，此造化之罪愆也，惟一雨足以洗雪之。公詩：「吾將罪真宰。」

㊀黄希曰：巴人，謂三巴之人。

㊁滄江，即梓州之江，黄鶴指爲夔江，非是。任昉《遊桐廬》詩：「滄江路窮此。」知滄江可概用。

㊂《莊子》：陰陽之氣有沴。

㊃《國語》：自子之行，晉無寧歲。

崢嶸群一作東**山雲，交會未斷絶**㊀。**安得鞭雷公**㊁，**滂沱洗吴越**㊂。原注：時浙右多盜賊。從蜀中想到吴越，以感時意收結。此章，中段八句，起結各四句。

㊀《周禮》：陰陽之所交，風雨之所會。曹操詩：不可斷絶。

㊁《初學記》：《易傳》曰：雷聲曰雷公。

㊂《詩》：月離於畢，俾滂沱矣。

孫季昭曰：杜詩結語，每用安得二字，皆切望之詞。「安得廣厦千萬間，大庇天下寒士俱歡顔」，「安得壯士挽天河，净洗甲兵長不用」，此云「安得鞭雷公，滂沱洗吴越」，皆是一片濟世苦心。

述古三首

鶴注：此當是廣德元年代宗即位後作，時公在梓州。　趙次公曰：述古者，引古事以諷今也。

赤驥頓長纓㈠，**非無萬里姿**㈡。**悲鳴淚至地**㈢，**爲**去聲**問馭者誰**㈣。**鳳凰從東**一作天**來**㈤，**何意復**扶又切**高飛**。**竹花不結實**㈥，**念子忍朝饑**㈦。**古來**一作時**君臣合**，**可以物理推**㈧。**賢人識定分**音問㈨，**進退**一作用**固**一作因**其宜**㈩。此傷賢士不遇也。　趙次公注：肅宗初立，任用李泌、張鎬、房琯諸賢，其後或罷或斥或歸隱，君臣之分不終，故言驥非善馭則頓纓，鳳無竹實則飛去，君臣遇合其難如此，賢者可不明於進退之義乎。

㈠《穆天子傳》：右驂赤驥而左白義。　長纓，馬鞅也。　陸機詩：長纓麗且鮮。

㈡王褒頌：周流八極，萬里一息。

㈢李陵書：牧馬悲鳴。《後漢·楊震傳》：俯仰悲鳴，淚下霑地。

㈣爲問，爲此而問也。　《戰國策》：驥服鹽車上太行，漉汗灑地，中阪遷延，負轅而不能上。　伯樂遭之，下車攀而哭之，解紵衣以冪之。驥於是俯而噴、仰而鳴者何也？彼見伯樂之知己也。

竹實。

㊄《楚辭》：鳳凰高飛而不下。《韓詩外傳》：黄帝即位，鳳凰蔽日而至，止帝東園，集帝梧桐，食帝竹實。

㊅范雲詩：竹花何莫莫。　李畋《該聞集》云：舊稱竹實爲鸞鳳所食，今近道竹間，時見花開如棗，結實如麥，江淮號爲竹米，乃荒年之兆，其竹即死，信非鸞鳳之食。近餘干人言彼有竹實，大如雞子，竹葉層層包裹，味甘勝蜜，食之令人心肺清泠，生深竹茂林處，乃知鸞鳳所食，必非常物也。

㊆《詩》：惄如調饑。《韓詩》作朝饑。薛君章句：朝饑最難忍。

㊇《淮南子》：耳目之察，不足以分物理。

㊈歐陽建詩：窮達有定分。

㊉《表記》：事君難進而易退，則位有序。

其二

市人日中集㊀，於利競錐刀㊁。置膏烈火上，哀哀自煎熬㊂。農人望歲稔㊃，相率除蓬蒿。所務穀一作農**爲本，邪贏無乃勞㊄。舜舉十六相**去聲**㊅，身尊道何高。秦時任商鞅，法令如牛毛㊆。**此諷當時理財者。　市争利，農藝穀，此本末之辯。舜舉賢致治，知本計也。秦苛法斂民，但趨末耳。謀國者奈何不知鑒哉。上兩段亦屬引端，正意在結末。　朱注：是時第五琦、劉晏，皆以宰相領度支鹽鐵使，榷税四出，利悉錐刀，故言爲治之道，在乎敦本而抑末。　盧注：實應間，元載代劉晏，專判財利，按籍舉八年租調之逋負者，計其大數，籍其所有，謂之白著。故曰商鞅不專指劉晏、第五琦也。

㈠《韓信傳》：驅市人而戰之。《易》：日中爲市。

㈡《左傳》：錐刀之末，將盡争之。江淹書：寧當争尺寸之末，競錐刀之利哉。

㈢《莊子》：膏火自煎也。阮籍詩：膏火自煎熬。汲汲營利，猶膏火相煎，故下云「邪贏無乃勞」。

㈣謝朓詩：解顔勸農人。

㈤《西京賦》：何必昏於作勞，邪贏優而足恃。薛綜注：昏，勉也。邪，僞也。優，饒也。

㈥《左傳》：天下同心，戴舜以爲天子，以其舉十六相故也。十六相，指八元八愷。

㈦《史記》：商鞅，衛之庶公子，相秦，封商君，天資刻薄少恩，變秦法令，密如牛毛，宗室貴戚多怨望者。後滅商鞅之家。

其三

漢光得天下，祚永固有開㈠。豈惟高祖聖，功自蕭曹來㈡。經綸中去聲興業，何代無長才。吾慕寇鄧勳，濟時信一作亦良哉。耿賈亦宗臣，羽翼共徘徊㈢。休運終四百㈣，圖畫在雲臺㈤。

此念中興諸將也。論光武中興，而推本高祖人才，思太宗創業名臣也。共引寇、鄧、耿、賈，比肅宗恢復諸將，但昔則圖畫雲臺，生享爵禄，而没垂令名，今則功臣疑忌，忠如李、郭，尚憂讒畏譏，故借漢事以諷唐。《杜臆》：高祖創業，蕭何養民以致賢，曹參有攻城略地之功。及光武中興，有寇鄧以當蕭何，而耿賈以戰功羽翼之，猶之曹參也。此見文武並用之意。
㈠《記》：國之將興，有開必先。
㈡《丙吉傳》：高祖開基，蕭曹爲冠。《漢書》：蕭何、曹參，起刀筆吏，爲一代宗臣。
㈢《史記・留侯傳》：羽翼已成。
㈣《後漢・獻帝贊》：終我四百，永作虞賓。
㈤《東觀漢記》：顯宗追感前世功臣，圖畫二十八將於南宮雲臺。

陪章留後惠義寺餞嘉州崔都督赴州

鶴注：惠義寺在梓州，此當是廣德元年夏梓州作。章留後即章彝。杜氏《通典》：節度使若朝覲，則置留後，擇其人以任之。《唐書》：嘉州眉山郡屬劍南東道。《舊書》：乾元元年劍南節度使盧元裕，請升嘉州爲中都督，尋罷。

中軍待上客㈠，令肅事有恒。前驅入寶地㈡，祖帳飄金繩㈢。首段敘餞送之事。中軍指章，上客指崔。令嚴事定，就設席言。寶地金繩，切惠義寺。

㈠《左傳》：晉以郤縠將中軍。孔融謂李膺爲登龍之上客。
㈡王洙曰：縣令負弩前驅。《詩》：爲王前驅。沈佺期詩：長歌入寶地。

㊂《漢·疏廣傳》：設祖道供帳東都門外。《觀經》：下有金剛七寶金幢，擎琉璃地，琉璃地上以黄金繩雜厠間錯，以七寶界。《法華經》：國名離垢，琉璃爲地，有八交道，黄金爲繩。

南陌一作伯**既留歡**㊀**，茲山亦深登。清聞樹杪磬，遠謁雲端僧**㊁**。迴策匪新岸**樊作崖**，所攀仍舊藤**㊂**。耳激洞門飈，目存寒谷冰。**此山上遊覽之景。上四登山，言境之高。下四下山，言氣之涼。

㊀張遠注：南陌乃寺前設祖處。

㊁鮑照詩：雲端楚山見。

㊂《杜臆》：公登惠義寺，見於詩者兩次矣，故云匪新、仍舊。《世説》：迴策如縈。

出塵閟軌躅㊀**，畢景**影同**遺炎蒸**㊁**。永願坐長夏，將衰棲大乘**㊂**。羈旅惜宴會**㊃**，艱難懷友朋。勞生共幾何，離恨兼相仍**㊄**。**此寺前惜别之情。言此地清幽，可以銷暑，無如席中客散，倍增悵恨耳。閟軌躅，無車轍人踪也。畢景，謂盡一日之影。此章四句起，下兩段各八句。

㊀《班固傳》：伏周孔之軌躅。孔魚詩：金門朱軌躅。

㊁鮑照詩：侵星赴早路，畢景逐前儔。庾信詩：五月炎蒸氣。

㊂《傳燈録》：若頓悟自心即佛，依此而修者，是最上乘禪。李顒《大乘賦序》：大乘者，如來之道場也，故緣覺聲聞，謂之小乘。

㊃申涵光曰：羈旅惜宴會，一是惜情，一是惜物，非久客不知。

㊄吴均詩：故人寧知此，離恨煎人腸。　鮑照詩：何慚宿昔意，猜恨坐相仍。

送竇九歸成都

竇九恐是成都竇少尹之子，故用問絹事，時蓋以省覲歸成都耶。

文章亦不盡，竇子才縱平聲橫㊀。非爾更苦一作持節，何人符大名㊁。讀書雲閣觀去聲㊂，問絹錦官城㊃。我有浣花竹，題詩須一行。上四稱竇才名，下則送歸成都。　有文章才略，而又砥節立名，見其人品不凡。　《杜臆》：起得突兀，轉亦頓挫，似尺水興波。　苦節二字，他本因聲律不諧，改作持節，黄鶴泥此，遂以竇九爲檢察竇侍御，誤矣。

㊀《通鑑》：梁武帝謂沈約才智縱横。

㊁王韶之《贈潘綜吴逵》詩：固此苦節，易彼大名。

㊂束晳《讀書賦》：被紈素而讀書。　應瑒《釋賓》：子猶不能騰雲閣，攀天衢。　雲閣觀，當在成都，乃平日讀書處。

㊃《魏志》：胡質爲荆州刺史，子威自京師往省，自驅驢，不止傳舍，留十餘日告歸，父賜縑一疋，威跪問曰：「大人清貧，何以得此？」質曰：「此吾俸餘，聊助汝糧耳。」

章梓州水亭
原注：時漢中王兼道士席謙在會，同用荷字韻。

鶴注：此當是廣德元年秋作。《吴郡志》：席謙，郡人，梓州肅明觀道士，善棊，公絶句「席謙不見近彈棊」是也。沈佺期詩：回借水亭幽。

城晚通雲霧，亭深到芰荷。吏人橋外少㊀，秋水席邊多。近屬淮王至㊁，高門薊子過平聲㊂。荆州愛山簡㊃，吾醉亦長歌。上四水亭景物，下四同席交情。趙汸注：首見亭在城傍，次見亭臨水上。吏人少，略去儀從。秋水多，前臨清曠。《杜臆》：後半並列賓主四人，却流利不板。亦長歌，如荆人之歌山簡。

㊀漢章帝詔：吏人同聲，謂之不煩。

㊁《世説》：梁王、趙王，國之近屬，貴重當時。《淮南王安傳》：武帝以安屬爲諸父，辯博善爲文辭，甚尊重之。

㊂《莊子》：高門懸簿，無不走也。《神仙傳》：薊子訓至京師，諸貴人各絶客灑掃，凡二十三家，並時各有一子訓到其家。明朝至朝，相問，二十三人所見皆同，唯所言話隨主人意答乃不同也。其神變若此。

㊃晉山簡鎮襄陽，每出遊習家池，有兒童歌，詳見他卷。

章梓州橘亭餞成都竇少去聲尹得涼字

鶴注：此是廣德元年秋作。是年九月，公至閬州。

秋日野亭千橘香，玉杯錦席高雲涼。主人送客何所作音佐**，行酒賦詩殊未央**㊀**。衰老應**平聲**爲難離**去聲**別**一云難爲應離別**，賢聲此去有輝光。預傳籍籍新京兆**一作尹㊁**，青史無勞數**色主切。一作缺**趙張**㊂**。**

橘亭之餞，公屬陪賓，故上四稱梓州厚情，下截祝少尹新政，唯第五句帶自序。盧注：東川絶域，刺史每多豪舉，如李梓州有玉袖金壺之艷，章梓州有玉杯錦席之華，亦足見天隅斗絶，戎馬不交，作宦者得優游膴仕，此高崇文謂川中乃宰相回翔之地也。

㊀漢武帝賦：「惜蕃華之未央。」央，盡也。

㊁《唐書》：至德二載，改成都府，置尹，視二京，故以京兆比之。

㊂《漢·藝文志》：《青史子》五十七篇。古人以竹爲簡，寫書，殺其青，故曰青史。《漢書》：趙廣漢、張敞相繼爲京兆尹，吏民語曰：「前有趙張，後有三王。」

隨章留後新亭會送諸君

鶴注：新亭在梓州，當是廣德元年作。

新亭有高會㊀，行子得良時㊁。日動映江幕，風鳴排檻旗。絶葷終不改，勸酒一作醉**欲無辭。已墮峴山淚㊂，因題零雨詩。**上四新亭會送，是景。下四惜别諸君，是情。　座客必有絶葷者，故詩中及之。　顧汪謂指漢中王者，或然。　且諸客中當有仕梓而去者，故用峴山碑以誌去思。　舊注謂送客至襄陽者，太泥。

㊀晉樂曲：新亭送客渚。　《史記》：宋義置酒高會。　《楚辭》：吉日兮辰良。

㊁《晉書》：羊祜嘗登峴山置酒。　祜没，襄陽百姓建碑其上，見者莫不流涕，杜預因名爲墮淚碑。

㊂孫楚《陟陽候送别》詩：晨風飄岐路，零雨被秋草。

客舊館

依舊編廣德元年梓州詩内。　年譜謂秋往閬州，冬晚復回梓州。　據此詩，則是初秋别梓，秋盡復回也。　周弘正詩：依然歸舊館。

陳迹隨人事㊀，**初秋别此亭。重**平聲**來梨葉赤，依舊竹林青。風幔何**一作前**時卷，寒砧昨夜聲**或作聽。**無由出江漢，愁緒**一作秋渚，非**日冥冥。**上四舊館秋景，下四觸物傷情。　隨人事，謂跡隨事往。《杜臆》：風幔，是昔有今無者。寒砧，是昔無今有者。　聲字出韻，若作聽字，對卷字亦穩。杜詩五律，無失韻者。

㊀《蘭亭記》：俯仰之間，已爲陳迹。

前投幕府詩，本用魚韻，而起借七虞無字，謂之孤雁入群格。此題客舊館，本用青韻，而後借八庚聲字，謂之孤雁出群格。又有雙入雙出，謂之進退格，如前二聯用東韻，後二聯用冬韻，前二聯用寒韻，後二聯用删韻是也。

戲作寄上上聲漢中王二首原注：王新誕明珠。

黄鶴注：當是廣德元年秋在梓州作。

雲裏不聞雙雁過㊀，**掌中貪看**吴作見**一珠新**㊁。**秋風嫋嫋吹江漢**㊂，**只在他鄉何處人。**首章憐己之飄泊。　雁書不至，豈爲貪看新珠之故乎。抑知秋風江上，流落他鄉者，爲何處人耶。第二句屬戲詞。　雁足繫書，從來襲用。且古詩云「寄我雙鯉魚」，此稱雙雁，亦有所本。　蔡注：以雙雁比汝陽王璡之亡，取兄弟雁行之義也。　考汝陽卒於天寶九載，年歲隔遠，情事不符。

㈠范雲詩：寄書雲間雁，爲我西北飛。

㈡《三輔決録》：孔融見韋元將、仲將，與其父書曰：「不意雙珠，生於老蚌。」　傅玄詩：昔君視我，如掌中珠。　江淹《傷愛子賦》：痛掌珠之愛子。　庾信《傷心賦》：掌中珠碎。

㈢《九歌》：嫋嫋兮秋風。　邵寶注：江水出茂州岷山，東流自夔州至荆州，與漢水合。　漢水出漢中府沔縣嶓冢山，東流至襄陽，又南流至荆州，與江水合。

其二

謝安舟楫風還起㈠，**梁苑池臺雪欲飛**㈡。**杳杳東山攜妓去**嚴滄浪作妓去，舊作漢妓㈢，**泠泠**一作陰陰**修竹待王歸**㈣。　次章憐王之遠謫。　謝安舟楫，王在蓬州。　梁苑池臺，京有舊第。　風起雪飛，深秋景候也。　東山，承謝安。　修竹，承梁苑。　後二句，屬戲詞。

㈠《謝安傳》：安嘗與孫綽等泛海，風起浪湧，諸人並懼，安吟嘯自若，舟人猶去不止，風轉急，安徐曰：「如此，將無歸耶？」舟人承言即回，衆咸服其雅量。

㈡《漢書》：梁孝王築東苑，方三百里，廣睢陽城七十里，大治宮室，爲複道，自宮連屬於平臺，三十餘里。　晉灼曰：或説平臺在城中東北角，亦或言兔園在平臺側。　如淳曰：今城東二十里有臺，寬廣而不甚高，俗謂之平臺。　謝惠連《雪賦》：歲將暮，時既昏，寒風積，愁雲繁，梁王不悦，遊於兔園。俄而微霰零，密雪下。
㊂《謝安傳》：安居東山，每遊賞，必以妓女從。
㊃《史記正義》：《西京雜記》：梁孝王苑中，奇果佳樹，瑰禽異獸，靡不畢備，世人言梁王竹園也。枚乘《兔園賦》：修竹檀欒夾池水。

椶拂子

鶴注：詩云「家貧臥炎蒸」，當是廣德元年夏秋間作。梁氏編在寶應元年梓州内，是年乃九月至梓州，於詩語不合。　黄希曰：比丘患草蟲，佛聽作拂子。

椶拂且薄陋㊀**，豈知身効能**㊁**。不堪代白羽**㊂**，有足除蒼**一作青**蠅**㊃**。熒熒金錯刀，濯濯**一作擢擢**朱絲繩**㊄**。非獨顔色好，亦由**一作用**顧盼**一作眄**稱**㊅**。**此言物當適用，人情皆知顧惜。　拂足驅蠅，此其効能於人身者。　朱注：錯刀絲繩，皆椶拂之飾。

㊀《前漢·鄒陽傳》：竊自薄陋。
㊁潘岳《射雉賦》：思長鳴以效能。
㊂《蜀志》：諸葛亮以白羽扇指揮軍事。

㊃《詩》：蒼蠅之聲。《酉陽雜俎》：西域有黑獅子棒，集賢校理張希復有獅子尾拂，夏月蠅蚋不敢集其上。

㊄施青臣《繼古叢編》：金錯刀，一名而二物，錢一也，刀二也。《漢·食貨志》：王莽更造大錢，又造錯刀，以金錯其文曰，一刀直五千。張衡《四愁詩》：「美人贈我金錯刀，何以報之雙瓊瑤。」此言錢也。《續漢書·輿服志》：佩刀乘輿，通身雕錯，諸侯黄金錯。《東觀漢記》：「賜鄧通金錯刀。」此言刀也。今按：杜詩「金錯囊徒罄，銀壺酒易賒」，韓昌黎詩「聞道松醪賤，何須吝錯刀」，皆指錢言。杜詩「熒熒金錯刀，濯濯朱絲繩」，孟襄陽詩「美人騁金錯，雙手膾紅鱗」，此皆指刀言。杜詩「金錯旌竿雪滿霜」，此以金錯於旌竿也。漢秦嘉妻以金錯碗奉其夫，此以金錯於碗上也。古人於器物多以黄金錯之。鮑照詩：直如朱絲繩。熒熒，光明貌。濯濯，鮮潔貌。漢秦嘉詩：熒熒華燭。司馬相如頌：濯濯之麟。

㊅嵇康詩：顧盼生姿。

吾老抱疾病，家貧卧炎蒸。咂膚倦撲滅㊀，賴爾甘服膺㊁。物微世競棄，義在誰肯徵。三歲清秋至，未敢闕緘縢㊂。此言功在平時，事後不忍輕棄。拂久效能，情義猶在，但過時則忘，誰肯徵收乎。公之三歲緘藏，有不棄蓍簪之意。此詩借物寓言，君子不遺舊交，義正如此。朱注：班婕好《團扇》詩：「常恐秋節至，涼飇奪炎熱。棄捐篋笥中，恩情中道絶。」末二句，從班詩翻出。此章上下各八句。

㈠呃膚指蠅呃，與嚼同，齧也。《抱朴子》：蚊嚼膚則坐不得安。《書》：其猶可撲滅。

㈡服膺，持拂於胸前也。東方朔《答客難》：服膺而不可釋。

㈢《莊子》：惟恐緘縢扃鐍之不固。

送陵州路使去聲君之郭作赴任

鶴注：此廣德元年秋在梓州作。時河北已平，故云「幽燕通使者」。朱注：《唐書》：陵州仁壽郡，屬劍南東道，本隆山郡，天寶元年更名。

王室比必二切。荆作此**多難**去聲㈠，**高官皆武臣**㈡。**幽燕**平聲**通使**去聲**者，岳牧用詞人**㈢。

從時事叙起。時平復用詞人，故路君得膺此任。

㈠孔融《喻邳原書》：王室多難。

㈡朱注：按史，是時諸州久屯軍旅，多以武將兼領刺史，法度廢弛，人甚弊之，故有「高官皆武臣」之嘆。《説苑》：高官大位。唐山夫人歌：詔撫成師，武臣承德。

㈢唐虞時有四岳十二牧。

國待賢良急㈠，**君當拔擢新**㈡。**佩刀成氣象**㈢，**行蓋出風塵**。**戰伐乾坤破，瘡痍府庫貧**。

衆寮宜潔白，萬役但一作萬物役**平均**㊃。此勉使君初政。呂虔佩刀，刺史之事。皂蓋行縣，太守之職。路殆郡守，故兩用之。亂後民貧，當潔身以率屬，平役以愛民。

㊀《公孫弘傳》：上方興功業，屢舉賢良。

㊁《陸雲傳》：不以駑闇，特蒙拔擢。

㊂《晉書》：呂虔爲刺史，有佩刀，相者以爲必三公可服，虔乃贈別駕王祥曰：「卿有公輔之望，故相與也。」

㊃《穆天子傳》：天子答西王母曰：「和治諸夏，萬民平均。」

霄漢瞻佳士一作家事，**泥塗任此身。秋天正播落，回首大江濱**㊀。此述送行之情。霄漢泥塗，彼此懸隔矣。回首江濱，望其見憶也。　此章，中段八句，起結各四句。

㊀王粲詩：率彼江濱。

朱鶴齡曰：高適在蜀，《請合東西川疏》云：「嘉陵比爲夷獠所陷，今雖小定，瘡痍未平。」可證陵州先經寇亂矣，惜二史不載其事。此詩潔己平役，蓋以文臣救亂之道告之耳。

送元二適江左

黄鶴編在廣德元年，今姑仍之。　朱注：《王右丞集》有《送元二適安西》詩，疑即此人。　舊注以元二爲元結，錢箋辯其謬誤。考本傳，結未嘗至蜀，亦未嘗適江左也。

亂後今相見，秋深復扶又切**遠行。風塵爲客日，江海送君情。晉室丹陽尹**㈠**，公孫白帝城**㈡**。經過**平聲**自愛惜，取次莫論**平聲**兵**㈢。原注：元嘗應孫吳科舉。上四送別傷情，下則囑其前途慎密也。風塵承亂後，江海承遠行，二句有無窮之悲。自白帝而丹陽，乃江左經過處，此與「白狗黃牛峽，朝雲暮雨祠」，同是起下語。時藩鎮多跋扈觀望者，故戒其毋談兵以賈禍。趙汸注：亂離之際，作客送客，倍難爲情。

㈠胡孝轅曰：丹陽尹，不必指定晉何人。南渡初，如温嶠、劉隗尹京，多在王敦僭擾際，而子陽負劍稱白帝，大似肅代朝節鎮分據景象，用此二語先之，正爲論兵語脈也。朱注云：《宋書》：漢元封二年，立丹陽郡，治今宣城之宛陵縣。晉武帝太康二年，分丹陽爲宣城郡，治宛陵，而丹陽移治建業。元帝太興元年，改爲尹，領縣八。梁元帝《丹陽尹傳序》：自二京板蕩，五馬南渡，因乃上燭天文，下應地理，即變淮海爲神州，亦即丹陽爲京尹。劉謙《三晉記》：蘇峻召祖約爲逆，約遣許柳以衆會峻，克京師，拜丹陽尹，後以罪誅。吴注：肅宗時，節鎮跋扈，大有蘇峻僭擾石頭、子陽負險稱帝氣象。先伏此二句，正爲「莫論兵」張本。

㈡《元和郡縣志》：白帝城，與赤甲山相接，初公孫述至魚復，有白龍出井中，因號魚復爲白帝城。

㈢邵注：取次，猶言即次之處。黃生注：此當時方言，猶從容之意。今按：當是次第之意。北齊樂歌：日日飲酒醉，國計無取次。白居易詩：老愛尋思事，慵多取次眠。又：遇客踟躕立，尋花取次行。又：閒停茶碗從容語，醉把花枝取次吟。《史記》：孫子臏脚而論兵法。

九日

鶴注：此廣德元年在梓州作。

去年登高郪縣北，今日重平聲**在涪江濱㈠。苦遭白髮不相放㈡，羞見黄花無數新㈢。世亂鬱鬱久爲客，路難悠悠常傍**去聲**人。酒闌却憶十年事，腸斷驪山清路塵㈣。**公在梓州，自歎兩度重九也。上四九日情事，下四旅中感懷。白髮、黄花，本屬常景，只添數虚字，語意便新。世亂而久爲客，意增鬱鬱。路難而長傍人，倍覺悠悠。兩句中，含多少悲傷。酒闌以後，忽憶驪山往事，蓋歎明皇荒遊無度，以致世亂路難也。末作推原禍本，方有關係，若徒説追思盛事，詩義反淺矣。

㈠鶴曰：梓州治郪縣。《水經》：涪江水東南合射江，射江在梓州。顧注：涪江在郪縣西二百里，自涪城縣東南流入縣界。

㈡不相放，謂不饒人。

㈢《月令》：季秋之月，菊有黄華。

㈣《杜臆》：天寶十四年冬，公自京師歸奉先，路經驪山，玄宗方幸華清宫，安禄山反，然後還京，至此十年矣，所以憶之而腸斷也。　清路塵，輦出而清道也。　《滑稽傳》：日暮酒闌，合尊促席。

對雨

顧注：此廣德元年秋作。時公從梓州將往閬州也。七月，吐蕃盡取河隴，邊備正嚴，故云「雪嶺防秋急」。　北齊劉逖有《對雨》詩題。

莽莽天涯雨，江邊獨立時。不愁巴道路，恐濕一作失**漢旌旗**㊀。**雪嶺防秋急**㊁，**繩橋戰勝遲**㊂。**西戎甥舅禮**㊃，**未敢背**倍同**恩私**㊄。　上四雨景，下四感時。　雨時獨立，憂思並起，故不愁身經梓閬，巴路崎嶇，但恐征人逢雨，旗濕難行耳。　因思雪嶺繩橋，乃禦寇之地，今防秋方急，而戰勝無期，事勢大可慮矣。　或者吐蕃念甥舅之禮，不忍背我國恩乎，然虜情終未可測也。　五六句，上四字連讀，下一字另讀。

㊀《杜臆》：雨濕則行遲，故以爲恐，須溪改爲失，非是，未有大軍過而防旌旗之迷失者。　今按：宋僧惠崇詩「劍戟明山雪，旌旗濕海雲」，正用杜濕旌旗語也。

㊁鶴曰：《九域志》：雪嶺距威州二百六十里。　威即維州。《高適傳》：適出西山，三城置戍，論東西兩川當合爲一，即雪嶺也。　師氏曰：邊人秋高馬肥常入寇，故云防秋。

㈢鶴曰：《唐志注》：唐興有羊灌田、朋笮、繩橋三守捉城。繩橋蓋三城之一，非指岷江竹橋也。按：繩橋兩岸立巨木。繫竹繩爲橋，駕空而渡。

㈣趙曰：中宗景龍二年，以金城公主妻贊普，故望其篤甥舅之禮。盧注：郭子儀嘗言吐蕃無道，不顧甥舅之禮。結句蓋反用之。《左傳》：夫齊，甥舅之國也。

㈤鮑照詩：結主遠恩私。

薄暮

顧注：廣德元年秋在閬州作。是年九月，至閬州。周捨詩：「況兹薄暮情。」薄，迫也。

江水長流一作最深地，山雲薄暮時。寒花隱亂草㈠，宿鳥揀一作擇深枝。故一作舊國見何日，高秋心苦悲。人生不再好，鬢髮自一作白成絲。上四暮景，下四暮情。此詩縱横看來，意無不合。晚花隱色，喻己之混迹。夕鳥歸林，方己之避亂。此雖寫景，而兼屬寓言。故國生悲，仍與流水相應。白頭興歎，又與暮雲相關。脈理之精細如此。

㈠張正見詩：霜雁排空斷，寒花映日紅。

閬州奉送二十四舅使去聲自京赴任青城

鶴注：此當是廣德元年作。　顧注：此舅氏使蜀還京，隨有青城之命也。　《杜臆》：閬州今爲保寧府，附郭有閬中縣。　青城縣屬成都。

聞道去聲**王喬舃**㈠**，名因太史傳。如何**一作何如**碧鷄使**去聲㈡**，把詔紫微天**㈢**。秦嶺愁回首**一作馬㈣**，涪**音浮**江醉泛船**㈤**。青城漫汚雜**㈥**，吾舅意凄然。**上四惜舅氏外授，下四送舅氏赴任。　王喬因太史而傳，見外吏有藉於朝臣。今以王朝之使，詔除縣令，是京官反爲外吏矣。如何二字，訝而惜之也。秦嶺不堪回首，涪江且醉客船，自此至青城，見彼汚雜之俗，舅氏得不凄然乎。

㈠後漢王喬爲葉令，每朔望來朝，雙鳧先至。帝令太史伺之，得朝舃二。

㈡《前漢·王褒傳》：益州有金馬碧鷄之神，宣帝使褒往祀焉。公舅必先使於蜀也。

㈢《杜臆》：青城爲第五大洞寶仙九室之天，故云紫微天。一説：紫微殿名，開元四年召縣令策於廷，二十四年宴新除縣令於朝堂。因知除授縣令，得把詔紫微也。

㈣鶴曰：《唐志》：秦川有秦嶺縣，貞觀二年省。

㈤又曰：涪江雖出合州，而《水經》則云涪江水東南合射江，則梓閬皆可通言。

㊅閬中陳氏曰：污言風俗，雜言居民。

王閬州筵奉酬十一舅惜别之作

鶴注：此是廣德元年九月至閬州作。時吐蕃、党項與僕固懷恩之亂方殷，故有群盜如毛之句。　邵寶注：公母崔氏，十一舅乃是崔氏。　《九域志》：閬州西至梓州二百二十里。

萬壑樹聲滿㊀，**千崖秋氣高**㊁。**浮舟**一作雲**出郡郭**㊂，**别酒寄江濤**㊃。此記王閬州筵。《杜臆》：起語筆力雄壯，而别景已覺淒然。　陳師道曰：世稱杜牧之「南山與秋色，氣勢兩相高」，老杜云「千崖秋氣高」，纔用一句而語益工。

㊀《世説》：顧愷之曰：「千巖競秀，萬壑争流。」　江總詩：樹聲非有意。

㊁梁簡文帝詩：千崖共隱天。　宋玉賦：悲哉秋之爲氣也，天高而水清。

㊂魏文帝詩：浮舟横大江。

㊃吴均詩：離歌玉絃絶，别酒金卮空。

良會不復扶又切**久**㊀，**此生何太勞**㊁。**窮愁但**一作唯**有骨**㊂，**群盜尚如毛**㊃。**吾舅惜分手**㊄，**使**去聲**君寒贈袍**㊅。**沙頭暮黄鶴**一作鵠，**失侣亦**一作自**哀號**平聲㊆。　此叙惜别之情。　良會二句，傷舅。窮愁二句，自慨。舅有分手之詩，王有寒袍之贈，兩感其意也。孤鶴哀號，比別後淒涼之況。　黄生注：起語激厲，結調悲惋，首尾自相稱。　此章，上四句，下八句。

㊀《洛神賦》：悼良會之永絶。

㊁《莊子》：大塊勞我以生。《史記》：形太勞則敝。

㊂但有骨，猶云貧到骨。《家語》：子路静思不食，以至骨立。

㊃賈誼《新書》：反者如蝟毛而起。

㊄謝瞻詩：分手東城闉。

㊅贈袍是贈己，不是贈舅，若贈舅氏，不煩公代謝矣。《史記》：范睢見須賈，賈曰：「范叔一寒至此！」乃取一綈袍以賜之。

㊆孔德紹詩：華亭失侶鶴。《長門賦》：白鶴噭以哀號。

閬州東樓筵奉送十一舅往青城得昏字

盧注：時二十四舅赴任青城，十一舅與之同往也。前是奉酬之作，此是奉送之作。　《一統志》：東樓，在保寧府治南嘉陵江上，唐杜甫有詩。

曾音層**城有高樓**舊作會㊀，**制古丹雘存**㊁。**迢迢百餘尺**㊂，**豁達開四門**㊃。**雖有**一作會**車馬**

客㈤，而無人世喧。遊目俯大江㈥，列筵慰別魂㈦。首記東樓別筵。

㈠《淮南子》：崑崙之山，有層城九重。古詩：西北有高樓。

㈡《書》：「惟其塗丹雘。」丹，朱色。雘，采色。各塗以膠漆也。

㈢《西京賦》：迢迢以亭亭。古詩：雙闕百餘尺。

㈣《景福殿賦》：開南端之豁達。《書》：闢四門。

㈤陶潛詩：結廬在人境，而無車馬喧。

㈥《儀禮注》：遊目，所視廣也。

㈦謝靈運詩：得以慰別魂。

是時秋冬交，節往顔色昏㈠。天寒鳥獸伏一作休，霜露在草根㈡。今我送舅氏㈢，萬感集清樽㈣。豈伊山川間去聲㈤，回首盜賊繁。此叙臨別情景。冬時物皆休息，而己獨浪迹他鄉，所以增感。山川二句，傷長安亂離也。

㈠顔色昏，謂黯淡無光。《雪賦》：歲將暮，時既昏。

㈡沈約詩：草根積霜露。

㈢《詩》：我送舅氏，至於渭陽。

㈣謝靈運詩：萬感盈朝昏。

㈤《穆天子傳》：王母歌曰：「道里悠遠，山川間之。」

高賢意不暇，王命久崩奔㈠。**臨風欲慟哭**㈡，**聲出已復吞**。末又兼懷青城舅氏。前奉命而任青城者，實以賢勞之故，今舅氏復往，益覺孤危矣，故傷心而欲哭。此章，前二段各八句，末段四句收。

㈠謝靈運詩：「圻岸屢崩奔。」山下墮曰崩，水急流曰奔。此比行役之匆遽。

㈡李陵《答蘇武書》：臨風懷想，能不依依。《晉書》：阮籍車轍所窮，每慟哭而返。

放船

按鶴注：此廣德元年秋閬州作。蓋蒼溪屬閬州，橘熟在秋候也。《杜臆》：地志：蒼溪於閬中爲上游，臨嘉陵江，今有放船亭，因杜詩得名。

送客蒼溪縣㈠，**山寒雨不開**。**直愁騎馬滑，故作放舟迴**。**青惜峰巒過，黄知橘柚來**㈡。**江流大**音太。一作天**自在，坐穩興**去聲**悠哉**㈢。上四放船之由，下四放船景事。見青而惜峰過，望黄而知橘來，皆舟行迅速之象。青是雨後色，黄是秋深色。趙汸注：青字黄字略讀，乃上一字，下四字格。

㈠《寰宇志》：閬州蒼溪縣，因縣界蒼溪谷爲名。嘉陵江在縣東一里，東南流。《九域志》：在閬州西北四十里。

㈡樓鑰曰：嘗與蜀黄文叔裳食花椑，因問蜀中有此乎。曰：「此物甚多，正出閬州。杜詩所云『黄知橘柚來』，誤矣。曾親到蒼溪縣，順流而下，兩岸黄色照耀，直似橘柚，其實乃此椑也。問之土人云：工部既誤，有好事者欲爲解嘲，於其處大種橘柚，終非土宜，無一活者。」椑音悲。　諸葛武侯《黄陵廟記》：峰巒如畫。　劉楨詩：橘柚生南國。

㈢《夏統别傳》：統在船曝所市藥，穩坐不摇。

葛常之曰：五律，於對聯中作一意，詩家謂之十字格。如《放船》詩「直愁騎馬滑，故作放舟迴」，《對雨》詩「不愁巴道路，恐濕漢旌旗」，《江月》詩「天邊長作客，老去一霑巾」是也。

王嗣奭曰：此聯却是流水對，公别有十字句法，如《子規》詩「渺渺春風見，蕭蕭夜色淒」，是也。

吴子良《偶談》：錢起詩「山來指樵火，峰去惜花林」，不如此詩「青惜峰巒過，黄知橘柚來」。

薄遊

鶴注：《唐志》：閬州、綿州，皆爲巴西郡。公廣德元年曾至兩郡，但至綿乃是春晚，至閬乃是秋晚，詩言病葉寒花，當是閬州作。　周捨詩：薄遊久已倦。

淅淅一作漸漸**風生砌**㈠**，團團日**一作月**隱牆**㈡**。遥**一云滿**空秋雁滅**一作過㈢**，半嶺暮雲長**一云張㈣。病葉多先墜，寒花只暫香。巴城添淚一作月眼㈤，今夕一作夜復扶又切清一作秋光。

上四叙景，薄遊所見。下四言情，薄遊所感。　風聲日影，屬近景。空雁嶺雲，屬遠景。病葉，寓言憔悴。寒花，自況淒涼。觸景增悲，故淚添此夕耳。　五六，賦中帶比，故屬下截。七八用倒裝句，本是對清光而墮淚。

㈠謝惠連詩：淅淅振條風。淅淅，風聲細也。

㈡班婕妤詩：團團似明月。何遜詩：團團日隱洲。

㈢杜審言詩：迸水落遥空。宋之問詩：還鄉秋雁飛。楊慎《丹鉛録》：衢州爛柯橋斷碑詩，有句云「薄煙羃遠郊，遥峰没歸翼」。蓋六朝人語。杜詩「遥空秋雁滅」本此，唐詩「帆帶夕陽千里没」亦本此。

㈣李百藥詩：雲凝愁半嶺。

㈤庾信詩：雙雙淚眼生。　閬州屬巴郡地，故曰巴城。

嚴氏溪放歌一作《放歌行》

此依朱氏，編在廣德元年秋閬州作。　朱注：《華陽國志》：閬中有三狐、五馬、蒲、趙、任、黄、嚴爲大姓。《唐書·李叔明傳》：閬州嚴氏子疏稱，叔明少孤，養於外族，遂冒其姓。可證嚴氏溪在閬州，溪蓋以其族名也。

天下兵一作甲馬未盡銷，豈免溝壑常漂漂。劍南歲月不可度㊀，邊頭公卿仍獨樊作何其驕。費心姑息是一役㊁，肥肉大酒徒相要平聲㊂。嗚呼古人已糞土㊃，獨覺志士甘漁樵。此自傷旅況，歎時無知己也。邊鎮驕蹇凌物，即有時小惠姑息，共所費心，不過相要一役而已。酒肉之外，豈有愛敬真情乎。因歎古之好士者不可復作，志士獨向漁樵而遯迹耳。此句起下。邊頭公卿，恐指章彝。鮑氏指郭英乂。趙注謂郭在成都，非邊頭也。

㊀洙曰：成都在劍嶺之南。

㊁楊慎曰：《記》：君子之愛人也以德，細人之愛人也以姑息。注：姑，且也。息，休也。此說殊晦。《尸子》：紂棄黎老之言，而用姑息之政。注：姑，婦女也。息，小兒也。《杜臆》：是一役，言徒以此一役了事耳。舊注誤謂以一役夫待人。

㊂《韓非子》：厚酒肥肉，甘口而病形。《呂氏春秋》：肥肉厚酒，務以相强，命曰爛腸之食。《左傳》：陰飴甥曰：「一役也，秦可以霸。」

㊃《晉語》：玉帛酒食，猶糞土也。

況我飄蓬鮑作轉無定所，終日慽慽忍羈旅。秋宿樊作夜霜一作清溪素月高，喜得與子長夜語。東遊西還力實倦，從此將身更何許㊀。知子松根長子兩切茯苓㊁，遲暮有意來同煑。此過嚴氏溪，欲與之偕隱也。漂流無定之時，喜得溪邊景色，且當此筋力已衰之候，不如託此以養生矣。朱注：閬州在梓州之東，此言東遊閬州，又西還梓州也。趙次公謂西還成都迎家者，誤引去年事耳。　此章兩段，各八句分韻。

㊀更何許，言此身更往何所乎。　時解謂將身更許何人者，未然。　晉童謠：天子在何許。

㊁《本草》：茯苓，千歲松脂也，作丸散服，能斷穀不饑。

警急

原注：高公適領西川節度。

鶴注：當是廣德元年十月閬州作。　是年十二月，吐蕃陷松、維州。　蔡夢弼曰：考史，代宗即位，吐蕃陷隴右，漸逼京師，適練兵於蜀，臨吐蕃南境以牽制之。　師出無功，尋失松、維等州，此詩乃松州未陷時作。　《漢書》：備邊防警急。

才名舊楚將去聲㊀，**妙略擁兵機**㊁。**玉壘雖傳檄**㊂，**松州會解圍**㊃。**和親知計拙**㊄，**公主漫無歸**㊅。**青海今誰得，西戎實飽飛**㊆。　題曰警急，畏邊警之日急也。　上四望高適，下四憂吐蕃。

高公才略，自足控制邊疆，但恐和親失計於前，青海失守於後，一時驟難攘斥耳。

㊀《魏志·賈詡傳》：臨菑侯甚有才名。　朱注：至德二年，永王璘反，適因陳江東利害，永王必敗，肅宗奇其對，以適爲揚州左都督府長史、淮南節度使，故云舊楚將。

㊁李乂詩：河塞有兵機。

㈢玉壘山有二，此指威州之玉壘。　趙注：吐蕃入寇，故檄書傳聞。
㈣鶴注：此云會解圍，時松州尚未陷也。
㈤黄希曰：當時以金城公主下嫁吐蕃，而卒不免其入寇，所以爲計拙。
㈥漫，徒然也。　趙曰：青海復爲吐蕃所得，如飽鷹之不可縶紲矣。
㈦天寶中，哥舒翰曾築城於青海。

四明楊守陳曰：此下三章，皆爲高適作，譏其不能禦虜也。首冠以才名楚將，妙略兵機，而下皆敗北之事，則機略概可見矣。

王命

《詩》：王命南仲。

漢一云漢北豺狼滿，巴西道路難。血埋諸將去聲甲㈠，骨斷使去聲臣一云君鞍㈡。牢落新燒棧㈢，蒼茫舊築壇㈣。深懷喻蜀意㈤，慟哭望王官一云京鑾。　題曰王命，望王朝之命將也。

上六叙時事，下二想安邊。　西戎入寇，和戰無功，故諸將之血埋入於甲中，使臣之骨幾斷於鞍上。今棧閣已燒，而始用舊人，亦已晚矣。此時安得詔書諭蜀以退寇兵乎，故人皆慟哭而望王官之至也。　趙曰：漢與巴相連，蓋吐蕃入寇之地，漢北爲褒斜，巴西則綿漢也。　鶴曰：渭北兵馬使呂月將，將精卒二千，與吐蕃戰於盩厔，兵盡，爲賊所擒，所謂「血埋諸將甲」也。　趙曰：廣德元年，使李之芳、崔倫往聘吐蕃，留而不遣，所謂「骨斷使臣鞍」也。　朱注：上元二年二月，奴剌、党項寇寶鷄，燒大散關，所謂「牢落新燒棧」也。　廣德元年十月，吐蕃帥吐谷渾、党項、氐、羌二十餘萬衆度渭，命郭子儀禦之，子儀得二十騎而行，所謂「蒼茫舊築壇」也。　朱注：王官當指嚴武，吐蕃圍松州，高適不能制，故蜀人思得武以代之。

㈠《史·高帝紀》：諸將過此者多。

㈡陳子昂詩：當盡使臣能。

㈢《漢書》：張良説漢王燒絶棧道。

㈣漢高帝築壇在漢中，注見七卷。

㈤《司馬相如傳》：唐蒙通夜郎，徵巴蜀吏卒，用軍興法誅其渠帥，巴蜀大驚恐，上使相如責蒙等，因喻告巴蜀人以非上意。

征夫

《詩》：騂騂征夫。

十室幾人在，千山空自多。路衢唯見哭，城市不聞歌。漂梗無安地㈠，銜枚有荷去聲戈㈡。官軍未通蜀，吾道竟如何。題曰征夫，傷征人之喪敗也。上四哀陣亡者多，下四歎援師不至。千山空多，言有險莫守，銜枚荷戈，望官軍來救。吾道如何，自慨進退失據矣。盧注：官軍未通蜀，仍望嚴武也。

㈠漂梗，注見一卷。

㈡《周禮》：軍旅令銜枚，禁無囂。《漢書·高帝紀》：章邯夜銜枚擊項梁定陶。顔師古注：枚狀如箸，横銜之，結紐而繞項以止言語也。《詩》：荷戈與祋。

西山三首

鶴注：此廣德元年，松州被圍時作。盧注：圖經云：岷山巉絶崛立，捍阻羌夷，全蜀依爲巨屏。

夷界荒山頂，蕃州積雪邊㈠。築城依一作連白帝㈡，轉粟上上聲青天㈢。蜀將去聲分旗鼓，羌兵助一作動鎧鋋一作井泉㈣。西南背倍同和好去聲，殺氣日相纏㈤。此章記西山時事。首聯言地之逼，次聯言守之難，三聯言戰之急，末聯言戰之故。荒山頂，望可見。雪嶺邊，近易侵也。

依白帝，擬其高。上青天，狀其險。蜀將，會討之師。羌兵，服屬之夷。背和尚殺，故須同仇以敵愾。《杜臆》：築城、轉粟，見謀國者之失算。高適諫之不聽，則有分其過者矣。

㊀錢箋：《元和郡縣志》：岷山，即汶山，南去青城山百里，天色晴明，望見成都。山頂停雪，常深百丈，夏月融泮，江川爲之洪溢，即隴之南首也。李宗諤《圖經》：維州，南界江城，岷山連嶺而西，不知其極，北望高山，積雪如玉，東望成都若井底，一面孤峰，三面臨江，是西蜀控吐蕃之要衝。

㊁黄希曰：白帝，西方之帝也，舊引夔州白帝城，非是。

㊂《漢·韓安國傳》：轉粟輓輸。李白《蜀道難》：蜀道之難難於上青天。高適《請減三城戍兵疏》：平戎以西數城，邈若窮山之巔，蹊隧險絶，運糧於東馬之路，坐甲於無人之鄉。

㊃公《東西兩川説》：仍使羌兵各繫其部落。鎧，頭盔。鋋，小矛。

㊄蔡琰《笳曲》：殺氣朝朝衝塞門。

其二

辛苦三城戍，長防萬里秋。烟塵侵火井，雨雪閉松州㊀。風動將軍幕一作蓋，天寒使去聲者裘㊁。漫平聲山賊營一云成壁壘，迴首得無憂。次章記松州之圍。上四叙寇邊之事，下四歎安邊無策。戍卒防秋，而犯邊者屢至。侵火井，彼深入矣。閉松州，此被圍矣。行軍遣使，和戰兩疲，賊壘漫山，畏驅莫遏也。

㊀鶴曰：《唐志》：火井在邛州，有火井縣。《九域志》云：有火井在蓬州。蓬與果、巴州爲鄰，而邛與

雅州爲鄰，雅去羈縻羅巖州不滿三百里，此當指邛而言。松、維二州，唐屬西川，自廣德元年後吐蕃復置行州，以首領爲刺史司馬矣。

㊁蔡邕樂府：海水知天寒。

其三

子弟猶深入㊀，關城未解圍。蠶崖鐵馬瘦，灌口米船稀㊁。辯士安邊策㊂，元戎決勝威㊃。今朝烏鵲喜㊄，欲報凱歌歸㊅。三章，憂松州將陷也。上四言時勢之危，下四望和戰有成。鐵馬瘦，米船稀，見兵疲糧盡矣。軍幕、使衷，戰和無益，而猶云辯士、元戎者，蓋思兩者之中，得一以濟，庶可却敵而凱旋耳。

㊀公《東西兩川説》：兼差堪戰子弟向二萬人，足以備邊守險。

㊁《寰宇記》：蠶崖關在導江縣西北四十七里。《寰宇記》：灌口鎮在導江縣西六十里。《方輿勝覽》：淳熙五年，胡元質奏曰：唐之季年，吐蕃入寇，必入黎文。南詔入寇，必入沈黎。吐蕃、南詔合入寇，必出灌口。沈、黎兩州去成都尚千里，關隘阻足以限隔。惟灌口一路，去成都止百里，又皆平陸，朝發夕至。威、茂兩州即灌口之蔽障。希曰：《唐志》：彭州導江縣有蠶崖關。《寰宇記》：灌口山，在西嶺有天彭關。又云：有灌口鎮在彭州九隴縣，然則蠶崖、灌口蓋在彭州也。庾信賦：陶侃空争米船，顧榮虚摇羽扇。

㊂《莊子》：辯士無談説之序則不樂。《范睢傳》：范睢、蔡澤，世所謂一切辯士。《趙充國傳》：全

師保勝，安邊之策。

㊃《詩》：元戎十乘，以先啟行。《史記》：決勝千里之外。

㊄《西京雜記》：烏鵲噪而行人至。

㊅凱歌，見前《贈高適》詩注。

公抱憂國之懷，籌時之略，而又洊逢亂離，故在梓閬間有感於朝事邊防，凡見諸詩歌者，多悲涼激壯之語。而各篇精神煥發，氣骨風神，並臻其極。此五律之入聖者，熟復長吟，方知爲千古絕唱也。

與嚴二郎一作歸奉禮別

鶴注：此當是廣德元年在閬州作。《唐書》：太常寺奉禮郎二人，掌君臣班位，以奉朝會祭祀之禮，詳詩語，時嚴蓋入京師赴職。

別君誰暖眼，將老病纏身。出涕同斜日㊀，臨風看去塵㊁。此送別之意。誰暖眼，言冷眼者多。斜日，頂老。去塵，頂別。

㊀《易》：出涕沱若。

㊁《楚辭》：臨風兮浩歌。

商歌還入夜㊀，巴俗自爲鄰。尚愧微軀在，遥聞盛禮新㊁。山東群盜散，闕下受降音杭

頻㊂。**諸將**去聲**歸應**平聲**盡，題書報旅人**㊃。此別後情事。商歌巴俗，自傷寥落。遥聞盛禮，喜嚴爲奉禮也。盜息兵歸，正獻俘告廟、禮官從事之時，故囑其一報太平。此章上四句，下八句。

㊀《淮南子》：甯戚飯牛車下，擊牛角而疾商歌。此詩正用飯牛夜半語。

㊁劉孝綽啟：參陪盛禮，莫匪國華。任昉表：不得臨列闕庭，共觀盛禮。

㊂黄鶴曰：是時薛嵩以四州降，田承嗣以魏州降，故云受降頻。事在寶應元年冬，廣德元年春。《漢書》：武帝使公孫敖築塞外受降城。

㊃班婕妤《擣素賦》：書既封而重題。

贈裴南部原注：聞袁判官自來，欲有按問。

鶴注：此廣德元年公至閬時所贈。《唐書》：南部縣屬閬州。

塵滿萊蕪甑㊀，**堂横單父**音甫**琴**㊁。**人皆知飲水**㊂，**公輩不偷金**㊃。此言裴君以清節受誣。《杜臆》：人皆知管下句，此十字格也。

㊀《後漢書》：范丹，字史雲，爲萊蕪長，清貧。人歌曰：「甑中生塵范史雲，釜中生魚范萊蕪。」

㊁《吕氏春秋》：子賤爲單父宰，彈琴不下堂而治。

㊂《晉書》：鄧攸爲吴郡守，載米之官，俸禄無所受，飲吴水而已。

㊃《漢書》：直不疑爲郎，其同舍有告歸者，持同舍郎金去。金主意不疑，不疑買金償之。後告歸者來而歸金，金主大慚。

梁獄書應一作因**上**上聲。一作作㊀，**秦臺鏡欲臨**㊁。**獨醒時所嫉**㊂，**群小謗能深**㊃。**即出黄沙在**㊄，**何**一作應**須白髮侵**㊅。**使**去聲**君傳舊德**㊆，**已見直繩心**㊇。此望袁君以直道伸枉也。　秦鏡獨明，故嫉謗得剖，而冤獄可出。使君，指袁判官。　此章，上四句，下八句。

㊀《漢書》：鄒陽從梁孝王遊，羊勝者讒毁之，下吏，陽從獄中上書，王出之。時裴必有訴理之詞也。　《西京雜記》：高祖入咸陽宫，周行府庫，有方鏡，廣四尺，高五尺九寸，表裏洞明，人直來照之，影則倒見，以手掩心而來，即見腸胃五臟。又女子有邪心，則胆張心動。

㊂《楚辭》：衆人皆醉我獨醒。

㊃《詩》：愠於群小。

㊄黄沙，獄名。《魏志·高柔傳》注：《晉諸公贊》曰：柔次子光，少習家業，明練法理，晉武帝世爲黄沙御史，與中丞同。駱賓王《在獄書懷》詩：青陸芳春動，黄沙旅思催。

㊅張載詩：憂來令髮白。

㊆陳琳檄：舊德名臣，多在載籍。

㊇晉書：李胤遷御史中丞，恭恪直繩，百官憚之。

巴山

鶴注：此是廣德元年十一月公在閬州作。閬居巴子之國，故曰巴山。

巴山遇中使去聲，**云自陝**郭作陝。舊作峽，非**城來**㈠。**盜賊還奔突，乘**去聲**輿恐未回。天寒邵伯樹，地闊望仙臺**㈡。**狼狽風塵裏，群臣安在哉**㈢。此章，在巴山而慨朝事也。上四憂在君上，下四責及人臣。盜賊二句，述中使之言。顧注：甘棠樹、望仙臺，俱屬陝州近境，時天子在陝，故有天寒地闊之感。吐蕃入寇，徵兵不應，官吏奔散。曰群臣安在，譏文官不能扈從，武將不能禦敵也。

㈠《唐書》：陝州陝縣有陝城宮。《水經》：河水又西逕陝縣故城南。注：昔周召分伯，以此城爲東西之別。《括地志》：邵伯廟在洛州壽安縣西北五里，有棠在九曲城東阜上。《九域志》：邵伯甘棠樹在陝州府署西南隅。

㈡《三輔黄圖》：望仙臺，漢武帝所建，在華州華陰縣。《長安志》：望仙臺，在鄠縣西三十里。狼狽，注見前。

㈢阮籍詩：梁王安在哉。

早花

《杜臆》：此與前篇乃一時之作。

西京安穩未㈠？不見一人來。臘日一作月巴江曲，山花已自開。盈盈當雪杏㈡，艷艷待春一作香梅。直苦風塵暗，誰憂客一作容鬢催。此歎臘盡花鬧，而亂猶未平也。首聯傷時，次聯感物，五六承次聯，七八承首聯。不見人來，無確耗也。《杜臆》：早花有二意。一是因聞報之遲，而傷花開之早。一是見花開之早，而感年華之易邁，但憂亂爲重，不暇憂老耳。此詩上四散行，下四整對，亦藏春格也。

㈠鶴注：《長安志》：天寶六年曰西京，至德二年曰中京，上元二年復曰西京。按紀：上元二年曰上都，志誤也。此云西京者，循舊名也。《漢書》：武帝曰：「君除吏盡未？」此詩未字所本。

㈡古詩：盈盈樓上女。

發閬中

鶴注：廣德元年九月，公自梓入閬，冬末復歸梓，明年初春又至閬。詩云「別家三月」，當是元年冬晚歸梓州時作。《舊唐書》：閬水迂曲，經郡三面，故曰閬中。

前有毒蛇後猛虎㈠，溪行盡日無村塢。江風蕭蕭雲拂地，山木慘慘天欲雨。女病妻憂歸意急一作速，秋花錦石誰能一作復數所主切㈡。別家三月一書來一作得書，避地何時免愁苦。

此自閬州回梓而作也。上四閬中景物，下四發閬情事。蛇虎爲患，無村可避，且當此雲迷雨暗，愈增中途悽愴矣。女病妻憂，即於家書中見之。

㈠劉向《新序》：前有大蛇如堤。

㈡庾肩吾詩：錦石鎮浮橋。

江陵望幸

謂江陵人望車駕之臨幸也。朱注：《唐書》：上元初，吕諲建請荆州置南都，於是更號江陵府，以諲爲尹，置永平軍萬人，以遏吴蜀之衝。廣德元年冬，乘輿幸陝，以衛伯玉有幹略，可當重寄，乃拜江陵尹，充荆南節度觀察等使。詩所云「甲兵分聖旨，居守付宗臣」也。時公在巴閬，傳聞代宗欲巡幸江陵，故有此作。《封禪文》：太山梁父，設壇望幸。

雄都元壯麗㈠，望幸欻威神㈡。地利西通蜀㈢，天文北照秦㈣。風烟含越鳥㈤，舟楫控吴人㈥。未枉周王駕㈦，終期漢武巡㈧。甲兵分聖旨㈨，居守付宗臣㈩。早發雲臺仗刊作路㈡，恩波起涸鱗㈢。首句江陵，次句望幸，中四咏江陵形勢，下六寫望幸情事。作短章排律，多在首聯扼題，此定式也。西蜀、北秦、南越、東吴，江陵四至之地。甲兵分自聖旨，以衛伯玉統兵往鎮也。居守付之宗臣，時郭子儀留守西京也。發雲臺，天子將巡。起涸鱗，窮民待澤。

㈠《史記》：蕭何曰：「天子以四海爲家，非壯麗無以重威。」

㈡顔延之詩：望幸傾五州。《甘泉賦》：象泰壹之威神。《魯靈光殿賦》：景福兮帝室之威神。注：威神，言尊嚴也。

㈢《孟子》：天時不如地利。

㈣謝靈運詩：列宿炳天文。秦分野占狼弧。狼弧與南極老人星相近，是天星在南，而北照秦野也。

㈤謝脁詩：風烟有鳥路。古詩：越鳥巢南枝。

㈥《易》：舟楫之利，以濟不通。

㈦《左傳》：子革曰：「昔周穆王欲肆其心，周行天下，將皆必有車轍馬跡焉。」

㈧《漢書》：武帝南巡，至於盛唐。韋昭曰：在南郡。

㈨《詩》：修我甲兵。《前漢·陳湯傳》：承聖旨，倚神靈。

㈩《左傳》：君行則居守。《史記·留侯世家》：群臣居守。《漢書·蕭何傳》：爲一代之宗臣。

㈡庾信《哀江南賦》：非無北闕之心，猶有雲臺之仗。

㈢丘遲詩：肅穆恩波被。　涸鱗，本《莊子》涸轍之鮒。　駱賓王詩：涸鱗去轍還遊海。

葛常之曰：近時論詩，皆謂對偶不切則失之粗，太切則失之俗。如江西詩社所作，慮失之俗也。老杜《江陵》詩云「地利西通蜀？天文北照秦」，《秦州》詩云「水落魚龍夜，山空鳥鼠秋」，「叢篁低地碧，高柳半天青」，《竪子》詩云「柤梨且綴碧，梅杏半傳黄」，如此之類，可謂對偶太切矣，又何俗乎。如云「雜蕊紅相對，他時錦不如」，「磨滅餘篇翰，平生一釣舟」之類，雖對不求太切，而未嘗失格律也。學詩者當審此。

愁坐

單復編在廣德元年梓州詩内。詩云「終日憂奔走」，時蓋往來梓閬間也。　鮑照詩：空愁坐相誤。　沈佺期詩：愁坐饒蟣蝨。

高齋常見野㈠，**愁坐更臨門**。**十月山寒重**，**孤城水氣昏**。**葭萌氐種**上聲**迥**㈡，**左擔**去聲**犬戎屯**音諄。一作存㈢。**終日憂奔走**，**歸期未敢論**平聲。　上四叙景，愁坐所見。下四感事，愁坐所思。　葭萌、左擔，與梓州相近。氐種，指羌人。犬戎，指吐蕃。恐其内外相結爲亂，故憂奔走也。

㊀高齋，乃齋之通名。公詩屢言高齋，有指他人言者，如「高齋坐林杪」，是説白水崔少府之齋。有就自己言者，如「高齋常見野」，是説梓州所寓之齋。後夔州詩，高齋凡三見，亦同此例。

㊁《華陽國志》：蜀王封其弟葭萌於漢中，號曰苴侯，因命其地曰葭萌。《唐書》：葭萌縣，屬利州。

㊂楊慎曰：《太平御覽》引李充《蜀記》云：蜀山自綿谷葭萌，道徑險窄，北來擔負者不容易肩，謂之左擔道。《益州記》：陰平縣有左擔道，其路至險，自北來者擔在左肩，不得度右肩也。陰平在今之文縣。任豫《益州記》：江油左擔道，乃鄧艾懸車束馬之處。

遣憂

盧注：廣德元年，吐蕃入寇，邊將告急，程元振皆不以聞。十月深入，上方治兵，吐蕃已度便橋。上出幸陜州，吐蕃入京師，焚燒一空。公聞而心傷，故曰遣憂。吴曾《漫録》：唐顧陶大中丙子歲編《唐詩類選》載此詩，世所傳杜集皆無之。

亂離知又甚㊀，**消息苦難真**。**受諫無今日**，**臨危憶古人**顧作傷故臣㊁。**紛紛乘白馬**㊂，**攘攘著**陟略切。一作看**黄巾**㊃。**隋氏留**顧作營**宫室**，**焚燒何太頻**。亂離一句，直攝通章。禄山之後，再陷吐蕃，故云又甚。代宗出奔，未知復國，故云難真。受諫二句，推致亂之由。白馬四句，傷世亂之極。《杜臆》：若早能受諫，則無今日之亂，至臨危而憶古人，亦已晚矣。盧注：舊以受諫句指柳伉一疏，此在長安既陷之後。按是年四月，郭子儀數爲上言，吐蕃、党項不可忽，宜早爲之備，上狃於和好而不納。至還京，勞子儀曰：「用卿不早，亦已晚矣。」代宗之勞子儀，猶明皇之思九齡也。公不忍明言，故託之古人。　白馬，指侯景。　黄巾，指張角。　是時高暉以城降吐蕃，王獻忠脅豐王珙以迎吐蕃，吕太一乘機作亂，故云紛紛攘攘。　末二亦借隋形唐，蓋諱言也。

㈠《詩》：亂離瘼矣。

㈡孫楚《牽府君碑》：臨危運奇。　錢箋：《劇談録》：明皇幸蜀，妃子既死，一日登高山望秦川，謂高力士曰：「吾取張九齡言，不至於此。」遣使祭之，吹笛爲曲，號《謫仙怨》。

㈢《史記》：漢王曰：「天下紛紛，何時定乎，」　《侯景傳》：大同中童謡曰：「青絲白馬壽陽來。」

㈣《史・貨殖傳》：天下攘攘，皆爲利往。　後漢靈帝時，鉅鹿人張角，自稱天公，其部帥有三十六萬人，皆著黄巾，同日反叛。

冬狩行

原注：時梓州刺史章彝兼侍御史留後東川。

鶴注：當是廣德元年冬梓州作。　是年十月，代宗幸陝，故云「天子不在咸陽宫」。　夢弼曰：時章彝大閲東川，公詩諷其多殺，兼勉其攘外寇以安王室也。

君不見東川節度兵馬雄㈠，校獵亦似觀成功㈡。夜發猛士三千人，清晨合圍步驟同㈢。首叙冬狩軍容。　觀成功，謂兵馬雄壯，似凱旋奏功。步驟同，謂進止齊習，無先後參差。

㈠鶴注：《舊書·地理志》：劍南東川節度使，治梓州，管梓、綿、普、陵、遂、合、瀘、渝等州。又考《會要》，上元二年二月，分爲兩川。廣德二年正月，復合爲一道。則知廣德元年冬宜有東川節度也。

㈡《漢·成帝紀》：行幸長楊宫，從胡客大校獵。如淳曰：《周禮》：校人掌王田獵之馬，故曰校獵。師古曰：校，謂以木自相貫穿爲闌校耳。校獵者，大爲闌校以遮禽獸而獵取也。《上林賦》：天子校獵。注云：五校兵出獵。蔡注：校獵，謂獵有所獲，校其多寡以賞功也。

㈢《記》：天子不合圍。　鄧粲《晋紀》：王湛率然驅騁，步驟不異於王濟。

禽獸已斃十七八㈠，殺聲落日迴蒼穹㈡。幕前生致九青兕㈢，馲駝嵲落猥切峞丑毁切垂玄熊㈣。東西南北百里間㈤，髣髴蹴踏寒山空㈥。有鳥名鸜鵒㈦，力不能高飛逐走蓬，肉味不足登鼎俎㈧，胡爲見羈虞羅中㈨。次詳校獵之事。　禽獸四句，言殺獲之多，舉大以該小。東西六句，言追逐之廣，舉小以該大。　《杜臆》：百里空山，已無剩語，忽入鸜鵒，法奇而意足。

㈠《西京賦》：僵禽斃獸，爛若磧礫。白日未及移晷，已獮其十七八。

㈡金氏曰：迴蒼穹，暗用魯陽揮戈返日。

㈢《楚辭》：君王親發兮憚青兕。　郭璞曰：一角，青色，重千斤。

㈣朱注：馲駝，即駱駝。　嵲峞，高貌。　《魯靈光殿賦》：玄熊蚺蜦以齗齗。

㈤《上林賦》：東西南北，馳騖往來。

㈥《南都賦》：蹴踏咸陽。

㈦《詩》：有鳥高飛，亦傅於天。《左傳》：有鸜鵒來巢。童謡曰：「鸜鵒鸜鵒，往來歌哭。」《禽經》：鴝鵒，剔舌而語。

㈧《鷦鷯賦》：肉不登於俎味。

㈨《周禮》：山虞，掌山林之政令，若大田獵，則萊山田之野，植虞旗於其中，致禽而珥焉。又：羅氏掌羅烏鳥，仲春羅春鳥，獻鳩以養國老。陳子昂詩：虞羅忽見尋。

春蒐冬狩侯一作候**得用**叶以中切。舊作同，誤㈠，**使**去聲**君五馬一馬驄**㈡。**況今攝行大將**去聲**權**㈢，**號令頗有前賢風**㈣。此美章留後。朱注：唐刺史，即古諸侯職也。趙注：《周禮》：巡狩本天子事，而諸侯得行之，故曰侯得用。吴論：五馬，切刺史。一馬驄，切侍御。攝大將，切留後。號令嚴明，所以校獵可觀。

㈠《左傳》：臧僖伯曰：「春蒐、夏苗、秋獮、冬狩，皆於農隙以講武事。」《列子》：天地無全功，萬物無全用。用與功叶。

㈡朱注：《潘子真詩話》：禮，天子六馬，左右驂。三公九卿駟馬，左驂。漢制，九卿二千石右驂，太守駟馬而已，其加秩中二千石乃右驂，故太守以五馬稱之。《遯齋閒覽》及《學林》云：漢時朝臣出使爲太守，增一馬，故爲五馬。或曰：《毛詩》「良馬五之」，以爲州長建旗，後遂作太守事。程大昌曰：鄭玄注《詩》以州長比方漢州，大小絶遠，周之州乃統隸於縣，比漢太守秩殊不侔，未足爲據。按古樂府有「使君從南來，五馬立踟蹰」，則太守五馬，必起於漢。但其説不一。次公云：出應劭《漢官儀》，今亦無從考證。若類書所稱王羲之守永嘉，庭列五馬，此乃無稽之言，不可引爲故實。

㊂《史記·孔子世家》：攝行相事。

㊃《書》：發號施令。

飄然時危一老翁，十年厭見旌旗紅㊀。喜君士卒甚整肅，爲去聲**我迴轡擒西戎㊁。草中狐兔盡何益㊂，天子不在咸陽宫。朝**音潮**廷雖無幽王禍，得不哀痛塵再蒙，嗚呼，得不哀痛塵再蒙！** 此以慨時作結，言當勤王敵愾，不宜校獵騁雄也。鶴曰：老翁公自謂。西戎，指吐蕃。自天寶十四年至此，已經九年，云十年者，舉成數也。朱注：明皇前幸蜀，代宗今幸陝，故云再蒙塵。王洙曰：代宗在陝，詔徵天下兵，時程元振用事，無一人應召者，故章末感激言之。此章，首腰各四句，前段十句，有五字句，後段十句，有二字句。

㊀鶴注：天寶九載五月，諸衛與諸節度所用緋色旗旛，並改爲赤，故《諸將》詩云「曾閃朱旗北斗殷」。

㊁《史記》：申侯與犬戎攻殺幽王於驪山之下。《唐書》：廣德元年十月，吐蕃陷邠州及奉天，車駕幸陝州，又三日，吐蕃陷京師。

㊂桓譚《新論》：狐兔穴其中。　申涵光曰：「草中狐兔盡何益二句，即賈生『不獵猛敵而獵禽獸』意。

胡夏客曰：《冬狩行》因校獵之盛，思外清西戎，内匡王室，視他題他篇之憂國者，尤爲切貼矣。

王嗣奭曰：此詩規諷不淺，前云「亦似觀成功」，繼云「頗有前賢風」，俱致不滿之意。此公竟爲嚴武所殺，得非有罪可指乎。

羅大經曰：篇末引幽王，蓋幽王以褒姒致犬戎之禍，明皇以妃子致禄山之變，正相似也。今無妃子孽矣，而鑾輿乃再蒙塵，何哉？　此必胎變稔禍，有出於女寵之外者，不可不哀痛而悔艾也。

山寺 原注：章留後同遊，得開字。

依朱注編在廣德元年之冬。

野寺根一作限石壁，諸龕遍崔嵬。前佛不復扶又切辨，百身一莓苔。雖一作唯有古殿存，世尊亦塵埃㊀。如聞龍象泣㊁，足令平聲信者哀。首述山寺荒殘之象。　前佛，露石龕者。世尊，坐殿中者。

㊀黄希曰：諸經皆以佛爲世尊。

㊁《維摩經》：菩薩勢力，譬如龍象蹴踏，非驢所堪。《翻譯名義集》：水行中龍力最大，陸行中象力最大。杜修可曰：《傳燈録》云：龍象乃鱗毛類中最巨者，故經稱僧之出類者曰龍象，非指佛象也。

㊂遠注：信者，指佞佛之徒。

使去聲**君騎紫馬，捧擁從西來。樹羽静千里**㊀**，臨江久徘徊。山僧衣藍縷**㊁**，告訴棟梁摧**㊂**。公爲**去聲**顧**一作領**賓從**去聲。荆作賓從，黄作賓徒，一作兵徒㊃**，咄嗟檀施**去聲**開**㊄**。**此記入寺施捨。大官豪侈之狀，僧家乞憐之態，摹寫逼真。

㊀《詩》：崇牙樹羽。

㊁周弘正詩：山僧盡凋散。《高僧傳》：帶索藍縷。《字林》：南楚人貧衣被敝醜，謂之藍縷。

㊂《晉陽秋》：謝尚收涕告訴。

㊃《魏氏春秋》：鍾會乘肥衣輕，賓從如雲。

㊄《石崇傳》：爲客作豆粥，咄嗟立辦。晉孫楚詩：人命皆有極，咄嗟不可保。《文選注》：《大品經》：不施不慳，是名檀波羅蜜。《大乘論》：檀越者，檀施也，謂此人行檀能越貧窮海故。薛夢符曰：佛書：信施檀越。王簡棲《頭陀寺碑》：日行不捨之檀，施諸群有。黄希曰：佛書注：梵語檀波羅蜜，華言布施，此合華梵之語而云檀施。

吾知多羅樹㊀**，却倚蓮華臺**㊁**。諸天必歡喜**㊂**，鬼物無嫌猜。以兹撫士卒，孰曰非周才**㊃**。**

黄生注云：以兹二句，當在窮子二句之下。**窮子失净處**㊄，**高人憂禍胎**㊅。此借修寺託諷。發願布施，意在祈祐神天，若移此奉佛之心，以撫恤軍士，豈非弘濟才乎。蓋窮子多行穢不净，高見者宜防禍於未萌，窮子指士卒。　朱注謂諷章不修臣節，如窮子離净處而甘糞穢，將來自蹈禍機，如子璋、知道之破滅也。恐無此當席罵主之理。

㊀《酉陽雜俎》：貝多，出摩伽陀國，樹長六七丈，經冬不凋。此樹有三等，一多羅婆力叉貝多，二多梨婆力叉貝多，三部闍婆力叉貝多。多羅多梨並書其葉。部闍一色，取其皮書之。貝多，漢翻爲葉。婆力叉漢翻爲樹。西域經書用此三種皮葉，若能寶護，亦得五六百年。《翻譯名義集》：貝多形如此方椶櫚，極高，長八九十尺，花如黄米子，《嵩山記》：嵩高寺中，忽有思惟樹，即貝多也，一年三花。

㊁《文殊傳》：世尊之座高七尺，名七寶蓮花臺。《大智度論》：人中蓮華，大不過尺。漫陀耆尼池及阿那婆達多池中蓮華，大如車蓋。天上寶蓮華，復大於此。如此蓮華臺，嚴净香妙可坐。

㊂佛書有三界諸天，自欲界以上皆曰諸天。　《金剛經》：聞佛所説皆大歡喜。

㊃王康琚詩：周才信衆人，偏智任諸己。　補注：舊本，「窮子」二句，在「撫士卒」之下。黄白山將上下互調，獨有體貼。蓋「窮子」原就佛徒言，「以兹撫士卒」，方推到章留後，語微婉而有致。若將「窮子失净」接在士卒下，譏諷章氏，恐太切直。　前注指「窮子」爲士卒，終覺未當。

㊄《法華經》：譬如有人，年既幼稚，捨父逃逝，長大復加困窮。父求不得，窮子傭賃，遇到父舍，受雇

除糞，污穢不浄。其父宣言，爾是我子，今我財物，皆是子有。窮子聞言，即大歡喜。王融啟：閉三乘於窮子，發二諦於四蒙。

㈥駱賓王詩：高人儻有訪。《枚乘傳》：福生有基，禍生有胎。

歲晏風破肉㈠，**荒林寒可迴**㈡。**思量**平聲**入**一作人**道苦**㈢，**自哂同嬰孩**㈣。此自慨而含諷意。上文檀施撫卒，告章之意已完，此下頗難措語，兹將己意伴結，諷諭在離即之間。言當此寒盡春來之候，方欲如嬰孩之自適，豈能與山僧輩爲此人道之艱苦乎。此章前三段各八句，後段四句收。

㈠唐吴少微詩：歲晏風落山。

㈡謝靈運詩：荒林紛沃若。

㈢《金剛經》：虚空可思量否。《洛陽伽藍記》：靈覺寺寶明，嘗作隴西太守，棄官入道。

㈣《老子》：若嬰兒之未孩。郭璞詩：奇齡邁五龍，千歲方嬰孩。《漢武内傳》：延陵陽形有嬰孩之貌，仙宫以青真小童爲號。

朱鶴齡曰：章彝事，二史無考，但附見《嚴武傳》云，武再鎮劍南，杖殺之。公在東川，與往來最數，然《桃竹杖》、《冬狩行》語皆含刺，他詩又以指揮能事、訓練强兵稱之。大抵彝之爲人，將略似優，乃心不在王室。是冬天子在陝，彝從容校獵，未必無擁兵觀望、坐制一方之意。公窺其微而不敢誦言，因遊寺以諷諭之。世尊塵埃，咄嗟檀施，豈天子蒙塵，獨能宴然罔聞乎。「以兹撫士卒，孰曰非周才」，欲其用此道以治兵敵愾，無但廣求福田也。而其詞意含蓄，此公之善於忠告乎。

桃竹杖引贈章留後

黄鶴編在廣德元年冬作。《爾雅》釋：草竹四寸有節曰桃枝。《書·顧命》：敷重篾席。疏：即桃枝竹。戴凱之《竹譜》：桃枝皮赤，編之滑勁可爲席。揚雄《蜀都賦》：筇節桃枝。木華《海賦》：桃枝篔簹。左思《蜀都賦》：靈壽桃枝。注：桃枝，竹屬，出墊江縣，可以爲杖。《元和郡縣志》：合州銅梁山出桃枝竹。東坡《跋桃竹杖引後》：桃竹，葉如椶，身如竹，密節而實中，犀理瘦骨，蓋天成拄杖也，出巴渝間。郭璞有《桃杖贊》，子美有《桃竹歌》。《杜臆》：桃竹即椶竹，川東至今有之。

江心一作上**礌石生桃竹，蒼波噴浸尺度足**㊀。**斬根削皮如紫玉，江妃水仙惜不得**叶音篤㊁。**梓潼使**去聲**君**一作者**開一束**㊂，**滿堂賓客皆嘆息**叶蘇六切。首言杖之美，贈自章公。生礌石，則質堅。浸蒼波，則體潤。尺度足，長短適宜。如紫玉，光澤可玩。

㊀《北史·楊津傳》：受絹依公尺度。

㊁《列仙傳》：江妃二女，出遊漢江湄，逢鄭交甫，解佩與之。王逸《楚辭注》：馮夷，水仙人也。《江賦》：馮夷倚浪以傲睨，江妃含嚬而綿眇。

㊂鶴注：梓州，爲梓潼郡，以東倚梓林、西枕潼水也。

憐我老病贈兩莖，出入爪甲鏗有聲㊀。**老夫復**扶又切**欲東南征，乘濤鼓枻**一作棹**白帝城**㊁。**路幽必爲鬼神奪，拔**一作杖**劍或與蛟龍爭。**此喜得竹杖而深加愛護。　鏗有聲，明其堅勁。東南征，將適吴楚也。拔劍衛杖，用澹臺子羽拔劍碎璧事。

㊀張遠注：《隱逸傳》：郭休有一拄杖，色如朱染，叩之有聲，遇夜則光照十步，持之登高陟險，未嘗失足。

㊁《楚辭》：漁父鼓枻而去。注：鼓枻，鼓舷鳴也。

重平聲**爲告曰：杖兮杖兮，爾之生也甚正直，慎勿見水踴躍學變化爲龍**㊀，**使我不得爾之扶持**㊁，**滅跡於君山湖上之青峰**㊂。**噫，風塵澒**胡孔切。或作鴻**洞兮豺虎咬**古肴切。當作齩**人**㊃，**忽失雙杖兮吾將曷從。**此見竹杖靈奇，恐其變化而去，故復爲丁寧祝告之詞。　吴論：重告者，重複其語以結上文，猶《楚辭》亂曰之類。　風塵，言亂離。豺虎，比寇盜。見扶衰避患，皆藉此杖。結語感慨，意特奇縱。　此章，各六句分段，前兩段各一韻，後一段兼兩韻。

㊀《神仙傳》：壺公遣費長房歸，以一竹杖與之曰：「騎此當還家中矣。」長房騎杖，忽然如眠，便到家，以竹杖投葛陂中，視之乃青龍耳。　楊德周曰：此兼用豐城之劍躍出延津，幾於風雨晦冥，天地澒洞，異哉！

㈡《内則》：出入則或先或後，而敬扶持之。

㈢《博物志》：君山，洞庭湖山也，帝之二女居之，曰湘夫人。《水經注》：君山有石穴，潛通吴之包山，郭景純所謂巴陵地道者也。是山湘君之所遊處，故曰君山。

㈣《前漢·食貨志》：罷夫羸老，易子而齩其骨。《六書正譌》：俗作咬，非。齩音五考切，咬音居肴切。

朱鶴齡曰：此詩蓋借竹杖規諷章留後也。既以踴躍爲龍戒之，又以忽失雙杖危之，其微旨可見。

鍾惺曰：此詩調奇、法奇、語奇，而無撒潑之病，氣奥故也。

王嗣奭曰：公自云「老去詩篇渾漫與」，是真話。廣德以來之作，俱漫成者，故其得失相參，失之或淺率無味，得之則出神入化。此等詩，俱非苦心極力所能到也。

黄生曰：一竹杖耳，説得如此珍貴，便增其詩多少斤兩。

又曰：前是對主人語，後是對杖語，故作一轉，用「重爲告曰」字，蓋詩之變調，而其源出於騷賦者也。後段亦非告杖，暗諷朋友之不可倚仗者耳，細味語氣自見。

宋之問騷體詩有《嵩山天門歌》：登天門兮坐盤石之磷砢，前潨潨兮未半，下漠漠兮無垠。紛窈窕兮巖倚披以鵬翅。洞膠葛兮峰稜層以龍鱗。松移岫轉，左變而右易；風生雲起，出鬼而入神。吾亦不知其靈怪如此，願遊杳冥兮見羽人。重曰：天門兮穹崇，迴合兮攢蘂。松萬接兮拄日，石千尋兮倚空。晚陰兮足風，夕陽兮艶紅。試一望兮奪魄，況衆妙之無窮。此杜詩《桃竹杖引》所自出，然杜之靈奇，却勝於宋之儁麗矣。

將適吴楚留别章使去聲君留後兼幕府諸公得柳字

鶴注：此當是廣德元年十一月，代宗未還京時作。故云「重見衣冠走，黄屋今安否」。

我一作甫**來入蜀門，歲月亦已久**㊀。**豈惟長**子兩切**兒童，自覺成老醜**㊁。**常恐性坦率，失身爲**去聲**杯酒**㊂。**近辭痛飲徒，折節萬夫**一作人**後**㊃。此憶在蜀情事。《杜臆》：觀失身折節等語，公亦殊有戒心。其告别以此，但不明言耳。

㊀古詩：歲月忽已晚。

㊁阮籍詩：朝爲美少年，夕暮成老醜。

㊂古詩：失意杯酒間。此暗用灌夫駡坐事。

㊃《漢書》：郭解年長，更折節爲儉。《易》：萬夫之望。

昔如樊作若**縱壑魚**㊀，**今如喪**去聲**家狗**㊁。**既無遊方戀**㊂，**行止復**扶又切**何有。相逢半新故，取别隨薄厚。不意青草湖，扁舟落吾手。**此叙去蜀情事。《杜臆》：「相逢半新故，取别隨薄厚」，各有餽贐，可爲行資，故湖舟落其手也。

㊀王褒頌：沛乎若巨魚縱大壑。

㊁夏侯湛贊：若失水之魚，喪家之狗。《史記》：孔子纍纍然若喪家之狗。

㊂《論語》：遊必有方。　《元和郡縣志》：巴丘湖，又名青草湖，在巴陵縣南，週圍二百六十五里，俗名，即古雲夢澤。

眷眷章梓州，開筵俯高柳。樓前出騎去聲**馬，帳下羅賓友。健兒簸紅旗，此樂**音洛**幾**平聲**一作或難朽。日車隱崑崙㊀，鳥雀噪户牖。**此記章公餞別景事。　日晏鳥歸，而飲筵未散，正見章之眷戀交情。

㊀《莊子·徐無鬼》：若乘日之車。

波濤未足畏一作慰**，三峽徒雷吼㊀。所憂盜賊多，重**平聲**見衣冠走㊁。中原消息斷，黄屋今安否？　終作適荆蠻㊂，安排用莊叟㊃。**此叙臨別躊躕之意。　波濤不畏，起荆蠻二句。　盜賊可憂，起中原二句。　時長安經亂，既不能北還，惟有南適吴楚而已。

㊀《七發》：混混沌沌，聲如雷吼。

㊁禄山、吐蕃兩陷京師，故曰重見衣冠奔走。

㊂王粲詩：復棄中國去，遠身適荆蠻。

㊃《莊子》：安排而去化，乃入於寥天一。

隨雲拜東皇㊀，挂席上上聲**南斗㊁。有使**去聲，下同**即寄書，無使長迴首㊂。**此寫別後繾綣之懷。　東皇，楚神祠。南斗，吴分野。長回首，常望諸公寄書也。　此章前四段各八句，末段四句收結。

㈠《楚辭》有《東皇太乙》章。《文選注》：太乙，天之尊神，祠在楚東，以配東帝，故曰東皇。

㈡謝靈運詩：揚帆采石華，挂席拾海月。　《春秋説題辭》：南斗吴地。《舊書·天文志》：南斗在雲漢之流，當淮海之間，爲吴分。

㈢釋寶月詩：有信數寄書，無信心相憶。

王嗣奭曰：章留後所爲多不法，而待杜特厚。公詩屢諫不悛，想託詞避去，乃保身之哲，不欲以數取疏也。不然，有此地主，不必去蜀，又何以别去而終不去蜀耶。後章將入朝，公寄詩云「江漢垂綸」，則公客閬州，去梓不遠。

申涵光曰：「常恐性坦率，失身爲杯酒」，半生疏放，晚乃謹飭如是。飽更患難，遂得老成，方是豪傑歸落處，一味使酒罵坐，禰正平爲可鑒已。

舍弟占歸草堂檢校聊示此詩

鶴注：此廣德元年冬避亂梓閬時作。　陶開虞曰：有四弟，潁、觀、豐各在他鄉，唯占從公入蜀。

久客應平聲**吾道**㈠**，相隨獨爾來。孰**今本作熟**知江路近**㈡**，頻爲**去聲**草堂迴。鵝鴨宜長數**所主切㊂，**柴荆莫浪開**㊃。**東林竹影薄，臘月更須栽**㊄。前四占歸草堂，下四囑其檢校也。天下莫容，吾道應作旅人矣。《杜臆》：草堂無人，安得鵝鴨，想有代爲看守者。臘月非種竹時，乘弟暫歸，故囑其栽補耳。　鍾云，家務瑣屑，有一片友愛在内，故只見其真，不見其俚。

㊀《家語》：孔子曰：「吾道非耶？」

㊁朱注：《説文》：孰，食飪也。古文惟有孰字，後人加火以别生熟之熟。《漢書》孰計皆作孰。

㊂《魯連子》：鵝鴨有餘食。《西京雜記》：曹元理，善算術，嘗從其友陳廣漢，羊豕鵝鴨，皆道其數。

㊃謝靈運詩：促裝返柴荆。柴荆，門也。

㊄秦曰嘉平，漢曰臘。取獵，取禽獸以祭也。　葉夢得云：臘月種竹，無一竿活者。若五六月栽，烈日無害，亦不必拘定五月十三日爲竹醉可移也。

年譜謂寶應秋末，公回成都迎妻子。徧考詩中，絶無一語記及，知公未嘗回成都矣。此詩云「熟知江路近，頻爲草堂回」，想迎家赴梓，必弟占代任其事也。

黄生曰：杜善錬字，竹稀而曰影薄，樹多而曰陰雜，皆能涉筆成趣。

歲暮

鶴注：詩云「邊隅還用兵。烟塵犯雪嶺」，當指廣德元年吐蕃陷松、維、保三州，雪嶺近維州也。

梁權道編在上元元年成都詩内，考唐史及《通鑑》，是年與二年及寶應元年，雪嶺無警。又考寶應元年十二月，吐蕃寇秦、成、渭三州，皆無關於雪嶺。謝靈運有《歲暮》詩題。

歲暮遠爲客㊀，**邊隅還用兵**㊁。**烟塵犯**當作侵**雪嶺**㊂，**鼓角動江城**㊃。**天地日流血**㊄，**朝**音潮**廷誰請纓**㊅。**濟時敢愛死**㊆，**寂寞壯心驚**㊇。此詩憂亂而作也。上四歲暮之景，下四歲暮之情。烟塵鼓角，蒙上用兵。當此流血不已，請纓無人，安忍惜死不救哉。故雖寂寞之中，而壯心忽覺驚起，可見公濟時之念，至老猶存也。

㊀崔湜詩：歲盡仍爲客。

㊁《晉史論》：舒元出莅邊隅，欽其明德。《孔叢子》：用兵於敵。

㊂蔡琰《笳曲》：烟塵蔽野兮。

㊃江城，梓州江城也。

㊄王粲書：僵屍流血，聞之哽咽。

㊅《終軍傳》：請受長纓，必羈南粤王，置之闕下。

㊆《晉・慕容廆傳》：張華曰：「君至長，必爲命世之器，匡難濟時者也。」

㊇魏武歌行：烈士暮年，壯心不已。

送李卿曄

鶴注：此當是廣德二年初春作。時代宗已還京，而巴西尚未聞也。《唐書·李峴傳》：肅宗詔刑部侍郎李曄鞫謝夷甫事，忤旨，貶嶺南。《世系表》：曄，太鄭王房淮安忠公琇之子，終刑部侍郎。

王子思歸日㈠，長安已亂兵。霑衣問行在㈡，走馬向承明㈢。暮景巴蜀當作西僻，春風江漢當作上清㈣。晉山雖自棄㈤，魏闕尚含情㈥。上四送李還京，下乃自叙己意。亂兵，指吐蕃。問行在而向承明，急於覲君也。垂暮巴西，自憐地僻，傷春江上，唯待時清，蓋身雖廢棄而心猶戀闕也。

㈠李爲宗室，故稱王子。《古今樂録》：楚之王子質於秦，思歸作歌：「洞庭兮木秋，涔陽兮草衰。去千乘之家國，作咸陽之布衣。」《哀江南賦》：咸陽布衣，非獨思歸王子。

㈡何遜詩「極目淚霑衣」，明用淚字。周弘正詩「行住兩霑衣」，暗藏淚字。杜句霑衣，多用暗藏。

㈢《前漢·嚴助傳》：君厭承明之廬。張晏曰：承明廬在石渠閣外，直宿所止曰廬。考《黄圖》，未央宮有承明殿，著述之所也。

㊃《杜臆》：閬州舊名巴西，而嘉陵在閬，亦名漢江。《寰宇記》：一曰西漢水，亦曰閬江。

㊄蔡曰：《地理志》：閬州有晉安縣，本晉城，公與李俱在閬，故云晉山。今按：晉山本就閬言，而兼用介之推入綿上山中事。趙次公曰：《宣室志》載庶史，有道士尹君者，隱晉山，北門從事嚴綬敬事之。蔡氏又曰：王子晉學仙，隱於緱山，是曰晉山。

㊅《吕氏春秋》：中山公子牟謂詹子曰：「身在江海之上，心在魏闕之下。」朱鶴齡曰：公嘗扈從肅宗，故自比之推。曰自棄者，不敢以華州之貶，懟其君上也。《壯遊》詩「子推避賞從」，亦此意。《博議》云：晉山自棄，即《出金光門》詩「移官豈至尊」意也。古人流離放逐，不忘主恩，故公於賈嚴之貶，則曰「開闢乾坤正，榮枯雨露偏」。於己之貶，則曰「晉山雖自棄，魏闕尚含情」。其温柔敦厚之意，言外可想。若以肅宗不甚省録，故往往自况之推，失之遠矣。

釋悶

黄鶴編在廣德二年，蓋天寶十四載至此爲十年也。《杜臆》：此篇是杜集中七言排律。

四海十年不解兵，犬戎一作羊**也**去聲**復**扶又切**臨咸京。失道非關出襄野**㊀**，揚鞭忽是過湖城**㊁**。豺狼塞**所責切**路人斷絶，烽火照夜屍縱**平聲**横。天子亦應**平聲**厭奔走，群公固合思**

去聲昇平㊂。但恐誅求不改轍，聞道去聲嬖孽能一作今全生㊃。江邊老翁錯料平聲事㊄，眼暗不見風塵清。上八亂極思治之機，下四憂時慮患之意。《杜臆》：此爲代宗不誅程元振而作。吐蕃入寇，逼乘輿，毒生民，禍皆起於程元振。所望一時君臣，翻然悔悟。當柳伉疏入，但削官放歸，此詩所以有嬖孽全生之歎也。豈知嬖孽不除，則兵不得解。兵不能解，則誅求仍不得息。其事之舛謬，真出於意料之外矣。然則風塵亦何由清，而太平將何時見乎。通篇一氣轉下，皆作怪歎之詞。

㊀天台謝省注：代宗避寇奔走，非如黄帝迷道，却似明帝微行。《莊子》：黄帝將見大隗於具茨之山，至於襄城之野，七聖皆迷，無所問塗。

㊁《世説》：王大將軍頓軍姑熟，明帝著戎服，乘巴賨馬，齎一金鞭，陰察軍形勢。敦晝寢，夢日繞城，忽驚覺曰：「營中有黄鬚鮮卑奴來，何不縛取。」命騎追之，不及。朱注：按《晉書·明帝紀》，微行至於湖，陰察敦營壘而出。《王敦傳》帝至蕪湖，察敦營壘於湖，即蕪湖也。地志：晉太康中，分丹陽置於湖縣，即今當塗縣地。又蕪湖縣有王敦城，此詩所云湖城也。自唐以來，皆破句讀，故樂府有《湖陰曲》，張文潛始正之，云於湖爲句。

㊂《孝經鉤命訣》：明王用孝昇平致。又《梅福傳》：升平可致。

㊃《唐書》：代宗在陝，削程元振官爵，歸田里。廣德二年春正月，以私入京師，配流溱州，復令於江陵府安置。荀悦《申鑒》：省闥清净，嬖孽不生。

㊄江邊，指嘉陵江也。

贈別賀蘭銛音纖

詩云「國步初反正」、「遠赴湘吴春」，蓋在廣德二年春代宗回京後作。

黄雀飽野粟，群飛動荆榛。今君一作吾**抱何恨，寂寞向時人。老驥倦驤首㊀，蒼**一作飢**鷹愁易**音異**馴。高賢世未識，固合嬰饑貧㊁。**此歎賀蘭之困窮。士之寂寞，由於世未識賢。其甘守飢貧，寧爲驥倦鷹馴，不爲雀飽群飛，此可見其志節矣。黄雀，比趨勢附利者。驥鷹，比抱才不遇者。

㊀王僧孺詩：日中驅上駟，驤首通京苑。

㊁嬰，縈繞也。

國步初反正㊀，乾坤尚風塵。悲歌鬢髮白，遠赴湘吴春。我戀岷下芋㊁，君思千里蓴㊂。生離與死別㊃，自古鼻酸辛㊄。此叙送行之意。反正，代宗還京。風塵，吐蕃未靖。悲歌遠赴，皆指銛言。岷下，公滯蜀。思蓴，銛往吴。彼此離别，故至傷心也。他注以湘吴爲公欲往吴楚者，誤。黄鶴謂銛欲東下，是也。此章二段，各八句。

㊀《漢書·高帝紀》：撥亂世反之正。

㊁《翟方進傳》：童謡云：「飯我豆食羹芋魁。」《貨殖傳》：岷山之下，沃野千里，下有蹲鴟，至死不饑。注：蹲鴟，芋也。

㊂《世説》：陸機詣王武子，武子前置數斛羊酪，問機吴中何以敵此。機曰：「千里蓴羹，但未下鹽豉耳。」《一統志》：千里湖在溧陽縣東南一十五里，至今産美蓴，俗呼千里蓴。　朱注：賀蘭，當是吴人而遊蜀者，故有君思千里之句。

㊃《楚辭》：悲莫悲兮生别離。

㊄《高唐賦》：孤子寡婦，寒心酸鼻。

杜詩詳注卷之十三

閬山歌

黄鶴編在廣德二年閬州詩内，下首同時作。《杜臆》：閬州即今閬中縣，屬保寧府附郭者。

閬州城東靈一作雪，非**山白**㈠，**閬州城北玉臺**一作壺**碧**㈡。**松浮欲盡不盡雲，江動將崩未**一作已**崩石。那知根無鬼神會**㈢，**已覺氣與嵩華**去聲**敵**㈣。**中原格鬭且未歸，應**平聲**結**一作著**茅齋著**涉略切。一作向，一作看**青壁**㈤。此咏閬山之勝。上六叙景，下二述情。靈山玉臺，近閬山名。雲在山上，石在山下，浮字寫不盡之態，動字摹欲落之勢。石根下盤，乃鬼神所護，雲氣上際，與嵩華並高，結廬其下，聊堪避亂矣。胡夏客曰：此歌似拗體律詩。

㈠《唐書》：閬州閬中縣有靈山。錢箋：《寰宇記》：靈山，一名仙穴山，在閬中縣東北十里。輿地圖云：靈山峰多雜樹，昔蜀王鼈靈登此，因名靈山。山東南隅有玉女擣練石。

㈡《輿地紀勝》：玉臺山在閬州城北七里。

㈢《杜臆》：地志：閬中山四合於郡，多仙聖遊跡，則鬼神之會可知。

㈣嵩山，中嶽。　華山，西嶽。

㈤徐悱詩：竹徑蒙籠巧，茅齋結構新。　《晉書·宋纖傳》：馬岌銘詩於西壁，丹崖百丈，青壁萬尋。

閬水歌

《杜臆》：江源出陝西鳳縣嘉陵谷，經廣元、昭化過劍州，至保寧府，其曰閬水、巴水、渝水、漢水，皆此江之異名。

嘉陵江色一作山水，一作江水**何所似**㈠**？石黛碧玉相因依**㈡**。正憐日破浪花**一云閬山**出**㈢**，更復**扶又切**春從沙際歸**㈣**。巴童蕩槳欹側過**㈤**，水雞**海鹽劉氏校本作鳥**銜魚來去飛**㈥**。閬中勝事可腸斷，閬州城南天下稀**㈦**。**　此咏閬水之勝，亦在六句分別景情。　水兼黛碧，清緑可愛也。日出閬中，照水加麗，春回沙際，映水倍妍。　槳欹側，江流急也。　鳥來去，江波静也。　腸可斷，中原未歸。天下稀，勝地堪玩。　張綖注：公當遠離之時，而不失山水之樂，亦足見其處困而亨矣。　《杜臆》：閬中勝事，總結上文，而贊云可腸斷，猶贊韋曲之花，而曰惱殺人也。

㈠《寰宇記》：嘉陵水，一名西漢水，又名閬中水。錢箋：《水經注》：漢水又南逕閬中縣東，閬水出閬陽縣，而東逕其縣南，又東注漢水。《周地圖》云：水源出秦州嘉陵，因名嘉陵，經閬中，即閬中水，亦曰閬江，又曰渝水。樓鑰曰：嘉陵江，至閬州西北，折而南趨，横流而東，復折而北，州城三面皆水，故亦謂之閬中，地勢平闊，江流舒緩，城南正當佳處，對面即錦屏山。

㈡《説文》：碧，石之青美者。　阮籍詩：寒鳥相因依，日出正照水。

㈢劉孝威詩：揚帆乘浪花。

㈣費昶詩：春隨楊柳歸。

㈤沈約詩：巴童暗理瑟。

㈥朱注：嘗聞一蜀士云，水雞，其狀如雄雞而短尾，好宿水田中，今川人呼爲水雞翁。

㈦《方輿勝覽》：錦屏山，在城南三里。馮忠恕記云：閬之爲郡，當梁、洋、梓、益之衢，有五城十二樓之勝概。　師氏曰：城南屏山，錯繡如錦屏，號爲天下第一，故曰天下稀。

江亭王閬州筵餞蕭遂州

鶴注：此當是廣德二年春閬州作。　邵注：閬州，今四川保寧府。遂州，今四川潼川州遂寧縣。

離亭非舊國㈠，**春色是他鄉。老畏歌聲繼**一作短，一作斷㈡，**愁隨**吳作從**舞曲長。二天開一**

云悲寵餞㊂，五馬爛生一作輝光㊃。川路風烟接㊄，俱宜一云看下去聲鳳凰㊅。上四陪宴情景，下四餞別頌言。　離亭記地，春色記時。　對歌舞而愁畏，身在他鄉故也。　二天指王，五馬指蕭。　閬遂俱屬川中，故風烟相接。　下鳳凰，言化能感物。　畏繼愁長，老年不耐久坐，即公詩「老去一杯足，誰憐屢舞長」也。《杜臆》謂歌既畏其斷，舞又愁其長，總因漂泊他鄉，寫出侘傺無聊之狀，其語稍曲。

㊀離亭，離別此亭也。　盧注：長安東都門外有祖道離亭，今餞於閬州，則非故國矣。　陰鏗詩：泊處空餘鳥，離亭已散人。　《莊子》：舊國舊都，望之悵然。

㊁《樂記》：善歌者使繼其聲。

㊂《後漢書》：蘇章遷冀州刺史，有故人爲清河太守，喜曰：「人皆有一天，我獨有二天。」

㊃古《陌上羅敷行》：使君從南來，五馬立踟躕。

㊄謝脁詩：風烟有鳥路，江漢無限梁。

㊅《漢書》：黄霸爲潁川太守，是時鳳凰神雀數集郡國，潁川尤多。　賈誼賦：鳳凰翔於千仞兮，覽德輝而下之。

陪王使去聲君晦日泛江就黄家亭子二首

鶴注：當是廣德二年正月晦日閬川作。　王使君，閬州守。

山豁何時斷㈠，江平不肯流。稍知花改岸，始驗鳥隨舟。結束多紅粉㈡，歡娛恨白頭。非君愛人客，晦日更添一作禁愁㈢。此章陪使君泛江。上四江上之景，下四席中情事。山開豁，故江面平。見花已改岸，始覺鳥亦隨舟，其不流處仍流也。末點晦日，反掉作結。

㈠《杜臆》：地志：閬中有蟠龍山，在城東三里，狀如蟠龍。貞觀中，望氣者言，西南千里外有王氣，令人人蜀，次閬，果見山氣鬱葱，鑿破山脈，水流如血，今號鋸山。咸亨中，徙閬中縣於此，即今鋸山關。山豁當指此。江總詩：山豁自疏快。

㈡結束，衣裳裝束也。《漢武内傳》：緩此結束。古詩：娥娥紅粉妝。

㈢洪仲云：公詩「問知人客姓」，王建詩「人客少能留我屋」，人客字，蓋當日方言。《唐志》：德宗時李泌請廢正月晦日，以二月朔爲中和節，則是前此以晦日爲節也。

楊慎曰：「江平不肯流」，意求工而語似拙，不若李群玉樂府云「人老自多愁，水深難急流」，又不若巴渝竹枝詞云「大河水長漫悠悠，小河水長似箭流」。詞愈俗愈工，意愈淺愈深。今按杜詩《晚登瀼上堂》云「春氣晚更生，江流静猶湧」，是即「江平不肯流」之轉注也，豈可輕下軒輊語耶。

其二

有徑金沙軟㈠，無人碧草芳㈡。野畦連蛺蝶㈢，江檻俯鴛鴦。日晚烟花亂，風生錦繡香。不須吹急管，衰老易音異悲傷㈣。此章就黃家亭子。上四亭前之景，下乃對景傷情。沙草，入亭之路。風吹花氣，故衣錦生香。兩句分合看。錦繡謂舞衣，急管謂歌吹。《杜臆》：結語申「歡娱恨白頭」意。

㈠《蜀都賦》：金沙銀礫。注：永昌有水出金，如糠，在沙中。《一統志》：保寧府劍州、廣元、江油、巴縣出麩金。

㈡《别賦》：春草碧色。

㈢裴子野詩：栖葉如連蝶。

㈣《史記・貨殖傳》：陶朱公年衰老而聽子孫。

泛江

單復編在廣德二年春閬州詩内。《杜臆》：江即嘉陵江。

方舟不用楫㈠，**極目總無波**㈡。**長日容杯酒，深江净綺羅**㈢。**亂離還奏樂**㈣，**飄泊且聽**平**聲歌**㈤。**故國流清渭，如今花正多**。此詩，樂中有悲。上四叙景，下四感懷。《杜臆》：江澄無波，綺羅映水，可想净字之妙。方氏云：以奏樂聽歌照之，知其爲妓女之衣也。或云映花如綺羅，或云水紋似綺羅，皆非。公泛江而想清渭，蓋因收京而起故鄉之思。

㊀《爾雅》：方舟，並舟也。謝脁詩：方舟泛春渚。晉樂曲：渡江不用楫。

㊁《楚辭》：目極千里兮傷春心。

㊂謝脁詩：澄江净如練。

㊃《詩》：亂離瘼矣。

㊄謝靈運《鄴中詩序》：應瑒頗有飄泊之嘆。

收京

《唐書》：廣德元年十月，郭子儀復京師，車駕至自陝州。按公在梓州，至次年而始聞其信，此當是廣德二年春作。

復扶又切**道**去聲**收京邑**㊀**，兼聞殺犬戎。衣冠却扈從**去聲㊁**，車駕已還**音旋**宮。尅復誠如此，安危**一作扶持**在數公**㊂**。莫令**平聲**回首地**㊃**，慟哭起悲風**㊄**。**上四收京而喜，下乃事後之憂。兩次收京，故云復道。子儀力戰能殺吐蕃也。《杜臆》：衣冠自然扈從，用一却字，有不滿諸臣意。平日諂諛依阿，有變則奔亡坐視，及至收京，却來扈從，而車駕則已還宮矣，此輩何益成敗之數耶。克復之功，全在數公，朝廷當信任以圖久安，無使京華之地，再哭亂離也。未幾，僕固懷恩引回紇、吐蕃入寇，京師震駭，公之先見明矣。

㊀陸機詩：從子京邑。

㊁《世説》：王弘之曰：「風馬不接，無緣扈從。」

㊂安危，猶荀子言安國之危。　數公，謂郭子儀、馬璘等。

㊃回首，回望長安也。

㊄魏文帝賦：悲風肅其夜起。

巴西聞收京錢作宫闕一無闕字送班司馬入京二首

收京在去年十月，詩作於廣德二年之春，故云「劍外春天遠」。綿州屬巴西郡，是年公在閬州，閬州亦稱巴西郡，詳見《巴西驛亭》注。　舊本下章另有《送司馬入京》題，單復依黄鶴併合爲一題，今從之。　錢箋：此詩及《瞿唐懷古》、《狂歌行》、《惜别行送劉僕射》、《呀鶻行》五首，乃蘇州太守裴煜如晦所收。　鶴曰：唐制，上中下州俱有司馬。

聞道去聲收宗廟朱作京邑，鳴鑾自陝歸。傾都看平聲黄屋㊀，正殿引朱衣㊁。劍外春天遠，巴西勑使去聲稀。念君經世亂，匹馬向王畿。此章從收京説到送班，在四句分截。　乘輿還京，君臣如故，公猶遐方寄迹，而班獨匹馬歸朝，故臨別傷心。

㈠黄屋，車上之蓋。

㈡朱衣，侍從之臣。

鄭繼之善夫曰：詩之妙處，正在不必寫到真，説到盡，而其欲寫欲説者自宛然可想，斯得風人之義。杜詩每有失之太真太盡者，如此詩末二句，則有不真不盡之興矣，餘可類推。

其二

群盗至今日，先朝音潮**忝從**去聲**臣。歎君能戀主，久客羨歸秦。黄閣**一作閤**長司諫，丹墀有故人。向來論**平聲**社稷，爲**去聲**話涕霑巾。**送班已具上章，故此詩多述己意。　黄生注：首聯各開，中聯承次句，尾聯應首句，乃知社稷流涕，全是寇盗頻仍，主憂臣辱心事。如此大開大合，惟古文有之。公蓋以文法入詩律者。　又曰：先朝、今日，群盗、從臣，對字不對句，謂之參差對。七八，囑其傳語故人，見在野尚切傾葵，在朝宜勤補衮，乃使至尊獨憂社稷，豈不深可流涕。此詩何減昌黎《諍臣論》、歐公《司諫書》。　今按：首聯乃串説，以群盗之故，而流離至今，昔曾爲先朝從臣也。

黄生曰：全首虚運，格本不貴，其奇乃在章法句法。緣情事極其鬱結，故章句極其頓挫，語雖鍛鍊，而不見其痕。

城上 荆作空城

顧注：此是廣德二年春自梓州往閬州時作。代宗還京在元年十二月。

草滿巴西緑，城空山谷作城空，一作空城**白日長**㊀。**風吹花片片**㊁，**春動**一作蕩**水**一作春送雨**茫茫**㊂。**八駿隨天子**㊃，**群臣從**去聲**武皇**㊄。**遥聞出巡狩，早晚徧遐荒**㊅。上四，城上所望之景。下四，城上所感之懷。　時松維初陷，人皆避亂，故曰城空。所見者惟花吹水動，則景物亦覺悽然矣。末借周漢巡遊，以比代宗幸陝。《杜臆》：此詩叙景言情，真堪痛哭，詩之不愧風人者也。黄生注：五六即遥聞之事，此用倒插。　師氏曰：不敢斥言出奔，故云巡狩，與《春秋》「天王狩於河陽」同一書法。

㊀賀力牧詩：城空餘堞鳥。

㊁庾信《枯樹賦》：片片真花。

㊂《海賦》：茫茫積流。

㊃王嘉《拾遺記》：周穆王巡行天下，馭八龍之駿，名曰絶地、翻羽、奔宵、超影、踰輝、超光、騰霧、挾翼。穆王神智遠謀，使跡轂遍於四海。

㊄趙次公曰：漢武帝初幸汾陰，至洛陽，侵尋於泰山，其所巡幸，周萬八千里。
㊅成公綏《大河賦》：經朔狄之遐荒。

傷春五首

原注：巴閬僻遠，傷春罷始知春前已收宫闕。

鶴注：廣德二年春，公在閬中，故云「巴山春色静」。巴閬僻遠，聞京師事常後時，故二年春方知去冬幸陜之事，因以發其感憤之意，遂名曰《傷春》。《楚辭·招魂》：「目極千里兮傷春心。」故以爲題。

天下兵雖滿，春光一作青春**日自濃**㊀。**西京疲百戰**㊁，**北闕任群兇**㊂。**關塞三千里**㊃，**烟花一萬重**平聲㊄。**蒙塵清路**舊作露**急**㊅，**御宿且**一作有**誰供**㊆。**殷復前王道**㊇，**周遷舊國容**㊈。**蓬萊足雲氣**㊉，**應**平聲**合總從龍**⑪。首章，記吐蕃陷京也。上八叙寇至出奔，下四望代宗復國。憂亂傷春，開首提明。百戰，謂長安屢陷。群凶，謂高暉、王獻忠輩。關塞，指閬州。烟花，指長安。清路急，不暇除道也。御宿，天子駐蹕之地。殷復、周遷，乃借古形今。趙注：總從龍，言群臣皆當扈駕。

㊀梁元帝詩：徒望春光滿。

㈡王粲詩：西京亂無象。　《孫子》：百戰百勝。

㈢《史記・武帝紀》：懸於北闕矣。　《東都賦》：群凶靡餘。　《通鑑》：廣德元年冬十月，吐蕃陷京畿，渭北行營兵馬使吕月將將精卒二千，與吐蕃戰於盩厔，爲寇所擒。又涇州刺史高暉、射生將王獻忠等迎吐蕃入長安，立邠王守禮孫承宏爲帝，故曰「疲百戰」、「任群兇」也。

㈣盧諶表：立國之道，在於慎關塞。

㈤宋之問詩：烟花撫客愁。

㈥張衡《羽獵賦》：蚩尤先驅，雨師清路。

㈦《漢書注》：御宿苑在長安城南。羞宿聲相近，故或云御羞，或云御宿，羞者珍羞所出，宿者止宿之義。《通鑑》：吐蕃度渭橋，上倉卒幸陝州，官吏六軍奔散，無復供擬，扈從將士不免飢餒，乃幸魚朝恩營。

㈧《説苑》：武丁飭身修行，復先王之政。　《史記》：平王東遷於洛邑，避戎寇。

㈨周公前營洛邑，故曰舊國。

㈩《前漢・高帝紀》：季所居，上常有雲氣。

⑪《易》：雲從龍。

其二

鶯入新年語㈠，花開滿故枝。天清一作青風卷幔，草碧水連一作通池。牢落官軍遠㈡，蕭條

萬事危。鬢毛元自白，淚點向來垂。不是無兄弟，其如有別離。巴山春色静㊂**，北望轉逶迤**㊃**。**二章，所憂在家國也。上四春日之景，下八傷春之意。巴地春光，依然無恙，但恨長安被兵，而援軍不赴，則萬事俱危矣。鬢白淚垂，當此更甚，且想兄弟别離，能無北望傷神乎。

㊀陳後主詩：促柱點唇鶯欲語。

㊁王文考《王孫賦》：背牢落之峻壑。

㊂巴山春静，傷長安之擾攘也。

㊃逶迤，迢遠貌。《楚辭》：載雲旗之逶迤。

其三

日月還相鬭㊀**，星辰屢合**一云亦屢**圍**㊁**。不成誅執法**㊂**，焉**於虔切**得變危機**㊃**。大角纏兵氣**㊄**，鈎陳出帝畿**㊅**。烟塵昏御道**㊆**，耆舊把天衣**㊇**。行在諸軍闕，來朝**音潮**大將**去聲**稀。賢多隱屠釣，王肯載同歸**㊈**。**一作：固無牽白馬，幾至着青衣。三章，以天變儆君心也。上八，言誅佞。後四，言用賢。君能去佞親賢，則將士皆思効力，而天心亦從此悔禍矣。代宗不能斬程元振以謝天下，有一李泌久廢而不復用，公故愷切言之。《杜臆》：上用日月星辰，下用大角鈎陳，俱借天文以寫災變。插入執法，使人知爲熒惑星，又知其爲程元振，可謂微而顯矣。盧注：當時柳伉上疏，欲斬元振首，馳告天下，帝以保護功，止流溱州，故曰「不成誅執法」。吴論：大角屬帝座，而繞兵氣，則京師陷矣。鈎陳屬行宫，而照帝畿，則乘輿奔矣。昏御道，行急塵起。把天衣，牽衣留駕也。朱注：《唐書》：代宗幸陜，諸鎮畏程元振讒搆，莫至，朝廷所恃者惟郭子儀一人。載同歸，用文王後車載吕望事。

㊀《晉・天文志》：數日俱出若鬬，天下起兵大戰。元帝太興四年二月癸亥，日鬬。

㊁《漢・天文志》：高祖七年，月暈，圍參畢七重，是歲上至平城，爲單于所圍。

㊂《史・天官書》：南官：西將，東相。南四星，執法。中，端門。《晉・天文志》：左執法，廷尉之象。右執法，御史大夫之象。《星經》：執法四星，主刑獄之人，又爲刑政之官，助宣王命，内常侍官也。《杜詩博議》：《漢志》：哀帝元壽元年十一月，歲星入太微，逆行於右執法，占曰：「大臣有憂，執法者誅，若有罪」。二年十月，高安侯董賢免歸自殺。此詩執法二句，暗引是事，以董賢况程元振也。趙注：熒惑星，一名執法。謂元振熒惑人主，當誅之以謝天下。其説殊支離。

㊃陸機《豪士賦》：衆心日陊，危機將發。

㊄胡夏客曰：劉向云：秦項之滅，星孛大角，故借以言西京之亂。《史・天官書》：大角者，天王帝廷，其兩旁各有二星，曰攝提。《魏都賦》：兵纏紫微。顧炎武曰：《後漢・董卓傳贊》：矢延王輅，兵纏魏象。

㊅《西都賦》：周以鈎陳之位。注：鈎陳，王者法之，主行宫也。顧炎武曰：紫微有鈎陳之宿，主鬬訟兵陣。出《水經注》。班固《兩都賦》：三成帝畿。

㈦虞世南詩：油雲陰御道。

㈧顧炎武曰：《南齊·輿服志》：衮衣，漢世出陳留襄邑所織，宋末用繡及織成。齊建武中，乃彩畫爲之，加飾金銀薄時，亦謂爲天衣。梁庾肩吾詩：天衣初拂石，豆火欲然薪。陳後主詩：風氣動天衣。

㈨《信陵君傳》：侯生曰：「屠者朱亥賢者，世莫能知，故隱屠間耳。」《韓詩外傳》：太公望屠牛朝歌，釣於磻溪。曹植疏：吕尚之處屠釣，至陋也，及其見知於周文。曹植《責躬》詩：天高聽卑，皇肯照微。

其四

再有朝音潮**廷亂**㈠**，難知消息真。近傳**郭作聞**王在洛，復**扶又切**道**去聲**使**去聲**歸**一作通**秦。奪馬悲公主**㈡**，登車泣貴嬪**㈢**。蕭關迷北上**上聲㈣**，滄海欲東巡**㈤**。敢料安危體，猶多老大臣。豈**一作得**無嵇紹血**㈥**，霑灑屬車塵**㈦**。**四章，傷乘輿遠出也。消息未真，起下六句。在洛、歸秦，此出奔後消息。奪馬，登車，此出宮時消息。北上、東巡，并秦洛消息未定矣。但國有老臣，尚足以死衛君。末蓋屬望郭子儀也。近聞六句，託古傷今。在洛，用獻帝還洛事。歸秦，用張儀歸秦事。奪馬，用高歡事。泣嬪，用晉哀事。蕭關，用漢武事。東巡，用始皇事。敢料安危，痛不忍言也。《杜臆》：任事有老大之臣，則臨危有死節之士，作兩層說。

㈠再亂，謂禄山之後，復有吐蕃。

㈡《通鑑》：魏高歡自晉陽出滏口，道逢北鄉長公主自洛陽來，有馬三百匹，盡奪而易之。

㈢《世説》：諸葛令女既寡，誓不復重出，無有登車理。干寶《晉紀》：后嬪妃主，虜辱于戎卒。《晉書》：成帝咸和三年五月，蘇峻逼遷天子於石頭城，帝哀泣升車，宫中慟哭。

㈣《漢武帝紀》：元封四年，行幸雍，祠五畤，通回中，遂北出蕭關。如淳曰：蕭關在安定朝那縣。《一統志》：在平涼府鎮原縣西北。

㈤《史記》：秦始皇即帝位，三年，東巡郡縣，祠鄒嶧山。又曰：始皇遂東遊海上，行禮，祠名山大川。

㈥《晉書》：惠帝北征，王師敗績於蕩陰。嵇紹以身捍衛，兵交御輦，紹遂被害，血濺帝服。

㈦相如《諫獵書》：犯屬車之清塵。

其五

聞説初東幸，孤兒却走多㈠。難分太倉粟㈡，競棄魯陽戈㈢。胡虜登前殿，王公出御河㈣。得無一作忍爲中夜舞㈤，誰一作宜憶《大風歌》㈥。春色生烽燧㈦，幽人泣薜蘿㈧。君臣重修德，猶足見時和㈨。五章，傷軍士散亡也。聞説六句，歷記所聞時事。當此之時，英雄思奮，豈無中夜起舞者，惜朝廷信讒，不念大風猛士耳。幽人當春而泣，公念不忘君也。終以修德望諸君臣，此乃收人心、挽國脈之本。《杜臆》：得無二句，隱然傷其有臣無君，故下有君臣修德之語。

㈠《漢紀注》：取從軍死事者之子養羽林，官教以五兵，號羽林孤兒。

㈡《漢書》：太倉之粟，紅腐而不可食。

㊂《淮南子》：魯陽公與韓遘，戰酣，日暮，援戈而麾之，日返三舍。《杜臆》：魯陽戈，麾日之戈也。此聯嘆衛士飽粟，不能操戈禦虜，而反爲出奔之轍。

㊃《晉載紀·劉曜傳》：王彌、呼延晏入南宮，升太極前殿，縱兵大掠，悉收宫人珍寶，於是曜害王公百官已下三萬餘人於洛水北。又《懷帝紀》：劉曜、王彌入京師，帝開華林園門，出河陰藕池，欲幸長安，爲曜等所追及。所謂「登前殿」、「出御河」也。

㊄《晉書》：祖逖與劉琨共被而寢，中夜聞雞鳴，因起舞曰：「此非惡聲也。」

㊅《漢書》：高帝置酒沛宫，自歌曰：「大風起兮雲飛揚，威加海内兮歸故鄉，安得猛士兮守四方。」

㊆烽燧，見七卷。

㊇謝靈運詩：薜蘿若在眼。

㊈《左傳》：時和年豐。

朱鶴齡曰：代宗致亂，因信任非人，老臣不用，故曰「賢多隱屠釣」，曰「猶多老大臣」，曰「誰憶《大風歌》」，篇中每三致意焉。

盧世㴶曰：排律原爲酬贈設，乃環絡先朝，切劘當世，紆迴鄭重，就排場中，而封事出焉。本領體裁，絶世獨立。

《有感》五首，以五律記時事。《傷春》五首，以五排記時事。纏綿悱惻，發於忠君愛國之誠，當與《洞房》八首並傳。

「得無中夜舞，誰憶《大風歌》」，奮然有勤王敵愾之志。太白却云「但歌大風雲飛揚，安用猛士守四方」，無端作翻案語，成何議論。李杜優劣，亦可見其一斑矣。

暮寒

鶴注：當是廣德二年春在閬州作。閬與梓、利、巴、劍、果州爲鄰，時吐蕃新陷松、維、保，故戍鼓未静。

霧隱平郊樹，風含廣岸波㊀。沉沉春色静㊁，慘慘暮寒多㊂。戍鼓猶長擊，林鶯遂不歌。忽思高宴會㊃，朱袖拂雲和㊄。上四暮寒春景，下四暮寒有感。霧隱寫暮，風含寫寒，二句遠景。沉沉承霧，慘慘承風，二句近景。鳥避兵氣，故春鶯不歌。末從亂離中追想歡娱盛事也。

㊀江淹詩：素沙匝廣岸。廣岸，遠岸也。

㊁謝莊詩：青浦正沉沉。

㊂王粲《登樓賦》：天慘慘而無色。

㊃《漢書》：置酒高會。　古詩：今日良宴會。

㊄《周禮·大司樂》：奏雲和之琴瑟。注：雲和，地名，産良材，中琴瑟。

遊子

鶴注：廣德二年春，公在閬中，欲下峽而不遂。故曰「吴門興杳然」。蘇武詩：請爲遊子吟。

巴蜀愁誰語，吴門興去聲**杳然。九江春草外，三峽暮帆前。厭就成都卜**㊀**，休爲吏部眠**㊁**。蓬萊如可到**㊂**，衰白問群**一作神**仙**㊃**。**意將去蜀遊吴也。三四叙景，言赴吴所經。五六叙情，見巴蜀難留。末將决意長往矣。顧注：首聯即前詩「厭蜀交遊冷，思吴勝事繁」意。巴蜀愁，吴門興，上三字連讀。《杜臆》：啟行不待躊躕，故厭就問卜。而愁懷非酒可解，故休學醉眠。無論吴門，倘蓬萊可到，亦當長往以求却老之方。蓋自悲其年老也。

㊀《高士傳》：嚴君平賣卜成都市中，日閲數人，得百錢足自養，則閉肆下簾而授《老子》。《益州記》：雁橋東有嚴君平卜處，土臺高數丈。

㊁《晉書》：畢卓爲吏部郎，比舍郎釀熟，卓因醉夜至其甕間盜飲之，爲掌酒者所縛，明旦視之乃畢吏部也。

㊂《哀江南賦》：舟楫路遥，星漢非乘槎可上；風飈道阻，蓬萊無可到之期。《前漢·郊祀志》：蓬萊、方丈、瀛洲，有三神山者，在渤海中，去人不遠，未至望之如雲，及到三神山，山反居水下，風引

船而去，終莫能至。《世説》：蓬萊有群仙及不死之藥。

㈣嵇康《養生論》：因衰得白。

滕王亭子二首

邵寶注：公於廣德二年自梓州往閬州，來遊此亭。　鶴曰：二史：滕王元嬰自壽州刺史移隆州刺史，後隆州避玄宗諱改爲閬州。亭在玉臺觀内，王嘗遊憩於此。　夢弼曰：王在閬州，有亭有閣。　錢箋：《方輿勝覽》：滕王以隆州衙宇卑陋，遂修飾弘大之，擬於宮苑，謂之隆苑，後改曰閬苑。滕王亭，即元嬰所建。

君王臺榭枕去聲**巴山**㈠**，萬丈丹梯尚可攀**㈡**。春日鶯啼修竹裏**㈢**，仙家犬吠白雲間**㈣**。清江錦**一作碧**石傷心麗，嫩蕊濃花滿目斑。人到於今歌出牧**㈤**，來遊此地不知還。**此章賦滕王亭子，對景而懷古也。　臺榭當春，故聽鶯啼竹裏。丹梯極峻，故想犬吠雲間。江石麗而傷心，撫遺迹也。花蕊斑然滿目，逢春色也。　來不知還，就滕王出牧時言之，譏其佚遊無度也。舊以來遊指後人，《杜臆》不從。

㈠《楚語》：先王之爲臺榭也。

㊁《杜臆》：地志：閬中多仙聖遊集之跡，城東有天目山，乃葛洪修煉之所，有文山，張道陵授徒符籙處，萬丈丹梯謂此。　邵注：今四川保寧府巴縣南龕，上有丹梯書院。　謝靈運詩：躡步臨丹梯。

㊂楊慎曰：修竹用梁孝王事，犬吠雲中用淮南王事，人皆知之。嘗怪修竹無鶯啼字，後見孫綽《蘭亭詩》「啼鶯吟修竹，游鱗戲瀾濤」，乃知杜老用此，讀書不多，未可輕議古人。

㊃《十洲記》：瀛洲在東海中，洲上多仙家，風俗似吴人，山川如中國。　《神仙傳》：八公與淮南王安，白日昇天，臨去時餘藥器置在中庭，雞犬舐啄之，盡得升天，故雞鳴天上，犬吠雲中。　按《漢書》：淮南王安，以不法受誅，無昇天事，乃八公之徒造爲此說，以掩其罪也。

㊄民到於今，見《論語》。　沈約詩：建麾作牧，明德攸在。　《詩》：來遊來歌。

新舊《唐書》並云：元嬰爲金州刺史，驕佚失度。太宗初喪，則飲宴歌舞，狎昵廝養。巡省部内則借狗求罝，所過爲害。及遷洪州都督，復以貪聞。高宗給麻二車，助爲錢緡。小説又載其召屬官妻於宫中而淫之。楊用修云：其惡如此，而詩稱「民到於今歌出牧」，未足爲詩史。今按末二句一氣讀下，正刺其荒遊，非頌其遺澤也。

其二

寂寞春山路，君王不復扶又切**行。古牆猶竹色，虚閣自松聲**㊀。**鳥雀荒村暮，雲霞過客情**㊁。**尚思歌吹**去聲**入**㊂，**千騎**去聲**擁**一作把**霓旌**㊃。此再寫弔古之意，情與景相因。　文氣在四句分截，上言王不可見，而但存此亭。下言得見此亭，則滕王猶可想像也。　黄生注：鳥雀如聞歌吹，雲霞恍見霓旌，即李遠「絃管變成山鳥哢，綺羅留作野花開」意，分作兩聯，以映帶見之。　趙汸注：此詩傷今懷古，曲盡變態。

㈠《高唐賦》：虚聞松聲。

㈡謝朓詩：雲霞成異色。　鮑照詩：忽見過客問何我。雲霞去而不留，如遊人過客。

㈢謝朓詩：高響飄歌吹。

㈣《梁孝王傳》：賜天子旌旗，千乘萬騎。　《西都賦》：虹旃霓旌。

葉夢得曰：此詩「粉牆猶竹色，虚閣自松聲」，若不用「猶」、「自」兩字，則凡亭子皆可用，不必滕王也。此皆工妙至到，人力不可及，而此老獨雍容閑肆，出於自然，略不見用力處。今人多取其已用字摹倣用之，偃蹇狹陋，盡成死法。

黄生曰：前六句淒涼已甚，若再以衰颯語結，意興索然。七八，忽用麗句，翻身作結，力大思深，奇變不測。

玉臺觀去聲二首原注：滕王造。

此與上二章蓋同時所作。　錢箋：《方輿勝覽》：玉臺觀在閬州城北七里，唐滕王嘗遊，有亭及墓。　趙曰：觀在高處，其中有臺，號曰玉臺。

中天積翠玉臺一云虛**遥**㈠**，上帝高居絳節朝**音潮㈡**。遂有馮**音憑**夷來擊鼓**㈢**，始知嬴女善**去聲**吹簫**㈣**。江光隱見**音現**黿鼉窟**㈤**，石勢參**初簪切**差**此兹切。一作差池**烏鵲橋**㈥**。更肯**一作**有紅顏生羽翼**一作翰㈦**，便應**平聲**黄髮老漁樵**㈧**。**此章咏臺觀，見其爲仙靈異境。首狀臺之迥，次記觀中神。三四承絳節朝，乃觀中之景。五六承玉臺遥，乃觀外之景。末二言情，欲昇仙而恐未得也。因觀有帝像，故想出絳節來朝。因仙官朝帝，并想出馮夷嬴女。盧注以簫鼓爲享帝音樂，馮夷嬴女作借形之詞，另是一解。黄生注：五六言外景，而以鼉窟貼馮夷，鵲橋貼嬴女，却是暗承。曰遂有，曰始知，曰隱見，曰參差，曰更肯，曰便應，語意圓活，多在空際形容。《杜臆》：末謂若生羽翼，便老漁樵，知公未肯忘世也。

㈠《列子》：西極化人見周穆王爲改築宫室，其高千仞，臨終南之上，名曰中天之臺。《天台賦》：瓊臺中天而懸居。《漢郊祀歌》：遊閶闔，觀玉臺。應劭曰：玉臺，上帝之所居。顔延之詩：積翠亦葱芊。注：松柏重布曰積翠。

㈡《詩》：蕩蕩上帝。《七啟》：眇天際而高居。梁邵陵王《祀魯山神文》：絳節陳竽，滿堂繁會。

㈢《抱朴子·釋鬼篇》：馮夷，華陰人，以八月上庚日渡河溺水死，天帝署爲河伯。《洛神賦》：馮夷擊鼓，女媧清歌。

㈣嬴女吹簫，用秦穆公女弄玉事。范雲《遊仙》詩：命駕瑶池隈，過息嬴女臺。

㈤梁簡文帝詩：日光斜隱見。《海賦》：或屑没於黿鼉之穴。

㈥《高唐賦》：巖嶇參差。謝靈運《撰征賦》：石參差，山盤曲。《淮南子》：烏鵲填河成橋而渡織女。

㈦顏之推詩：紅顏恃容色，青春矜盛年。徐淑詩：恨無兮羽翼。紅顏，童顏也。羽翼，沖舉也。

㈧《書》：詢玆黃髮。何遜詩：余念返漁樵。

黄生曰：此詩首尾皆對，能化排偶之痕，而其寫景靈活，寓意深長，觸事必見本懷，故雖閒題雜詠，不爲徒作也。

《隨筆》云：中天之臺有二：一見於《列子》，周穆王改築宮室，以居西極化人，五府爲虛，而臺始成。一見於《新序》，魏王將起中天臺，許綰負操鍤請見曰：「欲起七千五百里之高臺，其址須方八千里，盡王之地不足以爲臺。」王默然而罷。今按：此乃未成之事，故原注但引《列子》爲證。

其二

浩劫因王造一云起㈠，**平臺訪古遊**㈡。**彩**一作綵**雲蕭史駐**㈢，**文字魯恭留**㈣。**宮闕通群帝**㈤，**乾坤到十洲**㈥。**人傳有笙鶴，時過北**一作此**山頭**㈦。此再咏臺觀，兼叙滕王遺跡。觀有圖畫仙像，故云「蕭史駐」。亦有滕王題咏，故云「魯恭留」。殿宇高敞，疑「通群帝」。江波遥映，如「到十洲」。似此異境，應爲仙迹所憑矣。唐注：因前詩有秦女，此詩有蕭史，遂疑指滕王公主遺跡，不爲無見，但事不可考矣。

㈠《度人經》：惟有元始浩劫之家，部制我界。《廣異記》：儒謂之世。釋謂之劫，道謂之塵。李仙君歌：浩劫天地齊。朱注：浩劫，無窮之劫，猶言累世也。《廣韻》：浩劫，宫殿大階級也。杜田云：俗謂塔級爲劫，故嶽麓行曰「塔劫宫牆壯麗敵」。

㈡《漢書》：梁孝王大治宫室，爲複道，自宫連屬於平臺。

㈢王融詩：巫山綵雲合。《列仙傳》：蕭史善吹簫，秦穆公以女妻之。

㈣世説蒼頡造文字。《漢書》：魯恭王壞孔子舊宅以廣其居，聞鐘磬琴瑟之聲，於壁中得古文《尚書》、《論語》。

㈤劉琨詩：顧瞻望宫闕。道書：天有群帝，而大帝最尊。群帝，五方之帝也。《山海經》：大荒之中有黄木赤枝，群帝取藥。

㈥曹植《七啟》：同量乾坤。《十洲記》：四方巨海之中，有祖洲、瀛洲、玄洲、炎洲、長洲、元洲、鳳麟洲、聚窟洲、流洲、生洲。

㈦《神仙傳》：王子喬，周靈王太子晉也。好吹笙，作鳳鳴，遊伊洛間，道士浮丘公接上嵩山。三十餘年後，乘白鶴駐緱氏山頂，舉手謝時人而去。《茅君内傳》：父老歌曰：「三神乘白鶴，各在一山頭。」

奉寄章十侍御

原注：時初罷梓州刺史、東川留後，將赴朝廷。

《舊唐書·嚴武傳》：武再鎮蜀，恣行猛政，梓州刺史章彝初爲武判官，及是小不副意，赴成都，

杖殺之。　鶴注：考二史，皆云嚴武殺梓州刺史章彝，此詩云「朝覲從容問幽仄」，意必彝將入
朝，而武杖殺之也。　此當是廣德二年作。

淮海維揚一俊人㈠，**金章紫綬照青春**㈡。**指揮能事迴天地**㈢，**訓練强兵動鬼神**㈣。**湘**一作襄**西不得歸關羽**㈤，**河内猶宜**一作疑**借寇恂**㈥。**朝**音潮**覲**從七容切**容問幽仄**側通㈦，**勿云江漢有**一作老**垂綸**㈧。　上四稱美章公，下則惜别而有感也。　淮揚，章所出。　青春，記别時。　能事，言吏才。　强兵，言將略。　此皆俊人之實也。　關不當歸朝，承强兵。　寇還宜借留，承能事。　章必素有薦引之意，故結語反言以諷之。　迴天地，見造化在手。　動鬼神，言妙算出奇。　江漢垂綸，隱然以磻溪釣叟自命也。

㈠《禹貢》：淮海維揚州。　江淹詩：朱紱咸髦士，長纓皆俊人。　顧云：才智過人曰俊。

㈡《漢・公卿表》：三公徹侯，並金印紫綬。　《舊書・輿服志》：一品三品，並服紫綬三綵。　《晉書》：張華進開府儀同三司、侍中、中書，金章紫綬。　邵注：紫綬，以紫絲絛繫印，乃刺史之職。

㈢《漢書》：蕭何曰：「天下指揮定矣。」《後漢・皇甫嵩傳》：閻忠説嵩曰：「將軍指揮足以振天地，叱咤可以興雷電。」邵注：指示曰指，手使曰揮。　《抱朴子》：思洞幽玄，才兼能事。

㈣諸葛孔明《劾廖立表》：兵衆簡練。　又《兵戒篇》：强兵以衛國。　《魏志》：太祖因事設奇，譎敵制勝，變化如神。　《淮南子》：大兵無創，與鬼神通。

㈤《蜀志》：先主收江南諸郡，拜關羽爲襄陽太守、盪寇將軍，駐江北。　西定益州，拜羽董督荊州事。

陸機《辨亡論》：漢主報關羽之敗，收湘西之地，而陸公亦挫之西陵。注：湘西荆州。不得歸，言不當使之歸朝，舊云比章不能復鎮東川，非是。

㈥《後漢書》：光武收河内，拜寇恂爲太守，後移潁川，又移汝南。潁川盜賊群起，恂從駕南征，百姓請復借寇君一年，乃留恂。澤州陳廷敬注：借寇恂者，潁川也，詩何以言河内。蓋河内、潁川，皆寇舊治，詩意謂潁川盜起，固宜借之，河内無盜，猶宜借之。時段子璋已平，故云然，非誤用河内也。　舊注謂章彝會討段子璋之亂，未見所據。

㈦春見曰朝，秋見曰覲。　《宋書·恩倖論》：明揚幽側，惟才是與。

㈧孫綽詩：垂綸在林野。

南池

廣德元年秋冬，公在閬州。二年春，亦在閬州。詩云「春時顏色好」，應是二年春作。詩中芰荷秔稻，蓋追遡舊年事耳。　《杜臆》：《漢·地理志》：閬中有彭道將池，東西二里，南北約五里，即南池也，在城南十里。　《後漢書》：巴郡閬中縣南有彭池。錢箋：《益州記》：南池在閬中縣東南八里。《方輿勝覽》：南池在高祖廟旁，東西四里，南北八里。《一統志》：南池自漢以來，堰大斗之水灌田，里人賴之。唐時堰壞，遂成陸田。

崢嶸巴閬間㊀，**所向盡山谷。安知有蒼池，萬頃浸坤軸。**首叙南池形勢。山谷而有巨浸，此南池特爲曠觀也。

㊀《華陽國志》：巴子都江州，後理閬中，秦爲巴郡地。《十道志》：果、閬、合三州，同是漢巴郡之地。

呀虚加切**然閬城南**㊀，**枕**一作控**帶巴江腹**㊁。**菱荷入異縣，秔稻共**孤弘切**比**毗至切**屋**㊂。**皇天不無意，美利戒止足**㊃。**高田失西成**㊄，**此物頗豐熟。清源多衆魚**㊅，**遠岸富喬木。獨歎楓香林**㊆，**春時好顔色**叶音速。此記南池景物。閬南、巴腹，誌南池所在，應上巴閬間。高田失穫，而此稻獨豐，彼絀此贏，即天意也。下有游魚，上有林木，皆佳景之可玩者。

㊀《西都賦》：呀周池而成淵。《字林》：呀，大空貌。昱曰：呀，張口貌。

㊁《水經注》：枕帶雙流。《三巴記》：閬白二水東南流，自漢中至始寧城下，入涪陵，曲折三回，有如巴字，曰巴江，經峻峽中，謂之巴峽。

㊂《字林》：秔，稻不黏者。《尚書大傳》：周人可比屋而封。

㊃《易》：乾始能以美利利天下。傅亮表：止足之分，臣所宜守。

㊄《書》：平秩西成。

㊅《詩》：衆維魚矣。

㊆《楚辭注》：楓似白楊，有脂而香，霜後葉丹可愛。《爾雅翼》：楓脂甚香，謂之楓香脂，一名白

膠香。

南有漢王一作主祠㊀，終朝走去聲巫祝。歌舞散靈衣㊁，荒哉舊風俗。高皇一作堂亦明主一作王㊂，魂魄猶正直叶音濁㊃。不應平聲空陂上，縹緲親酒肉一作食㊄。淫祀自古昔㊅，非惟一川瀆。干戈浩茫茫，地僻傷極目㊆。此記南池廟祀。黷祀不經，正神豈享，然習俗尚鬼，則己之極目感傷者，不止此一處矣。

㊀朱注：項羽立高祖爲漢中王，漢中鄰閬，故池南有漢王祠，在今保寧府城南。

㊁《楚辭》：靈衣兮披披。

㊂陳琳檄：蓋聞明主圖危以制變。

㊃《史記》：高帝置酒沛宫，曰：「萬歲之後，吾魂魄猶思沛。」

㊄《海賦》：神仙縹緲。

㊅《曲禮》：非其所祭而祭之，名曰淫祀。

㊆《楚辭》：目極千里傷春心。

平生江海一云溟渤興去聲，遭亂身局促㊀。駐馬問漁舟㊁，躊躇慰羈束㊂。末以遊池作結。

中間二段摹景叙事，各發議論，乃公詩所特長。此章起結各四句，中二段各十二句。

㊀謝朓詩：江海思無窮。《漢書》：偪促如轅下駒。

㈡漁舟，亦池中所見者。

㈢魏彦深《鷹賦》：運横羅以羈束。

古人屋職二韻多通用。《易傳》：噬嗑，食也。賁，無色也。兑見而巽伏也。隨無故，蠱則飭也。又《士冠禮》：「令月吉日，始加元服。棄爾幼志，順爾成德。壽考維祺，介爾景福。」皆係通用。此詩亦用古韻也。

將赴荆南寄别李劍州

鶴注：公寶應元年至廣德二年三月，遊綿、梓、閬。其在梓、閬，屢欲出峽，以嚴武再鎮成都，遂不果行。此詩當在廣德二年春作。胡三省曰：劍州治普安，漢之梓潼縣也。《唐書》：劍州普安郡，屬劍南道。邵注：劍州在閬州北，即今保寧府。

使去聲**君高義驅今古**㈠，**寥落三年坐劍州**㈡。**但見文翁能化俗**一作蜀㈢，**焉**於虔切**知李廣未封侯**㈣。**路經灧滪雙蓬鬢**㈤，**天入滄浪一釣舟**㈥。**戎馬相逢更何日**㈦，**春風迴首仲宣樓**㈧。

上四寄李劍州，下四將赴荆南。能化蜀，承劍州。未封侯，承流落。此引太守事。此用同姓人。灧滪、滄浪，自夔適荆之地。雙鬢傷老，一舟言貧。江樓回首，到荆而思蜀交，仍與高義相關。

㊀邵注：唐制，刺史行部，糾察郡縣，與繡衣同，稱使君。《後漢・郭伋傳》：聞使君到，喜，故來迎。《史記》：秦王遺平原君書曰：「寡人聞君之高義。」黄生注：驅今古，今與古並驅也。

㊁鶴曰：詩云「寥落三年」，唐刺史蓋以三年爲任也。陶潛詩：寥落將賒遲。

㊂《漢・循吏傳》：文翁爲蜀郡守，修起學宫於成都市中，吏民大化，蜀地學於京師者比齊魯焉。《西谿叢語》：張崇文《歷代小誌》云：文翁，名黨，字仲翁，景帝時爲蜀郡太守。今《漢書》不載其名。

㊃《史記・李廣傳》：廣嘗與望氣者王朔燕語，曰：「自漢擊匈奴，廣未嘗不在，然無尺寸功以得封邑，豈吾相不當侯耶？」周王褒詩：將軍百戰未封侯。

㊄灩澦堆，在瞿塘峽口。鮑照詩：蓬鬢衰顔不復妝。

㊅《禹貢》：嶓冢導漾，東流爲漢，又東爲滄浪之水。楊德周曰：武當縣有川曰滄浪，即《禹貢》漢水東流爲滄浪之水者。魏文帝詩：上慚滄浪之天。劉孝綽詩：釣舟畫彩鷁。

㊆《老子》：戎馬生於郊。

㊇王粲詩：回首望長安。《荆州記》：當陽縣城樓，仲宣登之作賦。

申涵光曰：「路經灩澦雙蓬鬢，天入滄浪一釣舟。」王李七子，全學此等句法。

奉寄別馬巴州 原注：時甫除京兆功曹，在東川。

《杜律演義》：此必作於廣德元年以後，蓋不赴功曹之補，將東遊荆楚，而寄别巴州也。今按：本傳謂召補功曹，不至，在上元二年。王洙因之而誤。蔡興宗年譜，編此詩在廣德元年，亦尚未確。廣德二年《奉待嚴大夫》詩云：「欲辭巴徼啼鶯合，遠下荆門去鷁催。」此詩云：「扁舟繫纜沙邊久」，「獨把釣竿終遠去」。兩詩互證，知同爲二年所作矣。《杜臆》謂時欲適楚，以嚴武將至，故不果行。此説得之。

勳業終一作真**歸馬伏波**㊀，**功曹非**一作無**復**扶又切**漢蕭何**㊁。**扁舟繫**音計**纜沙邊久**㊂，**南國浮雲水上多**㊃。**獨把漁竿終遠去**，**難隨鳥**樊作烏**翼一相過**平聲。**知君未愛春湖色**㊄，**興**去聲**在驪駒白玉珂**㊅。此章以出處殊途，記臨别心事。上二賓主並提，中四叙將别之情，末二陳寄馬之意。不赴功曹，故思乘舟南下。欲成勳業，應想驪駒玉珂。賓主自相照應。

㊀《後漢書》：馬援封伏波將軍，此因同姓而比之。

㊁杜修可曰：劉貢父謂曹參爲功曹，蕭何未嘗爲功曹。王定國引《高帝紀》：蕭何爲沛主吏。孟康注：主吏，功曹也。二説皆非。《吴志》：孫策謂虞翻曰：「孤有征討事，未得還府，卿復以功曹爲

吾蕭何，守會稽耳。」杜公蓋用此語。

㊂謝靈運詩：繫纜臨江樓。

㊃時公將出峽，南國應指荆楚，後《赴蜀山行》詩以南國對西川可見。

㊄春湖，指洞庭湖。宋之問詩：春湖繞芳甸。

㊅沈約詩：高門列騶駕，廣路從驪駒。洙曰：《驪駒》詩，見《大戴禮》：「驪駒在門，僕夫具存。驪駒在路，僕夫整駕。」

此言巴州興在朝覲見君。驪駒玉珂，乃早朝騎馬之事。玉珂，注見六卷《宿左省》詩。

按杜詩七律凡首句無韻者多對起，如「五夜漏聲催曉箭，九重春色醉仙桃」是也。亦有無韻而散起者，如「使君高義驅今古，流落三年坐劍州」是也。其首句用韻者多散起，如「丞相祠堂何處尋，錦官城外柏森森」是也。亦有用韻而對起者，如「勳業終歸馬伏波，功曹非復漢蕭何」是也。大家變化，無所不宜，在後人當知起法之正變也。

奉待嚴大夫

朱注：此詩，舊譜及諸家注並云廣德二年作。據《通鑑》，是年正月嚴武得劍南之命也。黄鶴編在寶應元年，蓋疑廣德二年武已封鄭國公，不得但稱大夫，且遷黄門侍郎時，已罷兼御史大夫矣。按寶應元年春，公未嘗去草堂，何以有「欲辭巴徼」、「遠下荆門」之語，仍從舊編爲是。唐人凡稱節度使皆曰大夫，正不必以封鄭公爲疑。錢箋：廣德二年正月，武以黄門侍郎拜成都尹充劍南節度使，此云大夫，蓋再鎮時兼官也，以後稱鄭公。《杜詩博議》：《舊書·地志》合劍南東西川爲一道，在廣德元年，《唐會要》云二年正月八日。此武受命在元年冬之一證也。

《杜臆》：公本欲辭巴下荆，聞嚴公將至，故留以待之。

殊方又喜故人來㈠，**重鎮還須濟世才。常怪偏裨**音皮**終日待**㈡，**不知旌節隔年回**㈢。**欲辭巴徼啼鶯合**㈣，**遠下**去聲**荆門去鷁催**㈤。**身老時危思會面**㈥，**一生襟**一作懷**抱向誰開。**上四喜嚴公再鎮，下述奉待之意。　故人來，喜在一己。濟世才，喜在全蜀。偏裨待而旌節回，喜在三軍。數語重疊叙出。啼鶯合，仲春時也。去鷁催，停舟久也。身老則思故人，時危則望濟世，仍與首聯相應。

㈠《列子》：殊方偏國。

㈡《漢書·馮奉世傳》：韓昌爲偏裨，到隴西。《後漢·袁紹傳》：偏裨列校，勤不見紀。

㈢《唐·職官志》：天寶中，緣邊禦戎之地，置八節度使，受命之日，賜之旌節。時武爲劍南節度使也。《周禮》：道路用旌節。注：析羽爲旌，以彰其節。　終日待而隔年方回，怪其回之遲也。武入朝在寶應元年秋，其回成都在廣德二年春，除前後相見時，中間止隔一年耳。　唐凌敬詩：已復長望隔年人。

㈣巴徼，巴在邊徼也。

㈤《子虛賦》：浮文鷁。趙曰：船首畫鷁，以驚水怪。《淮南子》：龍舟鷁首。《方言注》：鷁，鳥名。今江東貴人船前作青雀，是其像。

㈥古詩：道路阻且長，會面安可知。

渡江

鶴注：此廣德二年春自閬州歸成都時作。

春江不可一作用**渡，二月已風濤**㈠。**舟楫欹斜疾**一作甚，**魚龍偃卧高。渚花張**一作兼**素錦，汀草亂青袍**㈡。**戲問垂綸客**㈢，**悠悠見**一作是**汝曹**。上四江波之險，下四江岸之景。江風急，故舟楫欹斜而迅疾。江濤湧，故魚龍偃卧而高浮。二句分頂風濤。錦花青草，舟中所見。垂釣悠悠，羡其從容自適也。

㈠二月風濤，嫌其太早也。

㈡古詩：青袍似春草。

㈢《世説》：王弘之性好釣魚，上虞江有一處名三石頭，弘之常垂綸於此。

楊慎曰：謝宣遠詩「離會雖相雜」，杜詩「忽漫相逢是別筵」之句實祖之。顔延年詩「春江壯風濤」，杜詩「春江不可渡，二月已風濤」之句實衍之。故其諭兒詩曰：「熟精《文選》理。」

自閬州領妻子却赴蜀山行三首

鶴注：此廣德二年春自閬州回成都時作。《杜臆》：詩題云却赴蜀，有不欲赴而仍赴之意。首章言「不成向南國，復作遊西川」，即却字意也。

汩汩音月，奔流貌。一作湣湣**避群盜**㊀，**悠悠經十年**㊁。**不成向南國，復**扶又切**作遊西川**。**物役水虛照**㊂，**魂傷山寂然**㊃。**我生無倚著**涉略切㊄，**盡室畏途邊**㊅。題目「領妻子赴蜀」，故首章結出盡室畏途。上四記自閬赴蜀，下四寫山行慘淡，着眼在一畏字。公自天寶十五年避亂，至廣德二年，已經十載，欲往楚而仍遊蜀，此行出於意外。山水本堪玩賞，乃形役神傷，故覺水空照映，而山亦寂寥耳。

㊀謝靈運詩：汩汩莫與娱。

㊁王粲詩：悠悠世路。

㊂謝瞻詩：獨夜無物役。晉釋道開《大涅槃經序》：乘虛照以御物。

㊃《易》：寂然不動。

㊄洙注：無倚著，不得地着安土也。

㊅《左傳》：盡室以行。　《莊子》：畏途者，日殺一人，則父子兄弟相戒。

楊德周曰：杜詩「落月動沙虛」、「物役水虛照」、「沙虛岸只摧」、「寒江動碧虛」、「窗虛交茂林」、「朝光切太虛」，用「虛」字無一不妙。「日出寒山外」、「君聽空外音」、「晨鐘雲外濕」、「賞妍又分外」、「孤雲倒來深，飛鳥不在外」、「回眺積水外，始知衆星乾」、「寒日外澹泊，長風中怒號」，用「外」字無一不妙。

其二

長林偃風色㊀**，迴復**一作首**意猶迷**㊁**。衫裛翠微潤**㊂**，馬銜青草嘶**㊃**。棧**一作逕**懸斜避石**㊄**，橋斷却尋溪。何日干**一作兵**戈盡，飄飄愧老妻。**次章領妻。上六山行之景，末二傷亂之懷，着眼在一愧字。　疾風偃林，行人怯阻，故將迴而意猶迷。山氣濕衣，曉行也。馬飢銜草，日晡矣。斜行避石，登陟崎嶇，却步尋溪，水邊曲折。干戈未盡，應前群盜。

㊀江逌詩：長林悲素秋。　何遜詩：風色極天净。

㊁漢《天馬歌》：回復此都。

㊂《蜀都賦》：「鬱葐蒕而翠微。」言山色之輕縹。

㊃張正見詩：馬倦時銜草，人疲屢看城。

㊄《說文》：棧，棚也。又閣也。閬至成都無棧道，只言架木爲路耳。

其三

行色遞隱見音現㊀，**人煙時有無**㊁。**僕夫穿竹語，稚子入雲呼。轉石驚魑魅**㊂，**抨**普耕切**弓落狖鼯**㊃。**真供一笑樂**音洛㊄，**似欲慰窮途。**末章領子。三四申行色句，五六申人烟句，末作自解之詞，着眼在一慰字。林巒迴複，故行色遞隱遞見。山谷荒涼，故人煙乍有乍無。僕夫稚子，時而前後錯行，則高語大呼，以防失隊，時而相顧並行，則轉石抨弓，以爲戲樂，描情繪景，真堪入畫。轉石，足翻石也。抨弓，手彈弓也。公始而畏，既而愧，終而復慰者，破涕爲笑，亦付之無可如何耳。

㊀《莊子》：孔子見盜跖，遇柳下惠於東門，曰：「車馬有行色。」

㊁江總詩：石瀨乍深淺，烟崖遞有無。

㊂《淮南子》：轉員石於萬丈之谿。張衡《西京賦》：轉石成雷。《天台賦》：始經魑魅之途。

㊃《博物志》：「更羸能射，虛發而下鳥。」抨弓，即虛發也。《三都賦》：狖鼯猓然，騰趠飛超。洙注：狖，猿屬。鼯，鼠也。

㊃《射雉賦》：始解顏於一笑。

别房太尉墓

顧注：廣德二年，公在閬州，將赴成都作。《舊書》：房琯，字次律，玄宗幸蜀，拜爲相。因陳濤斜之敗，肅宗乾元元年六月貶爲邠州刺史。上元元年四月改禮部尚書，尋出爲晉州刺史。寶應二年四月拜特進、刑部尚書。在路遇疾，廣德元年八月卒於閬州僧舍，年六十七，贈太尉。朱注：《新書》謂卒於寶應二年，蓋是年七月改元廣德也。

他鄉復扶又切**行役**㈠，**駐馬別孤墳**㈡。**近淚無乾**音干**土**㈢，**低空**一作空山**有斷雲**㈣。**對棋陪謝傅**㈤，**把劍覓徐君**㈥。**惟見林花落**㈦，**鶯啼送客聞**㈧。上四墳前哀悼，下四臨別留連。行役，將適成都。淚霑土濕，多哀痛也。斷雲孤飛，帶愁慘也。顧注：對棋，平昔相與之情。把劍，死後不忘之誼。結聯以聞見二字，參錯成韻。本謂別時不見有送客之人，送客者惟有落花啼鳥耳。考琯長子乘，自少兩目盲，孽子孺復尚幼，故去世未久，塚間寂寞如此。

㈠古樂府：他鄉各異縣。《詩》：嗟予子行役。

㈡殷謀詩：陌頭能駐馬。孔融詩：孤墳在西北。

㈢曹植表：墳土未乾，而身名並滅。

㈣野曠天低，故曰低空。朱注：低空斷雲，即所云哭友白雲長也。朱超詩：孤生若斷雲。

㈤《謝安傳》：謝玄等破苻堅，有檄書至，安方對客圍棋，了無喜色。安薨，贈太傅。遠注：謝傅與姪玄對棋，時羊曇在側，曰：「以墅乞汝。」謝傅死，曇不由西州路。錢箋：琯爲宰相，聽董庭蘭彈琴，以招物議。李德裕《遊房太尉西池詩注》：房公以好琴聞於海內。此詩以謝傅圍棋爲比，蓋爲房公解嘲。劉禹錫《和德裕房公舊竹亭聞琴》云：「尚有竹間露，永無棋下塵。」圍棋無損於謝傳，則聽琴何損於太尉乎。語出迴護，而不失大體，可謂微婉矣。

㈥《説苑》：吴季札聘晉過徐，心知徐君愛其寶劍，及還，徐君已殁，遂解劍繫其冢樹而去。《焦氏易林》：把劍向門。公《祭房相文》：撫墳日落，脱劍秋高。

㈦隋煬帝詩：飄灑林花落。

㈧何遜詩：欄外鶯啼罷。《滑稽傳》：主人留髡而送客。

錢謙益曰：《國史補》：宰相自張曲江之後，稱房太尉、李梁公爲重德。又云：開元以後，不以姓而可稱者，燕公曲江、太尉魯公；不以名而可稱者，宋開府、陸宣公、王右丞、房太尉。《困學紀聞》：司空圖《房太尉》詩曰：「物望傾心久，凶渠破膽頻。」注謂禄山初見分鎮詔書，撫膺歎曰：「吾不得天下矣。」琯建議，遣諸王爲都統節度，而賀蘭進明讒於肅宗，晉以瑯琊立江左，宋以康王建中興。以表聖之言觀之，琯可謂善謀矣。

《酉陽雜俎》云：邢和璞居嵩潁間，房琯問邢終身事，邢言降魄之處，非舘非寺，病起於魚餐，而休於龜茲板。其後房琯舍閬州紫極宫，見有治龜茲板者，始憶邢之言。有頃，刺史具魚鱠邀房，房始悟邢説之皆驗也。

將赴成都草堂途中有作先寄嚴鄭公五首

鶴注：此廣德二年春，自閬州歸成都中途所作。《唐書·嚴武傳》：寶應元年自成都召還，拜京兆尹，明年爲二聖山陵橋道使，封鄭國公，遷黄門侍郎。廣德二年，復節度劍南。朱注：《舊書》云：武再尹成都，節度劍南，破吐蕃，加檢校吏部尚書，封鄭國公，與《新書》不合。以此詩題證之，《新書》爲是。

得歸茅屋赴成都㊀，**直**一作真**爲**去聲**文翁再剖符**㊁。**但使閭閻還揖讓**㊂，**敢論**平聲**松竹久荒蕪**㊃。**魚知丙穴由來美**㊄，**酒憶郫**音皮**筒不用酤**㊅。**五馬舊曾**音層**諳小徑**㊆，**幾回書札待潛夫**㊇。首章，重赴成都之故，八句皆叙事。欲歸草堂者，爲嚴公再鎮也。揖讓，承次句。松竹，承首句。五六思成都品物之佳，七八想嚴公交情之厚，首尾賓主互説。玩末句，知嚴入蜀時便有書見招矣。

㊀《杜臆》：成都尹本刺史，故比之文翁。自嚴公去後，成都遭亂，故有「還揖讓」語。

㊁直爲，特爲也。《漢·文帝紀》：初與太守爲銅虎符、竹使符。陸雲《贈鄱陽使君》詩：謁帝東堂，剖符南征。

㊂《史記》：李斯以閭閻入事。孔子曰：揖讓而天下化者，禮樂之謂也。

㊃松竹，舊栽草堂，公向有《覓綿竹》、《覓松樹子》詩。戴逵《閒遊贊》：寄心松竹，取樂魚鳥。《歸去來辭》：三徑就荒。又：田園將蕪。

㊄《蜀都賦》：嘉魚出於丙穴。劉淵林曰：丙穴，在漢中沔陽縣北，有魚穴二所。《益部方物贊》：丙穴，在興州，魚出石穴中，雅州亦有之，蜀人甚珍其味。黄鶴曰：丙穴固在漢中，然地志載邛州大

邑縣有嘉魚穴，萬州梁山縣柏枝山有丙穴，方數丈，出嘉魚。又達州明通縣井峽中，穴凡十，皆産嘉魚。此詩公赴成都作，意是指邛州丙穴。蓋成都西南至邛州，才百五十里耳。

㊅《成都記》：成都府西五十里，因水標名曰郫縣，以竹筒盛美酒，號爲郫筒。《華陽風俗録》：郫縣有郫筒池，池旁有大竹，郫人刳其節，傾春釀於筒，苞以藕絲，蔽以蕉葉，信宿香達於林外，然後斷之以獻，俗號郫筒酒。《一統志》：相傳山濤治郫，用筠管釀酴醾作酒，兼旬方開，香聞百步，今其法不傳。

㊆漢制，太守駟馬，朝臣出使爲太守，增一馬，故爲五馬。武昔攜酒饌至草堂，故云「五馬舊曾諳小徑」。

㊇古詩：遺我一書札。後漢王符著書，號《潛夫論》。

其二

處處清江帶白蘋，故園猶得見殘春㊀。**雪山斥候無兵馬**㊁，**錦里逢迎有主人**㊂。**休怪兒童延俗客**㊃，**不教**音交**鵝鴨惱比**音皮**鄰**㊄。**習池未覺風流盡，况復**扶又切**荆州賞更新**㊅。次章，想春歸景事。上四草堂安居之樂，歸美嚴公。下四草堂睦俗之情，預待嚴公也。無兵馬，嚴能靖寇。有主人，公返舊居。習池，自比草堂。荆州，借比嚴公。次末二聯，賓主對舉。每句首字，七用仄聲，未見變化。

㊀虞炎詩：方掩故園扉。柳惲詩：汀洲採白蘋。

㈡朱瀚曰：是秋，嚴武果大破吐蕃，拔其城，雪山句若操左券，見公之知人料事。《賈誼傳》：斥候望烽燧。

㈢趙次公曰：景物明焕，錯雜如錦，故曰錦里。《戰國策》：燕太子逢迎却行。曹植詩：主人寂無爲。

㈣晉孫碁爲兒童，未嘗被呵怒。

㈤《周禮》：五家爲比，又五家爲鄰。

㈥《南史》：袁粲見江斆，歎曰：「風流不墜，正在江郎。」醉習家池，在荆土。山簡以征南將軍都督荆、湘、交、廣四州，故可稱荆州。

其三

竹寒沙碧浣花溪㈠，橘一作菱刺藤梢咫尺迷㈡。過客徑須愁出入，居人不自解胡買切東西㈢。書籤藥裹封蛛網㈣，野店山橋送馬蹄㈤。肯一作豈藉荒庭春草一作新月色㈥，先拚一作判一飲醉如泥㈦。三章，寫故園荒蕪之狀。上四花溪，下四草堂。竹映水，故見沙碧。咫尺迷，起下二句。蛛網久封，馬蹄空送，堂中闃無人跡矣。張綖注：舊庭雖荒，而春草方深，翻可藉以一醉。肯藉二字，作問嚴之詞。顧注：此想草堂荒涼景象，堪與《東山》詩「伊威在室，蠨蛸在户」並讀。

㈠《梁益記》：溪水出湔江，居人多造綵牋，故號浣花溪。

㈡《橘頌》：曾枝剡棘，圓果摶兮。

㊂朱瀚曰：謝靈運詩「來人忘新術，去子惑故蹊」，即過客二句意。《逢萌傳》：萌隱瑯琊勞山，詔徵之，託以老耄迷路東西，不知方面所在。
㊃《漢·外戚傳》：武發篋，中有藥裹二枚。張協詩：蜘蛛網四壁。
㊄梁簡文帝詩：卧石藤爲纜，山橋樹作梁。
㊅張協詩：荒庭寂以閒。《世説》：過江諸人，每至暇日，輒出新亭，藉草飲宴。
㊆《後漢·周澤傳》：一歲三百六十日，三百五十九日齋。注：《漢官儀》此下云「一日不齋醉如泥」。蔡云：稗官小説：南海有蟲無骨，名曰泥，在水中則活，失水則醉，如一塊泥然。《杜臆》：此曲説也，本言人醉後，其狀頹倒如爛泥耳。

其四

常苦沙崩損藥欄㊀，**也**去聲**從江檻落風湍**㊁。**新松恨不高**一作長**千尺**㊂，**惡竹應**平聲**須斬萬竿**㊃。**生理祇憑黄閣老**，**衰顔**一作容**欲付**一作赴**紫金丹**㊄。**三年奔走空皮骨**㊅，**信有人間行路難**㊆。

四章，言故園雖蕪，而嚴公可依。上四叙景，下四叙情。藥欄、江檻，昔所結構者。新松、惡竹，昔所栽薙者。謀生駐顔，俱藉嚴公，庶從前奔走艱難，得以休息耳。五六自傷貧老，作望嚴之詞，嚴蓋雅好服食，故着金丹句。邵注：三年奔走，謂往來梓、閬之間。

㊀蕭摀詩：沙崩聞韻鼓。
㊁劉逴曰：設江檻以減殺風湍，則沙岸不至崩頹矣。

㊂吴均《詠松》詩：何當數千尺，爲君覆明月。

㊃《史記·貨殖傳》：竹竿萬个。

㊄生理二句，語涉陳腐。　陸機詩：生理各萬端。　蔡云：《國史補》：「兩省相呼爲閣老。」武在至德間爲給事中，時公爲左拾遺，正聯兩省也。　《抱朴子》：金丹燒之愈久，變化愈妙，令人不老不死。《參同契》：色轉更爲紫，赫然成還丹。《雲笈七籤》：合丹法，火至七十日，藥成，五色飛華，紫雲亂映，名曰紫金，其蓋上紫霜，名曰神丹。　古樂府歌行：定取金丹作幾服，能令華表得千年。

㊅《南史》：杜栖以父病，旬日之間，便皮骨自支。

㊆古樂府有《行路難》。

其五

錦官一作館**城西生事微，**一作錦官生事城西微。**烏皮几在還思歸**㊀。**昔去爲**去聲**憂亂兵入**㊁，**今來已恐鄰人非**㊂。**側身天地更懷古，回首風塵甘**一作且**息機**㊃。**共説總戎雲鳥陣**㊄，**不妨遊子芰荷衣**㊅。　末章總結，敘草堂前後情事。　上四憂歸計之艱難，下四喜知交之可託。　貧無生事，則難歸。　老藉憑几，則欲歸。　亂後人非，則歸亦淒涼。　懷古息機，則歸堪避地。　生事句，承前生理。　几在句，承前衰顏。　鄰人句，承前比鄰。　息機句，承前奔走。　各有脈絡。　《杜臆》：有嚴公將略，則遊子可保無恙，豫知嚴公必能安蜀矣。

㈠《高士傳》：晉宋明不仕，杜門注黄老，孫登惠烏羔皮裹几。謝朓《咏烏皮隱几》詩：蟠木生附枝，刻削豈無施。曲躬奉微用，聊承終宴疲。遠注：公《寄劉峽州》詩「憑几烏皮綻」，公蓋素所愛者，故思之不置。

㈡亂兵，指徐知道之叛。《世説》：亂兵相剥掠。

㈢《孔叢子》：鄰人聞其凶凶也。

㈣陳子昂詩：懷古正躊躕。又：未息漢陰機。按《楞嚴經》云：息機歸寂然。

㈤《魏志》：詔大將軍親總六戎。希曰：唐人以節度爲總戎。李觀《邠寧節度享軍記》：仗鉞總戎。《握奇經》：八陣，天、地、風、雲爲四正，飛龍、翼虎、鳥翔、蛇蟠爲四奇。梁簡文帝《七勵》：迴雲鳥之密陣。杜田曰：太公六韜，以車騎分爲鳥雲之陣，取雲散而鳥飛，變化無窮也。

㈥遊子，公自謂。不妨，無礙也。《離騷》：製芰荷以爲衣兮，集芙蓉以爲裳。

王嗣奭曰：五作，意俱條暢，辭極穩稱，都是真情真語，詩應如是。

今按：杜律如《秋興》八首，《諸將》、《古蹟》諸首，雖疊章聯絡，而語無重複，故其氣骨丰神，俊邁不群。若《寄嚴公》五首，意思頗嫌重出，蓋赴草堂只是一事，寄嚴公只是一人，縷縷情緒，終覺言之繁絮耳。但就其各章鋪叙，自有層次。首章言嚴公書札，次章言荆州賞新，三章言荒庭飲醉，四章以生理衰顔訴之，五章以生事息機告之。説得迢遞淺深，條理井然，而前以剖符起，後以總戎結，文治武功，均望嚴公，又實喜溢於詞氣間矣。

春歸

據鶴注，此下諸詩，皆廣德二年季春歸成都時作。

苔徑臨江竹，茅簷覆地花㈠。**別來頻甲子**㈡，**歸到**一作倏忽**忽**一作又**春華**胡瓜切㈢。**倚杖看**平聲**孤石**㈣，**傾壺就淺沙**㈤。**遠鷗浮水静，輕燕受風斜**㈥。此春歸景物。花竹之間，春華如故，是堂前近景。沙石之外，鷗燕悠然，是溪前遠景。下一静字，使遠、浮二字有神。下一斜字，使輕、受二字有致。每句三字爲眼。

㈠陶潛詩：繼縷茅簷下。

㈡甲子，用《左傳》絳縣老人語。公自寶應元年夏離草堂，至此蓋十二甲子矣。

㈢蘇武詩：努力愛春華。

㈣《晉春秋》：謝安所居，有石一株，常倚杖相對。劉刪詩：孤石滄波裏。

㈤陶潛詩：杯盡壺自傾。唐太宗詩：傾壺待曙光。

㈥何遜詩：輕燕受風花。

世路雖多梗㈠，**吾生亦有涯**。**此身**一作且應**醒復**扶又切**醉**㈡，**乘興**去聲**即爲家**㈢。此歸後感懷。生涯無幾，故聊託醉鄉，乘興爲家，則路梗且付不問，此有隨寓而安之意。此章，上八句，下四句。

㊀古樂府：世路嶮巇。

㊁醒復醉，翻用《楚辭》。

㊂王子猷乘興而行，見《世説》。

《螢雪叢説》：老杜詩，酷愛下「受」字。如「修竹不受暑」、「輕燕受風斜」、「吹面受和風」、「野航恰受兩三人」，自得之妙，不一而足。東坡尤愛「輕燕受風斜」句，以爲燕迎風低飛，乍前乍後，却非「受」字不能形容。

楊德周曰：「微風燕子斜」，正與此句同看，詠之不盡，味之有餘。

黄生曰：輕燕句，宋人所極稱。上句之工秀，人未見賞。鷗去人遠，故久浮不動也。

歸來

《杜臆》：《歸來》與《春歸》題有别，乃作客失意而歸，如馮煖彈鋏歸來之意。

客裏有所適一作過㊀，**歸來知路難。開門野鼠走，散帙壁魚乾**音干㊁。**洗杓斟**一作開**新醖，低頭拭小盤**一作著小冠㊂。**憑誰給麴糵**㊃，**細酌老江干**㊄。《杜臆》：此詩首尾照應，中間次第。

初到開門，既而散帙，既而斟醖，既而拭盤，此其次第也。唯客裹往來，苦行路艱難，故思耽麴糵以送老江干，此其照應也。　小盤以盛下酒之物，低頭而拭，塵垢多，須細視也。　若作小冠，於上下不倫矣。

㈠有所適，指往梓閬。

㈡謝朓詩：陵澗尋我屋，散帙問所知。　《爾雅》：蟫，白魚。　注：衣書中蟲，一名蛃魚。

㈢舊注引庾信賦「簪直倚而妨帽」，又引《漢書》杜欽、杜鄴並字子夏，欽爲小冠子夏，鄴爲大冠子夏，此認本文爲「低頭著小冠」耳。　《易林》：低頭竊視。

㈣《書》：若作酒醴，爾惟麴糵。

㈤庾信《答王司空飲酒》詩：開君一壺酒，細酌對春風。

草堂

錢箋：寶應元年夏，嚴武入朝，七月劍南四川兵馬使徐知道反，八月伏誅。　公攜家避亂往梓州。廣德二年春，武鎮劍南，公復還成都草堂。

昔我去草堂，蠻夷塞音色**成都**㈠。**今我歸草堂，成**一作此**都適無虞**㈡。　以成都治亂，爲草堂去來，四句領起全意。　盧注：知道非蠻夷，乃糾集蠻夷爲亂耳。

㈠《詩》：昔我往矣，楊柳依依。今我來思，雨雪霏霏。　《書》：蠻夷猾夏。

㊁又：四方無虞。

請陳初亂時，反覆音福**乃須臾**一作斯須。**大將**去聲**赴朝廷，群小起異圖**㊀。**中宵斬白馬**㊁，**盟歃氣已粗**㊂。**西取邛南兵**㊃，**北斷**音短**劍閣隅**㊄。**布衣數十人，亦擁專城居**㊅。**其勢不兩大**㊆，**始聞蕃漢殊。西**俗作兩，誤**卒却倒戈**㊇，**賊臣互相誅。焉**於虔切**知肘腋禍**㊈，**自及梟獍**一作鏡**徒**㊉。下兩段，申明昔去草堂二句。此段言知道作亂，勢橫而自敗。錢箋：大將赴朝，群小異圖，謂嚴武内召，知道遂反。西取邛南，以連聲勢，北斷劍閣，以絶援師，此賊謀也。布衣，乃從逆者。專城，僞爲刺史者。蕃兵，近蜀羌夷。漢兵，知道軍士。西卒，即部將李忠厚也。朱注：知道統領漢兵，又脅誘羌夷共反，而賊徒争長，羌兵不附，李忠厚因而殺之，所謂勢不兩大，番將殊情，倒戈而相誅也。

㊀《詩》：慍于群小。

㊁《蘇秦傳》：會於洹水之上，通質，刳白馬而盟。

㊂《穀梁傳》：齊桓公衣裳之會十一，未嘗有歃血之盟。

㊃盧注：公《上嚴武兩川説》云：「脱南蠻侵掠，邛雅子弟不能獨制。」邛南兵，即邛雅子弟也。

㊄錢箋：斷劍閣，知道以兵守要害也。

㊅樂府《羅敷行》：四十專城居。

㊆《左傳》：物莫能兩大。《漢書》：兩大不相事。

⑧《書》：前徒倒戈，攻於後以北。

⑨《戰國策》：趙報魏，滅智伯，禍起肘腋。

⑩《前漢・郊祀志》：梟，鳥名，食母。破鏡，獸名，食父。黄帝欲絶其類，使百吏祠皆用之。孫萬壽詩：牛斗盛妖氛，梟獍已成群。《左傳》：無庸，將自及也。

義士皆痛憤㊀，紀綱亂相踰㊁。一國實三公㊂，萬人欲爲魚㊃。唱和去聲作威福㊄，孰肯一作能辨無辜。眼前列晉作引杻械㊅，背後吹笙竽。談笑行殺戮㊆，濺一作流血滿長衢。到今用鉞地㊇，風雨聞號平聲呼。鬼一作人妾與鬼馬，色悲充爾娱。國家法令在，此又足驚吁。此段言賊徒乘亂，好殺而殘民。義士，當時倡議討亂者。三公，與李忠厚同輩者。借名誅逆，殃及平民，故曰孰辨無辜。濫殺非命，含冤者多，故曰風雨號呼。前亂未寧，後患加甚，故曰又足驚吁。朱注：忠厚既殺知道，縱兵殘害無辜，如往時花敬定之事，故又備述其事而驚歎之。前曰賊臣，曰梟獍，誅以大惡也。此曰綱紀，曰法令，驚以大義也。

㊀《史記》：太公曰：「此義士也。」

㊁《詩序》：紀綱亂矣。

㊂《左傳》：一國三公，吾誰適從。

㊃《史・項羽紀》：今人方爲刀俎，吾爲魚肉。《後漢・光武紀》：決水灌之，百萬之衆皆可使爲魚。

㊄《詩》：唱予和汝。《書》：臣無有作威作福。梁武帝《净業賦》：威福自由，生殺在口。

㈥《爾雅》：杻謂之桎，械謂之梏。

㈦《隋書》：楊素爲將，臨敵求人過失而斬之，多至百人，流血盈前，談笑自若。

㈧《左傳》：至於用鉞。　趙曰：已殺其主而奪之，故謂之鬼妾鬼馬，如匈奴以亡者之妻爲鬼妻也。　《杜臆》：色悲，兼妾馬言。

賤子且奔走，三年望東吴。弧矢暗江海㈠，難爲遊五湖㈡。不忍竟舍上聲此㈢，復扶又切來薙徒計切榛蕪㈣。入門四松在，步屧音燮。一作堞萬竹疏。舊犬喜我歸，低徊入衣舊作我裾㈤。鄰里喜我歸，沽酒攜胡蘆一作提榼壺㈥。大官喜《英華》作知我來㈦，遣騎去聲問所一作我須。城郭喜《英華》作知我來，賓客隘一作溢村墟㈧。此一段，申上今歸草堂二句。　上八，言不能東遊，仍還西蜀。下八，言久別乍歸，一時共喜。　公去成都，往來梓閬間，凡三年。

㈠《易》：弧矢之利。

㈡《史記正義》：五湖者，菱湖、游湖、莫湖、貢湖、胥湖，皆大湖東岸五灣。　虞翻曰：太湖，東通松江，南通霅溪，西通荆溪，北通滆溪，東南通韭溪，凡五道，别謂之五湖。

㈢《記》：吾舍此何適矣。

㈣薙，除草也。

㈤《宋書》：袁粲爲丹陽尹，常步屧白楊郊野間。　《杜臆》：四松，公所鍾愛者，故後有特咏《四松》詩。公去草堂，有託之看守者，故舊犬無恙。

㊅《世説》：陸士衡初入洛，詣劉道真，劉性嗜酒，禮畢初無他言，惟問：「東吴有長柄壺盧，卿得種來否？」朱注：胡盧以貯酒。胡古與壺通。庾信詩：壺盧一酒樽。

㊆大官，謂嚴武。《左傳》：大官大邑。

㊇城郭，指居人言。《魏志》：蔡邕才學顯著，常車騎填巷，賓客盈坐。朱注：劉後村《詩話》：子美《草堂》「大官喜我來」四韻，其體蓋用《木蘭詩》「爺娘聞我來，出郭相扶將。阿姊聞妹來，當户理紅妝。小弟聞妹來，磨刀霍霍向猪羊」。

天下尚未寧，健兒勝腐儒㊀。**飄飖**一作飄飄**風塵際，何地置**一作致**老夫？於時見**《英華》作是**疣贅**㊁，**骨髓幸未枯**㊂。**飲啄愧殘生**㊃，**食薇不敢餘**㊄。此既歸之後，慨嘆身世也。世亂未休，託身無地，得草堂以養餘年，此外更無他望矣。《杜臆》：贅疣承腐儒，言士既無用於世，則一飲一啄，已愧此殘生，而薇蕨有餘矣。此章，四句起，八句結，中三段各十六句。

㊀《黥布傳》：治天下安用腐儒爲。

㊁疣，瘤也。《莊子》：駢拇疣贅。又：彼以生爲附贅懸疣。

㊂仲長統《昌言》：熬天下之脂膏，斲生人之骨髓。

㊃何承天詩：飲啄雖勤苦。

㊄古詩：食蕨不願餘。

四松

鶴注：此廣德二年復歸成都作。

四松初移時，大抵三尺强。别來忽三歲一作載，離立如人長㊀。會看平聲根不拔㊁，莫計枝凋傷。幽色幸一作會秀發㊂，疏柯亦一作已昂藏㊃。此見舊松無恙，喜之也。

㊀《記》：離坐離立。注：兩相麗之謂離。

㊁曹冏《六代論》：深根固蔕，不拔之道。

㊂李德林詩：鎖門皆秀發。

㊃孔稚圭《祭張長史文》：昂藏風領。

所插小藩籬㊀，本亦有隄防㊁。終然振直庚切撥比末切損㊂，得愜一作愧千葉黄㊃。敢爲故林主㊄，黎庶猶未康㊅。避賊今始歸，春草滿空堂㊆。此見藩破堂蕪，傷之也。籬間植樹，自籬經觸損，故樹亦怯於黄落。當此黎民未安，豈私戀故園乎，特以昔避亂而今復歸耳。

㊀賈誼《過秦論》：曾無藩籬之艱。

㊁《漢·刑法志》：隄防陵遲。

㈢謝惠連《祭古塚文》：以物振撥之。注：南人以觸撥爲振。
㈣蕭慤詩：渠開千葉影。庾信詩：葉黄凄序變。
㈤陸機詩：徘徊守故林。
㈥漢元帝詔：黎庶康寧。
㈦《長門賦》：悵獨託於空堂。

覽物嘆衰謝㈠，**及兹慰淒涼。清風爲**去聲**我起**㈡，**灑面若微霜**㈢。**足焉**一作以**送老資**一作姿，**聊待**一作將**偃蓋張**㈣。**我生無根蒂**一作帶㈤，**配爾**一作汝**亦茫茫。**此撫松寄興，喜而兼傷。身當衰謝之年，藉兹松間游息，將來亦堪娱老，但恐行踪無定，不能常對此松耳。

㈠《淮南子》：覽物之博。
㈡《世説》：劉尹云：「此想長松下，當有清風耳。」
㈢陸機詩：秋風夕灑面。　阮籍詩：素風發微霜。
㈣《玉策記》：千歲松如偃蓋。《抱朴子》：天陵偃蓋之松，大谷倒生之柏，皆與天齊其長，與地等其久也。
㈤陶潛詩：人生無根蒂，飄如陌上塵。

有情且賦詩，事迹可兩一作兩可**忘**㈠。**勿矜千載**上聲**後，慘澹蟠穹蒼**㈡。此以咏松作結，命意更覺高超。言我身不能常伴此松，惟有賦詩寄情，聊以遣興耳。至於千載摩蒼，亦何容預爲矜羡乎？寓意於物，而弗留意於物，可見公之曠懷矣。此章，前二段各八句。第三段亦當八句分截，喜而兼悲也。末四句，以咏松收題。

㊀《王澄别傳》：澄後事迹不逮。

㊁慘澹，蕭森之狀。　蟠穹蒼，松蓋參天也。《詩》：以念穹蒼。

申涵光曰：送老資，欲藉松作棺。無根蒂，恐年不及待，所謂歎衰謝也。

譚元春曰：前云「會看根不拔，莫計枝凋傷」，後云「我生無根柢，配爾亦茫茫」，映帶處有無限深情。中云「敢爲故林主，黎庶猶未康」，此等蘊藉，定是杜公獨步。

題桃樹

張性《演義》：此作於廣德二年再至草堂之時。　公自春末歸來，花期已過，故舒花待之來歲。末云車書一家，是時北寇平，蜀亂息，而吐蕃退矣。　朱注不解此意，謂追憶未亂以前故園桃柳者，失考。

小徑升堂舊不斜㊀，五株桃樹亦從一作重遮㊁。高秋總饋一作餧貧人實㊂，來歲還舒滿眼花。簾户每宜通乳燕㊃，兒童莫信打慈鴉㊄。寡妻群盜非今日㊅，天下車書已一作正一家㈦。桃在草堂，故堂樹並提。舊不斜，堂無恙。亦從遮，樹益高也。樹間花實，堂前鴉燕，就現前景物，寫出一番仁民愛物之意。末從草堂中想見亂而復治之象，有多少慶幸在。燕生子，鴉哺母，故皆護惜之。莫信，莫任其傷殘。非今日，今無離亂也。

㈠庾信賦：入欹斜之小徑。

㈡鮑照樂府：中庭五株桃，一株先作花。

㈢梁簡文帝詩：高秋度函谷。漢明帝詔：賦與貧人。《韓詩外傳》：夫春樹桃李，秋得食其實也。王筠詩：穠華春發彩，結實下成蹊。

㈣古詩：風簷入雙燕。鮑照詩：乳燕逐草蟲。

㈤古樂府有《莫打鴉》。《拾遺記》：俗謂烏白臆者爲慈烏。《異苑》：東陽顔烏至孝，故慈烏來萃。

㈥丁壯喪亡，寡妻因群盜所致。漢章帝詔：老母寡妻，設虛祭，飲泣淚。

㈦梁武帝詔：疆埸多阻，車書未一。《前漢·叔孫通傳》：天下爲一家。

黄生曰：此詩思深意遠，憂樂無方，寓民胞物與之懷於吟花看鳥之際，其材力雖不可强而能，其性情固可感而發。不得其性情，而膚求之字句，宜杜詩之難讀也。

杜詩有文不接而意接者，半寫題中景，半寫題外意，如《白帝城》詩「雲出門」四句，本咏雨中景象，「歸馬逸」四句，却寫亂後情事。此詩上六賦草堂景物，下二則慨歎世事，斷中有續，讀者固當善會。

水檻

鶴注：此當是廣德二年，初回草堂時作。

蒼江多風飇，雲雨晝夜飛。茅軒駕巨浪，焉於虔切**得不低垂**㊀。**遊子久在外，門户無人持**㊁。**高岸尚爲**一作如**谷**㊂，**何傷浮柱攲**㊃。此言草堂既壞，水檻亦攲。駕浪，軒臨江上也。低垂，風雨飄零也。浮柱，即指水檻。

㊀庾信《枯樹賦》：或低垂於霜露。

㊁古樂府：健婦持門户，亦勝一丈夫。

㊂《詩》：高岸爲谷，深谷爲陵。

㊃何傷，何妨也。《西京賦》：跱遊極於浮柱。注：三輔名梁爲極，作遊梁置浮柱上。

扶顛有勸誡㊀，**恐貽識者嗤。既殊大厦傾，可以一木支**㊁。**臨川視萬里，何必欄檻爲。人生感故物，慷慨有餘悲**㊂。此言欲修此檻，不忘舊物也。視修檻若扶顛，人或笑以爲迂，但一木可支，此事亦易爲力耳。臨川得以遠眺，則此檻亦可不修，然故物堪憐，何忍坐視其剥落乎。此章，上下各八句。

㈠扶顛，見《論語》。　《抱朴子》：時遊觀於勸戒。

㈡《文中子》：大厦之傾，非一木所支。

㈢《韓詩外傳》：孔子出遊少原之野，有婦人哭甚哀，問之，婦人曰：「向刈薪，亡吾著簪，是以哀。非傷亡簪，不忘故也。」

破船

鶴注：此是廣德二年再歸成都作。

平生江海心，宿昔具扁舟。豈惟清溪上，日傍去聲**柴門遊**㈠。備舟將以遠行，此憶往時。　趙注：公志在江海，豈泛清溪、傍柴門而遊乎。

㈠《杜臆》：江湖與魏闕對，是心在高隱者。江海與丘園對，是心在遠遊者。《隱逸傳》：放情江海。

蒼皇一作惶**避亂兵，緬邈懷**他本作緬懷邈。邈音莫**舊丘**㈠。**鄰人亦已非，野竹獨修修。船舷不重**平聲**扣**㈡，**埋没已經秋。仰看西飛翼**㈢，**下愧東逝流**㈣。舟破不能東遊，此記初歸。亂兵，指徐知道。舊丘，指草堂。　顧注：南鄰則朱山人，北鄰則王明府，又斛斯校書亦草堂南鄰。時斛斯融已殁，此「鄰人非」之一證也。　船已沉没，故不復扣舷。看西翼，身猶滯蜀。愧東流，不能出峽。

㈠緬邈，遠貌。謝靈運詩：緬邈區中緣。　鮑照詩：復得還舊丘。
㈡《晉書》：夏統以足扣船，而歌吴曲。《江賦》：詠采菱以扣舷。　注：舷，船脣也。
㈢王均詩：請寄西飛翼。
㈣繁欽詩：流泉東逝。

故者或可掘㈠，新者亦易音異**求。所悲數**音朔**奔竄，白屋難久留㈡。**末言船破不修之故。掘故求新，言船非難辦，特以奔走之下，屋無定居，何暇營舟乎。　此章，中間八句，首尾各四句。

㈠船去頭尾者，江南謂之掘頭船。《幽明録》：陽羨小吏吴龕，乘掘頭船過溪。
㈡《漢書注》：白屋，謂庶人以白茅覆屋者。

王嗣奭曰：新添水檻，晝乘小艇，公詩也。公初以此二者爲草堂樂事，避亂而歸，二物俱壞矣。水檻可惜，則引高岸爲谷以解之。扁舟可惜，則引鄰人亦非以解之。識見比前，較進一等矣。

奉寄高常侍　一云寄高三十五大夫

鶴曰：《舊史》：代宗即位，吐蕃陷京畿，適練兵臨吐蕃以牽制之，師出無功，而松維等州爲賊兵所陷，以嚴武代還。據此，則適爲成都尹在寶應元年夏武歸朝之後，而適代還乃在廣德二年三月也。　史又云：適代還，用爲刑部侍郎，轉散騎常侍，永泰元年正月卒。　《唐書·百官志》：門下省左散騎常侍二人，掌規諷過失，侍從顧問。

汶上相逢年頗多㊀，**飛騰無那**乃箇切。一作奈**故人何**㊁。**總戎楚蜀應**平聲**全未**㊂，**方駕**一云**價曹劉不啻過**平聲㊃。**今日朝廷須汲黯**㊄，**中原將**去聲**帥憶廉頗**㊅。**天涯春色催遲暮**㊆，**別淚遥添錦水波**㊇。此爲高適入朝，寄詩以贈之也。上四稱常侍才略，是從前事。下四惜常侍還京，是目前事。三四言才兼文武，五六言望重朝野。汶上相逢，蓋開元間相遇於齊魯也。總戎楚蜀，淮南、西川兩爲節度也。方駕曹劉，子建、公幹可與匹休也。負氣敢言，故朝須汲黯。舊將召還，故人憶廉頗。別淚遥添，闕於面送也。無那，無如適者。應全未，未盡其長。不啻過，遠過古人。天涯遲暮，遥應汶上年多。

㊀《漢書》：汶水，出泰山郡萊蕪縣原山，入泲，汶上在齊南魯北。

㊁《楚辭》：吾令鳳凰飛騰兮。顧炎武曰：六朝人多書奈爲那。《三國志注》：文欽與郭淮書曰：「所向全勝，要那後無繼何。」《宋書·劉敬宣傳》：牢之曰：「平玄之後，令我那驃騎何。」唐人詩多以無奈爲無那。

㊂薛道衡詩：朝端去總戎。

㊃《絶交論》：遒文麗藻，方駕曹王。鍾嶸《詩評》：曹劉殆文章之聖。《秦誓》：不啻若自其口出。

㊄《漢書·汲黯傳》：黯好直諫，守節死義。

㊅孔臧《格虎賦》：帥將士於中原。《史記·廉頗傳》：趙王思復得廉頗，王使使者視廉頗。

㊆《楚辭》：恐美人之遲暮。

㊇潘徽詩：離情欲寄鳥，別淚不因猿。

王嗣奭曰：高杜交契最久，故贈詩不作諛詞。總戎句，不諱其短。方駕句，獨稱其長。下文但云中原相憶，則西蜀之喪師失地，亦見於言外矣。

贈王二十四侍御契四十韻

鶴注：此是廣德二年春歸成都時作。按：朱注因元次山序文有王契姓名，遂以王契爲京兆人，奉使來蜀。今玩詩詞，公去蜀時，與王相別，及歸蜀時，又與王相遇，黄鶴以王契爲蜀人者，得之。元結所云者當另是一人。遠注：王侍御，當是罷官而居於蜀者，故詩有「客即掛冠至」、「幸各對松筠」等句。

往往雖相見㊀，**飄飄愧此身**㊁。**不關輕紱冕**㊂，**但**一作俱**是避風塵**。**一别星橋夜**㊃，**三移斗柄春**㊄。**敗亡非赤壁**㊅，**奔走爲**去聲**黄巾**㊆。此叙前後聚散之故。言昔見侍御，以避亂而來。後别侍御，以避亂而去。公棄華州司功，非輕冕紱，實避兵戈耳。自寶應元年至此已三年，時徐知道爲部下所殺，與赤壁戰敗者不同。公奔走流離，如避黄巾之亂也。

㈠《漢書・吴王傳》：往往而有。董仲舒策：王道往往而絶也。

㈡崔駰詩：飄飄神舉逞所欲。

㈢《淮南子》：飾紱冕之服。

㈣《漢書》：秦李冰造七星橋，上應七星，光武謂吴漢曰：「安軍宜在七星橋。」張正見詩：星橋轉夜流。

㈤《公羊傳注》：斗指東曰春。隋煬帝詩：更移斗柄轉。

㈥《荆州記》：蒲圻縣沿江一百里南岸名赤壁，昔周瑜破曹操處。《方輿勝覽》：赤壁在蒲圻縣西百二十里，北岸烏林，與赤壁相對。

㈦後漢鉅鹿人張角，所部有三十六萬，皆着黄巾，同日反叛。

子一作爾**去何瀟灑**㈠**，余藏異隱淪。書成無過雁**㈡**，衣故有懸鶉**㈢**。恐懼行裝數**音朔㈣**，伶俜卧疾**一云病頻㈤**。曉鶯工迸淚**㈥**，秋月解**胡買切**傷神**㈦**。**此自叙别後之事。　子去，謂侍御往京。余藏，謂避亂他適。書成句，承子去。衣故句，承余藏。行裝數，往來梓閬。卧病頻，舊有肺病。此時曉鶯聒耳，巧於動淚，秋月淒涼，知我傷心。工字解字，乃句眼。

㈠《北山移文》：瀟灑出塵之想。《世説》：謝車騎見王文叔曰：「瀟灑相遇。」

㈡陸厥詩：雁過南無書。

㈢《世説》：衣不經新，何由而故。《荀子》：子夏家貧，衣若懸鶉。朱注：《説文》：鶉，鴾屬，其羽斑而散。貧士衣象之。

㊃「恐懼行裝數」，干戈之地，非避馬則拏舟也。

㊄伶俜，失所之貌。古《猛虎行》：伶俜到他鄉。　謝靈運詩：卧疾豐暇裕。

㊅駱賓王詩：迸淚下雙流。

㊆韋黯詩：別後倍傷神。　陳師道曰：蘇公居潁，春夜對月，王夫人曰：「春月可喜，秋月使人愁耳。」公遂作詞曰：「不似秋光，只與離人照斷腸。」老杜云：「秋月解傷神。」語簡而益工。

會面嗟黧黑㊀，含悽話苦辛㊁。接輿還入楚㊂，王粲不歸秦㊃。錦里殘丹竈㊄，花溪得釣綸㊅。消一作宵**中祇自惜㊆，晚起索**色窄切**誰親㊇。**此自叙初歸之事。　會面，見成都人也。入楚，喻回蜀。歸秦，憶長安。丹竈、釣綸，舊時遺物。自惜、誰親，起下侍御。　《後漢書》：范丹別王奐曰：「今子遠適千里，會面無期。」

㊀《屈原傳》：面色黧黑。

㊁古詩：坎軻長苦辛。

㊂《列仙傳》：接輿，名陸通，楚人也。

㊃謝靈運詩序：王粲，家本秦川貴公子孫，遭亂流寓，詩曰：「整裝辭秦川，秣馬赴楚壤。」

㊄《南越志》：長沙郡瀏陽縣東有王喬山，山有合丹竈。《別賦》：守丹竈而不顧。　周弘正詩：丹竈起殘烟。

㈥《詩》：其釣維何，維絲伊緡。注：緡，綸也。

㈦《後漢·李通傳》：素有消疾。《素問》：多食數溲曰消中，即消渴也。

㈧《絶交書》：卧喜晚起。　索，求也。

伏柱聞周史㈠，**乘槎有**一作似**漢臣**㈡。**鵷**舊作鴛**鴻不易**音異**狎**㈢，**龍虎未宜馴**㈣。**客則**一作即**挂冠至**㈤，**交非傾蓋新**㈥。**由來意氣合**㈦，**直取性情真**㈧。此侍御還蜀，而重叙交情。杜史、乘槎，王曾出使。鴛鴻二句，言其不合於時。挂冠至，承上二。非傾蓋，起下二。意合、情真，言故交忘形也。

㈠王康琚詩：老聃伏柱史。

㈡乘槎，見十七卷。

㈢鴛小鴻大，兩物不倫，當作鵷鴻。《莊子》：「鵷雛發於南海，飛於北海。」此與鴻飛冥冥、舉翅摩天者正相類，若鴛鴦，人得取而狎之矣。東坡詩：「聞道鵷鴻滿臺閣，網羅應不到沙鷗。」乃用杜鵷鴻也。《隋書》：齊驅騏驥，比翼鵷鴻。

㈣趙至《與從兄書》：龍睇大野，虎嘯六合，猛氣紛紜，雄心四據。《五君詠》：龍性誰能馴。

㈤《後漢·逢萌傳》：王莽居攝，萌解冠挂東都門而去。

㈥《鄒陽傳》：白頭如新，傾蓋如故。注：傾蓋，言交蓋駐車也。

㈦司馬遷《報任安書》：意氣殷勤。

㈧《莊子》：性情不離。

浪迹同生死㈠**，無心恥賤貧**㈡**。偶然存蔗芋**㈢**，幸各對松筠**㈣**。粗飯依他日，窮愁怪此辰。女長裁褐**一作葛**穩，男大卷書勻**㈤。此王過草堂而面述己懷。浪迹以來，生死直可同觀，則貧賤更非所恥矣。蔗芋留客，同看松筠，雖粗飯亦何傷乎。但窮愁難釋者，以男女未成婚嫁耳。《杜臆》：此段曲折叙懷，具見性情之真，而客不見嫌，又見意氣之合矣。

㈠戴逵《栖林賦》：浪迹潁湄，棲景箕岑。

㈡何遜詩：坎壈猶賤貧。

㈢《蜀都賦》：瓜疇芋區，甘蔗辛薑。

㈣王融詩：松筠俱以貞。

㈤顧炎武曰：《張融傳》與從叔永書云：「世業清貧，民生多待。榛栗棗脩，女贄既長；束帛禽鳥，男禮已大。」

灡朱云當作𡽱。逋鄧切，山谷音浦懵切**口江如練**㈠**，蠶崖雪似銀**㈡**。名園當翠巘**㈢**，野棹没青蘋**㈣**。屢喜王侯宅**㈤**，時邀**一作逢**江海人**㈥**。追隨不覺晚**㈦**，款曲動彌旬**㈧**。但使芝蘭秀**㈨**，何須**一作煩**棟宇鄰**㈩**。山陽無俗物**⑪**，鄭驛正留賓**⑫。此公過導江，而侍御留飲。提𡽱口、蠶崖，王蓋導江人也。遊園，鼓棹，宅内邀賓，其窮日經旬，真契若芝蘭矣，何必比屋爲鄰乎。

《杜臆》：山陽、鄭驛，謂其不濫交而又愛客。

㈠《水經注》：李冰於都安縣堰江作堋，堋有左右口，謂之湔，堋江入郫江檢江以行舟。《寰宇記》：導江縣有都安堰。蜀人謂堰爲堋。謝朓詩：澄江静如練。

㈡《寰宇記》：蠶崖，在導江縣西北四十七里。

㈢《世説》：顧辟疆有名園。

㈣左峴曰：堋口水急，不可通舟，野棹乃泊於小溪者。《風賦》：風起於青蘋之末。

㈤王侯多第宅，本出古詩，此句王侯却指王姓，言猶李云李侯，程云程侯，不然侍御不得擬王侯也。

㈥江海人，公自謂。謝靈運詩：本是江海人。

㈦曹丕詩：冠佩相追隨。

㈧任昉詩：勞君款曲問，冒此殷勤酬。何遜詩：彌旬苦淩亂。

㈨《家語》：與善人居，如入芝蘭之室。

㈩陶潛詩：歡心孔洽，棟宇惟鄰。

⑪向秀與嵇康爲竹林之遊，作《思舊賦》云：濟黄河以泛舟兮，經山陽之舊居。俗物，見九卷。

⑫《漢書》：鄭當時，字莊，常置驛馬於長安諸郊，請謝賓客，夜以繼日。

出入並鞍馬㈠，光輝參一作忝席珍㈡。重平聲遊先主廟，更歷少去聲城闉㈢。石鏡通幽魄，琴臺隱絳脣㈣。送終惟糞土㈤，結愛獨荆榛㈥。置酒高林下㈦，觀棊積水濱。區區甘累上聲

趼古典切㈧**，稍稍息勞筋**㈨**。**此同返成都，與侍御覽勝。　並馬，同行。參席，同飲也。《杜臆》：灌縣去成都止六十里，故歸而重遊。先主廟在城南，少城闉乃西門，從西郭而入，則石鏡琴臺皆古迹也。鏡埋糞土，臺長荆榛，見死者不復生，行樂當及時矣。棋酒相隨，必侍御所攜者。甘累趼，公自謂。息勞筋，指侍御。

㈠鮑照詩：鞍馬光照地。

㈡《儒行》：儒有席上之珍。

㈢少城，即張儀城。李膺記：在大城之西，故曰少城。　《説文》：闉，城内重門也。陸系詩：别念限城闉。

㈣揚雄《蜀都賦》：眺朱顔，離絳脣。《蕪城賦》：蕙心紈質，玉貌絳脣。

㈤漢明帝詔：百姓送終之制。　《王昭君辭》：昔爲匣中玉，今爲糞上英。

㈥王筠詩：結愛久相離。　潘岳詩：荆棘成榛。

㈦鮑照詩：長霧匝高林。

㈧《莊子》：百舍重趼。　又任昉牋：累繭救宋。

㈨《孟子》：勞其筋骨。

網聚粘圓鯽，絲繁煮細蓴㈠**。長**一云慨**歌敲柳癭**于郢切㈡**，小睡憑**音並**藤輪**㈢**。農月須知課**㈣**，田家敢忘**去聲**勤**㈤**。浮生難去**上聲**食**㈥**，良會惜清晨**㈦**。**此言再飲草堂，惜農務方迫，不能久留耳。《杜臆》：草堂臨江傍溪，江有圓鯽，溪有細蓴，柳癭藤輪，堂中之器。時當農月思爲謀食計，公以力耕自任矣。

㈠朱注：《本草》：鯽魚合蓴作羹食良。又陸雲曰：千里蓴羹。

㈡申涵光曰：「長歌敲柳癭」，借用擊唾壺事，語新。朱注：癭，頸瘤也。柳癭，可爲樽。洙曰：柳癭，木之節目如疣。曹植詩：我有柳癭瓢。

㈢蔡氏以藤輪爲車輪。鮑照詩：花蔓引藤輪。今按：王洙曰：藤輪，蒲團也，以藤爲之。此説爲正。若車輪，豈可憑倚以睡乎。

㈣《後漢・秦彭傳》：每於農月，親度頃田。

㈤《前漢・楊惲傳》：田家作苦。

㈥去食，見《論語》。

㈦秦嘉詩：清晨當引邁。

列國兵戈暗，今王德教淳㈠。要聞除貘烏黠切**貐**亦主切㈡**，休作畫麒麟**㈢**。洗眼看**平聲**輕薄**㈣**，虚懷任屈伸**㈤**。莫令**平聲**膠漆地**㈥**，萬古重雷陳**㈦**。**此有感身世，而以古道交情望諸侍御也。除貘貐，勉其立功。休畫麟，戒其尸位。看輕薄，深慨世情。任屈伸，安於窮達。有侍御交誼，則雷陳不得專美於前矣。此章，八句者七段，十二句者兩段。

㈠董仲舒策：任德教而不任刑。

㊁朱注：猰貐《山海經》作窫窳，蛇身人面。《爾雅》：猰貐，類貙虎，磨牙食人，迅走。《淮南子》：堯之時，猰貐爲民害。

㊂《朝野僉載》：楊炯每目朝官爲麒麟楦，言如弄假麒麟，刻畫頭角，修飾皮毛，覆之驢上，巡場而走，及脱皮，還是驢耳。舊注引圖形麟閣事，與此無涉。

㊃隋煬帝詩：宿霧洗開明媚眼。張華詩：末世多輕薄。

㊄《易》：屈伸相感而利生焉。

㊅古詩：以膠投漆中，誰能别離此。

㊆後漢陳重與雷義同爲舉辟，更相推讓，鄉里爲之語曰：「膠漆自爲堅，不如雷與陳。」

張溍曰：排律似此卷舒收放，一一如意，具有仙氣。按：此詩八十句，有八句一斷者，有十二句一斷者。大抵語意皆自四句推之，而四句之中，上下二句，又自相呼應，此杜詩五排及五古章法也。諸家强分段落，割裂未妥。

登樓

鶴注：當是廣德二年春初歸成都之作。吐蕃去冬陷京師，郭子儀復京師，乘輿反正，故曰「朝廷終不改」，王洙謂崔旰起兵西山者非。王粲有《登樓賦》。

花近高樓傷客心㊀，萬方多難去聲此登臨㊁。錦江春色來一作水流天地㊂，玉壘浮雲變古今㊃。北極朝廷終不改㊄，西山寇盜莫相侵㊅。可憐後主還祠廟㊆，日暮聊爲《梁父甫同吟》㊇。上四登樓所見之景，賦而興也。下四登樓所感之懷，賦而比也。以天地春來，起朝廷不改，以古今雲變，起寇盜相侵，所謂興也。時郭子儀初復京師，而吐蕃又新陷三州，故有北極西山句，所謂賦也。代宗任用程元振、魚朝恩，猶後主之信黄皓，故借祠託諷，所謂比也。《梁父吟》，思得諸葛以濟世耳。傷心之故，由於多難。而多難之事，於後半發明之。其辭微婉而其意深切矣。

㊀古詩：西北有高樓。陸機詩：春芳傷客心。

㊁《書》：嗟爾萬方有衆。《詩》：王事多難。劉孝綽詩：况在登臨地。

㊂錦江，別見。梁簡文帝詩：春色映空來。

㊃《杜臆》：玉壘山在灌縣西，唐貞觀間設關於其下，乃吐蕃往來之衝。盧思道《蜀國絃》：雲浮玉壘夕，日映錦城朝。《楚辭》：憐浮雲之相徉。左思詩：荒塗横古今。

㊄《爾雅》：北極謂之北辰。遠注：終不改，所謂廟貌依然、鐘簴無恙也。

㊅顧注：廣德元年十月，吐蕃陷京師，立廣武郡王承宏爲帝。郭子儀收京，乘輿反正。是年十二月，吐蕃又陷松、維、保三州，高適不能救，西山近於維州。

㊆吴曾《漫録》：蜀先主廟，在成都錦官門外，西挾即武侯祠，東挾即後主祠。蔣堂帥蜀，以禪不能保有土宇，始去之。所謂「後主還祠廟」者，書所見以志慨也。

㈧朱瀚曰：《蜀志》：亮躬耕隴畝，好爲《梁父吟》。本傳不載吟詞，樂府所載，言二桃殺三士，其義殊鄙，何取而好吟之。且躬耕南陽而其辭則云「步出齊城門，遥望蕩陰里」，於事不合。又云力排南山，文絶地紀，語氣浮誕，豈武侯所屑道。嘗考樂府解，曾子耕太山之下，天雨雪，旬日不得歸，思其父母而作《梁父歌》，本《琴操》也。武侯早孤力耕，爲《梁甫吟》，意實本此。又陸機、沈約皆有作。一則云豐水零露，一則云秋色寒光，歎時暮而失志，正與雨雪思歸有合，益徵三士之説爲不經矣。今按：舊注以《梁父吟》爲欲去朝中讒佞，黄生謂即指登樓所詠之作，此另一説也。

王嗣奭曰：首聯寫登臨所見，意極憤懣而詞猶未露，此詩家急來緩受之法。錦江玉壘二句，俯視弘濶，氣籠宇宙，人競賞之，而佳不在是，止作過脈語耳。北極朝廷，如錦江春色，萬古常新，而西山寇盜，如玉壘浮雲，倏起倏滅。結語忽入後主，深思多難之故，無從發洩，而借後主以洩之。又及《梁甫吟》，傷當國無諸葛也，而自傷不用亦在其中。不然，登樓對花，何反作傷心之歎哉。

朱瀚曰：俯視江流，仰觀山色，矯首而北，矯首而西，切登樓情事。又矯首以望荒祠，因念及卧龍一段忠勤，有功於後主，傷今無是人，以致三朝鼎沸，寇盜頻仍，遂徬徨徙倚，至於日暮，猶爲《梁父吟》，而不忍下樓，其自負亦可見矣。

申涵光曰：北極、西山二語，可抵一篇《王命論》。

葉夢得《石林詩話》：七言難於氣象雄渾，句中有力，而紆徐不失言外之意。自老杜「錦江春色來天地，玉壘浮雲變古今」，與「五更鼓角聲悲壯，三峽星河影動摇」等句之後，常恨無復繼者。韓退之筆力最爲傑出，然每苦意與語俱盡。《賀裴晉公破蔡州回》詩「將軍舊壓三司貴，相國新兼五等崇」，非不壯也，然意亦盡於此矣。不若劉禹錫《賀晉公留守東都》云「天子旌旗分一半，八方風雨會中州」，語遠而體大也。

寄邛音窮州崔録事

鶴注：此當是廣德二年歸草堂時作。　邵注：邛州，即今四川嘉定府邛縣。

邛州崔録事，聞在果園坊㈠。久待無消息，終朝有底忙。應平聲**愁江樹遠㈡，怯見野亭荒㈢。浩蕩風塵**一作烟**際，誰知酒熟香。**《杜臆》：崔與公必素狎，故憾其不至，而半謔半嘲如此。應愁、怯見，俱用倒跌語。束句譏其奔走風塵，而不知酒熟之香，誠俗物也。

㈠果園坊，在成都。

㈡江樹、野亭，即草堂。謝朓詩：江樹雲中看。

㈢謝惠連詩：飲餞野亭館。

王録事許修草堂貲不到聊小詰

梁氏編在廣德二年。

爲去聲**瞋**舊作嗔**王録事**㈠**，不寄草堂貲。昨屬**子六切**愁春雨**㈡**，能忘欲漏時。**此以短章代手札。嗔録事，乃戲詞。下二句作詰詞，謂既愁我雨，豈遂忘我漏乎。

㈠方氏《通雅》：嗔，音田，盛氣也。《五經文字》云：振旅嗔嗔。至唐尚如此，今俗則爲嗔嫌字矣。按：少陵用嗔字，多作瞋怒之瞋，如「愼莫近前丞相瞋」，亦然。瞋，音稱人切。

㈡屬，適也。

歸雁

此自梓州還成都時作。

東來千里客，亂定一作走**幾年歸。腸斷江城雁，高高正**一作向**北飛**㈠。此是託物以寓意。東來客，赴成都。幾年歸，念長安。見江雁北飛，故鄉思彌切耳。

㊀謝靈運詩：高高入雲霓。

絶句二首

鶴注：當是廣德二年成都作。

遲日江山麗，春風花草香。泥融飛燕子，沙煖睡鴛鴦。 此章言春景可樂。 摹寫春景，極其工秀，而出語渾成，妙入化工矣。 麗字、香字，眼在句底。 融字、煖字，眼在句腰。

楊慎謂絶句者，一句一絶，起於《四時詠》「春水滿四澤，夏雲多奇峰，秋月揚明輝，冬嶺秀孤松」，是也。今按：此詩一章而四時皆備。又吴均詩云：「山際見來烟，竹中窺落日，鳥向簷上飛，雲從窗裏出。」是一時而四景皆列。杜詩「遲日江山麗，春風花草香」四句似之。王半山詩：「日净山如染，風暄草欲薰，梅殘數點雪，麥漲一溪雲。」又從此詩脱胎耳。

羅大經《鶴林玉露》云：杜詩「遲日江山麗」四句，或謂此與兒童之屬對何異。余曰：不。上二句，見兩間無非生意。下二句，見萬物莫不適情。於此而涵泳之，體認之，豈不足以感發吾心之真樂乎。大抵古人好詩，在人如何看，在人把做如何用，如「水流心不競，雲在意俱遲」，又「野色更無山隔斷，天光直與水相通」，「樂意相關禽對語，生香不斷樹交花」等句，只把做景物看亦可，把做道理看，其中亦儘有可玩索處。大抵看詩，要胸次玲瓏活絡。

此詩皆對語，似律詩中幅，何以見起承轉闔？曰：江山麗而花草生香，從氣化説向物情，此即一起一承也。下從花草説到飛禽，便是轉折處，而鴛燕却與江山相應，此又是收闔法也。范元實《詩眼》曾細辨之。

其二

江碧鳥逾白㊀，山青花欲燃㊁。今春看平聲**又過，何日是歸年㊂。**

注：江山花鳥，著眼易過，身在他鄉，歸去無期，所觸皆成愁思矣。前首全屬詠景，此則對景言情。前是截五律中四，此是截五律下四。次章言春過可憂。　周甸

㊀謝朓詩「黄鳥度青枝」，不如杜句「江碧鳥逾白」，尤爲醒豁。

㊁何遜詩：天暮遠山青。　梁元帝詩：林間花欲然。　庾信詩：山花焰欲燃。

㊂陸機詩：我行無歸年。

五言絶句，始於漢魏樂府，六朝漸繁，而唐人尤盛。大約散起散結者，一氣流注，自成首尾，此正法也。若四句皆對，似律詩中聯，則不見首尾呼應之妙。必如王勃《贈李十四》詩：「亂竹開三徑，飛花滿四鄰。從來揚子宅，别有尚玄人。」岑參《登鸛雀樓》詩：「白日依山盡，黄河入海流。欲窮千里目，更上一層樓。」錢起《江行》詩：「兵火有餘燼，貧村纔數家。無人争曉渡，殘月下寒沙。」令狐楚《從軍》詩：「胡風千里驚，漢月五更明。縱有還家夢，猶聞出塞聲。」已上數詩，皆語對而意流，四句自成起訖，真佳作也。若少陵《武侯廟》詩：「遺廟丹青落，空山草木長。猶聞辭後主，不復卧南陽。」其氣象雄偉，詞旨剴

切，則又高出諸公矣。莫謂「遲日」一首，但似學堂對句也。至於對起散結者，如盧僎《南樓望》詩：「去國三巴遠，登樓萬里春。傷心江上客，不是故鄉人。」李白《獨坐敬亭山》詩：「衆鳥高飛盡，孤雲獨去閑。相看兩不厭，只有敬亭山。」柳宗元《江雪》詩：「千山鳥飛絶，萬徑人蹤滅。孤舟簑笠翁，獨釣寒江雪。」又有散起對結者，如駱賓王《易水送別》詩：「此地別燕丹，壯士髮衝冠。昔時人已没，今日水猶寒。」宋之問《別杜審言》詩：「卧病人事絶，嗟君萬里行。河橋不相送，江樹遠含情。」孟浩然《宿建德江》詩：「移舟泊烟渚，日暮客愁新。野曠天低樹，江清月照人。」杜詩如：「江碧鳥逾白，山青花欲然。今春看又過，何日是歸年。」此即雙起單結體也。如：「江上亦秋色，火雲終不移。巫山猶錦樹，南國且黄鸝。」此即單起雙結體也。又有四句似對非對，而特見高古者，如裴迪《孟城坳》詩：「結廬古城下，時登古城上。古城非疇昔，今人自來往。」太上隱者《答人》詩：「偶來松樹下，高枕石頭眠。山中無曆日，寒盡不知年。」則又脱盡蹊徑矣。杜詩如：「萬國尚戎馬，故園今若何。昔歸相識少，早已戰場多。」此散對渾成之作也。

寄司馬山人十二韻

鶴注：此當是廣德二年歸成都時作。

關内昔分袂㈠，天邊今轉蓬㈡。驅馳不可説㈢，談笑偶然同㈣。首叙聚散交情。關内，指長安。天邊，指成都。

㊀謝惠連詩：分袂澄湖陰。

㊁曹植詩：轉蓬離本根。

㊂《七發》：驅馳當世。

㊃古詩：談笑未及竟。

道術曾音層**留意**㊀，**先生早擊蒙**㊁。**家家迎薊子**㊂，**處處識壺公**㊃。**長嘯峨嵋北，潛行玉壘東**㊄。**有時騎猛虎**㊅，**虛室使仙童**㊆。此叙山人行迹。上四憶在京時，下四記在蜀時。留意，公自謂。擊蒙，欲受教也。薊子二句，比山人道高。騎虎二句，稱山人法大。

㊀《史記·日者傳》：觀大夫類有道術者。《述異傳》：荀環好道術，潛棲却粒。

㊁《易·蒙卦》上爻：擊蒙。

㊂薊子訓，注見一卷及十二卷。

㊃《後漢·方術傳》：費長房爲市吏，有賣藥老翁懸一壺於肆，市罷輒跳入壺中。長房異之，因往再拜，同入此壺。

㊄《江賦》：峨嵋爲泉陽之揭，玉壘作東别之標。曾曰：峨嵋山在嘉州，玉壘山在茂州。

㊅《洞冥記》：東方朔出遇蒼虎息於道旁，朔便騎虎而還，扞捶過痛，虎嚙之，脚傷。《列仙傳》：葛仙公，能乘虎使鬼。

㊆《莊子》：虚室生白。《雲笈七籤》：守元丹十八年，詣上清宫，受書佩符，役使玉童玉女各十八人。蘇彦詩：仙童唱清道。

髮少何勞白，顔衰肯更紅㊀。**望雲悲轗軻**㊁，**畢景**音影**羨冲融**㊂。**喪**去聲**亂形仍役**㊃，**凄涼信不通**。**懸旌要路口**㊄，**倚劍短亭中**㊅。此自叙情事。上四衰老之歎，下四飄流之感。望雲霄，則悲己淪落。當暮景，則羨彼冲和。杜修可曰：懸旌倚劍，屯戍之兵尚在也，此承喪亂言。

㊀宋人詩話：白樂天云「醉貌如霜葉，雖紅不是春」，東坡云「兒童誤喜朱顔在，一笑那知是酒紅」，鄭谷云「衰鬢霜供白，愁顔酒借紅」，陳後山云「髮短愁催白，顔衰酒借紅」，皆脱化於杜。

㊁陶潛詩：望雲慚飛鳥。吴注：《北史》：元樹奔南，每見嵩山白雲，未嘗不引領歔欷。

㊂鮑照詩：畢景逐前儔。《南史》：殷臻，幼有名行，每造袁粲、褚彦回之席，輒清言畢景。《海賦》：冲融滉瀁。

㊃《歸去來辭》：既自以身爲形役。

㊄《史記·蘇秦傳》：心摇摇如懸旌，而無所終薄。《漢·陳湯傳》：懸旌萬里之外。

㊅宋玉《大言》：長劍倚天外。《六帖》：十里一長亭，五里一短亭。

永作殊方客，殘生一老翁。**相哀骨可换**㊀，**亦遣馭清風**㊁。此望山人指授也。上文賓主分列，此處主賓合收，章法秩然。此章，首尾各四句，中二段各八句。

㊀《漢武内傳》：一年易氣，二年易血，三年易精，四年易脈，五年易髓，六年易骨，七年易筋，八年易

髮，九年易形。

㊁《莊子》：列子御風而行，泠然善也。

黄河二首

鮑欽止曰：此爲吐蕃入寇而作。舊注謂禄山河北事，非也。黄鶴依此編在廣德二年。

黄河北岸海西軍㊀，椎鼓鳴鐘天下聞。鐵馬長鳴不知一作如**數，胡人高鼻動成群㊁。**此嘆當時戍兵甚衆，不能制吐蕃之横行。鐵馬，指胡騎。

㊀朱注：河水經自于闐、疏勒而東，逕金城允吾縣北。酈道元云：王莽之西海也，莽納西零之獻以爲西海郡，治此城。闞駰曰：縣西有卑禾羌海，世謂之青海，唐時其城陷於吐蕃，故此云海西軍。或引史寶應元年回紇可汗屯河北，雍王率僚屬往見之以證此詩，不知回紇地直朔方，不得云海西軍也。鮑欽止注指吐蕃入寇。仍以此説爲正。

㊁《晉中興書》：冉閔殺石鑒及諸番，於時高鼻多鬚者無不濫死。李陵《報蘇武書》：吟嘯成群，聽之不覺淚下。

其二

黄河南一作北，一作西**岸是吾**一作故**蜀，欲須供給家無粟。願驅衆庶戴君王，混一車書棄金**

玉㊀。此歎蜀人迫於軍餉，故願太平以紓民困。指塞外之黄河，故云南岸是。唐運道之黄河在於中州。《杜詩博議》：唐運道俱仰黄河，獨蜀僻在西南，河漕不通，西山三城糧運屢絶，故有供給無粟之歎。此亦爲吐蕃入寇而作。

㊀趙注：棄金玉，言毋奢侈，如傳言不寶金玉之義。

揚旗

原注：二年夏六月，成都尹嚴公置酒公堂，觀騎士，試新旗幟。

鶴注：當是廣德二年夏在幕府中作。吐蕃陷松、維、保三州，在去年十二月。《後漢·陳蕃傳》：揚旗曜武。

江風一作風雨**颯長夏**㊀**，府中有餘清。我公會賓客，肅肅有異聲**㊁**。初筵閲軍裝**㊂**，羅列照廣庭**㊃**。庭空六**一作四**馬入**㊄**，駊**布可切**騀**五可切**揚旗**一作旆**旌**㊅**。**首叙嚴公會客觀旗。異聲，謂治軍有名。

㊀沈佺期詩：坐看長夏晚。

㊁陶潛詩：肅肅其風。

㊂《詩》：賓之初筵。

㊃古詩：羅列自成行。　何敬祖詩：廣庭發暉素。

㊄《書》：「凛乎若朽索之馭六馬。」節度使何以有六馬，前《冬狩行》云「使君五馬一馬驄」，亦是一證。按《毛詩》：「良馬六之。」則大夫亦可言六馬矣。《韓非子》：夫獵者託車輿之安，用六馬之足。

㊅《説文》：駊騀，馬摇頭也。《甘泉賦》：崇丘陵之駊騀兮。

迴迴偃飛蓋㊀，熠熠迸流星㊁。來衝一作纏**風飇急，去擘山嶽傾。材歸俯身盡㊂，妙取略地平㊃。虹蜺就掌握㊄，舒卷隨人輕㊅。**此備寫揚旗之狀。　吴論：其迴轉處如飛蓋偃仰，其飄忽處如流星迸落，其乍來也如風馳之急，其倏倒也如山勢之傾。言其奇妙則馬上俯身，而旗尾略地；其其輕捷如虹蜺在握，而舒卷隨人。

㈠劉楨詩：迴迴目昏亂。　曹植詩：飛蓋相追隨。

㈡張華詩：熠熠宵流。　《羽獵賦》：曳彗星之飛旗。　石苞書：旌旗流星。

㈢曹植詩：俯身散馬蹄。

㈣《漢書》：無戰而略地。　傅玄《西都賦》：奏新聲，理秘舞。飇迴風，轉流采。　《記》：揔干而山立。

㈤《羽獵賦》：虹蜺爲繯。注：繯，旗上繫也。　掌握，見下章。

㈥江總《陳宣帝哀策文》：曳蛇旗之舒卷。

三州陷犬戎㊀，但見西嶺青。公來練猛士㊁，欲奪天邊城。此堂不易音異升㊂，庸蜀日已寧㊃。吾徒且加餐㊄，休適蠻與荆㊅。末望嚴公恢境安民。鶴曰：練士奪城謂欲攻吐蕃，是年九月，武果敗之。「此堂不易升」，言任大責重也。庸蜀日寧，則克勝此任矣。此章三段，各八句。

㊀柳芳《唐曆》：廣德元年，運糧絶，吐蕃陷松、維、保三州。《周語》：穆王將征犬戎。

㊁《大風歌》：安得猛士兮守四方。

㊂相如《琴歌》：何悟今夕兮升斯堂。

㊃《牧誓》：及庸蜀羌髳。《十道志》：夔州，古庸國。又《公孫述傳》：王岑殺王莽庸部牧，以應宗成。注：王莽改益州爲庸部。

㊄古詩：上言加餐飯。

㊅王粲《七哀》詩：復棄中國去，遠身適荆蠻。

絶句六首

鶴注：此當是廣德二年復歸草堂時作。

日出籬東水，雲生舍北泥。竹高鳴翡翠，沙僻舞鵾一作鶤雞㊀。首章，積雨初晴之景。惟積雨，故日照水，雲映泥。惟初晴，故翡翠鳴，鶤雞舞。日出雲生，微讀。

㊀《爾雅翼》：鶤雞似鶴，黄白色，長頸赤喙。公孫乘《月賦》：昆雞舞於蘭渚。

其二

藹藹花蕊亂，飛飛蜂蝶多。幽棲身懶動，客至欲如何。次章，幽居自適之情。花蕊蜂蝶，乘春而動。閒中玩物，故客至懶迎。《杜臆》：身懶如此，客將何求於我乎。蓋閱盡世情，而有息交之意矣。

其三

鑿井交椶葉㊀，開渠斷竹根。扁舟輕褭纜，小徑曲通村。三章，見井渠而起詠。井在椶下，故棄交加。渠在竹旁，故根斷截。此屬内景，下二則外景也。《杜臆》：有井有渠，草堂所需略具，蓋爲久居計矣。

㊀吴若本注：交椶，作井綆也。趙曰：蜀有鹽井，雨露之水落其中則壞，新鑿井時即交椶葉以覆之。按：二説皆非，汲綆用椶毛，不用椶葉。此井在村中，於鹽井無涉。《莊子》：鑿井而飲。

其四

急雨捎溪足，斜暉轉樹腰。隔巢黄鳥並㊀，翻藻白魚跳㊁。四章，倏雨倏晴之景。捎溪足，雨勢掠過也。轉樹腰，日影横穿也。鳥並承樹，魚跳承溪。

㈠《詩》：交交黄鳥。

㈡古史：白魚入舟。

其五

舍下筍穿壁，庭中藤刺七亦切。一作到簷。地晴絲冉冉，江白草纖纖。五章，草堂春日之景。筍穿壁，籐刺簷，此近景。絲冉冉，草纖纖，此遠景。《杜臆》：此詩具見幽致。

其六

江動月移石，溪虛雲傍去聲花。鳥棲知故道，帆過宿誰家。六章，江溪春夜之景。江動月翻，恍如移石而去。溪虛雲度，隱然傍花而迷。寫景俱在空際。鳥歸溪畔，帆迅江流，二句分承，而意則有感，見客帆之不如棲鳥也。

王嗣奭曰：公奔竄既久，初歸草堂，凡目之所見，景之所觸，情之所感，皆掇拾成詩，猶之漫興也。

絶句四首

此依朱本與前詩連編，舊在永泰元年者非。是年四月，嚴武方卒，公行出蜀矣。

堂西長筍別開門，塹北行音杭椒却背音佩村㈠。梅熟許同朱老喫，松高擬對阮生論平聲。

首章，咏園中夏景。別開門，恐踏笋也。却背村，爲塹隔也。朱老、阮生，俱成都人。黄希曰：朱老，當是南鄰朱山人。阮生，豈指阮隱居耶。阮居秦州，故云擬對。

㊀行椒，椒之成行者。《懷舊賦》：列列行椒。

其二

欲作魚梁雲覆一作復湍，因驚四月雨聲寒。青溪先去聲有蛟龍窟，竹石如山不敢安㊀。次章，爲魚梁而賦也。趙曰：作魚梁，須劈竹沉石，横截中流，以爲聚魚之區。因溪有蛟龍，時興雲雨，公故不敢冒險以取利。

㊀漢武帝《瓠子歌》：隤林竹兮楗石菑，宣房塞兮萬福來。

其三

兩箇黄鸝鳴翠柳，一行音杭白鷺上上聲青天。窗含西嶺千秋雪，門泊東吴萬里船㊀。三章，咏溪前諸景。此皆指現前所見，而近遠兼舉。

㊀范成大《吴船録》：蜀人入吴者，皆從合江亭登舟，其西則萬里橋。杜詩「門泊東吴萬里船」，此橋正爲吴人設。

其四

藥條藥一作菜甲潤青青，色過椶亭入草亭。苗滿空山慚取譽，根居隙地怯成形㊀。四章，爲藥圃而賦也。 種藥在兩亭之間，故青色疊映。彼苗長荒山者，不能遍識其名。此隙地所栽者，又恐日淺未及成形耳。《杜臆》：公常多病，所至必種藥，故有「種藥扶衰病」之句。有條有甲，見種藥多品。

㈠吴論：成形，如人參成人形，茯苓成禽獸形之類。

楊慎曰：絶句四句皆對，少陵「兩箇黄鸝鳴翠柳」是也。然不相連屬，即是律中四句耳。唐絶萬首，如韋蘇州「踏閣攀林恨不同，楚雲滄海思無窮。數家砧杵秋山下，一郡荆榛寒雨中」，又劉長卿「寂寂孤鶯啼杏園，寥寥一犬吠桃源。落花芳草無尋處，萬壑千峰獨閉門」，二首絶妙。蓋字句雖對，而意則一貫也。其餘如李嶠《送司馬承禎還山》云：「蓬閣桃源兩地分，人間海上不相聞。一朝琴裏悲黄鶴，何日山頭望白雲。」又柳中庸《征人怨》云：「歲歲金河復玉關，朝朝馬策與刀鐶。三春白雪歸青塚，萬里黄河繞黑山。」又周朴《邊塞曲》云：「一隊風來一隊沙，有人行處没人家。黄河九曲冰先合，紫塞三春不見花。」斯亦其次也。

升菴所引，此一體也。唐人諸法畢備，皆當參考，以取衆家之長。凡絶句散起散結者，乃截律詩首尾，如李白《春夜洛城聞笛》云「誰家玉笛暗飛聲，散入春風花滿城。此夜曲中聞折柳，何人不起故園情」，張繼《楓橋夜泊》云「月落烏啼霜滿天，江楓漁火對愁眠。姑蘇城外寒山寺，夜半鐘聲到客船」，是也。有對起對結者，乃截律詩中四句，如張仲素《漢苑行》云「回雁高飛太液池，新花低發上林枝。年光到處皆堪賞，春色人間總未知」，王烈《塞上曲》云「紅顔歲歲老金微，砂磧年年卧鐵衣。白草城中春不入，黄花戍上雁長飛」。有似對非對者，如張祐《胡渭州》云「亭亭孤月照行舟，寂寂長江萬里流。鄉國不知何處是，雲山漫漫使人愁」，張敬忠《邊詞》云「五原春色舊來遲，二月垂楊未掛絲。即今河畔冰開日，正是長安花發時」，是也。有散起對結者，乃截律詩上四句，如李白《上皇西巡歌》云「誰道君王行路難，六龍西幸萬人歡。地轉錦江成渭水，天迴玉壘作長安」，李華《春行寄興》云「宜陽城下草萋萋，澗水東流復向西。芳草無人花自落，春山一路鳥空啼」。有對起散結者，乃截律詩下四句，如李白《東魯門泛舟》云「日落沙明天倒開，波摇石動水縈迴。輕舟泛月尋溪轉，疑是山陰雪後來」，雍陶《韋處士郊居》云「滿庭詩景飄紅葉，繞砌琴聲滴暗泉。門外晚晴秋色老，萬條寒玉一溪烟」，是也。有全首聲律謹嚴不爽一字者，如白居易《竹枝詞》云「瞿塘峽口冷烟低，白帝城頭月向西。唱到竹枝聲咽處，寒猿晴鳥一時啼」，賈島《渡桑乾》云「客舍并州已十霜，歸心日夜憶咸陽。無端更渡桑乾水，却望并州是故鄉」。有平仄不諧而近於七古者，如李白《山中問答》云「問余何意棲碧山，笑而不答心自閒。桃花流水杳然去，別有天地非人間」，韋應物《滁州西澗》云「獨憐幽草澗邊生，上有黄鸝深樹鳴。春潮帶雨晚來急，野渡無人舟自横」。有平仄未諧而并拈仄韻者，如君山老父閒吟云「湘中老人讀黄老，手援紫藟坐碧草。春至不知湖水深，日暮忘却巴陵道」，李洞《繡嶺宫》云「春草萋萋春水緑，野棠開盡飄香玉。繡嶺宫前鶴髮翁，猶唱開元太平曲。」有首句不拈韻脚，而以仄對平者，如王維《九日憶兄弟》云「獨在異鄉爲異客，每逢佳節倍思親。遥知兄弟登高處，徧插茱萸少一人」，《戲題盤石》云「可憐盤石臨泉水，復有垂楊拂酒杯。若道春風不解意，何因吹送落花來」。

寄李十四員外布十二韻原注：新除司議郎兼萬州别駕，雖尚伏枕，已聞理裝。

黄鶴編在廣德二年成都詩内，以後段小徑摘蔬證之，良是。《杜臆》：員外，必布之原官。

《唐書》：萬州南浦郡，屬山南東道。

名參漢望苑㊀，職述景題輿㊁。巫峽將之郡，荆門好附書。遠行無自苦，内熱比毗至切**何如㊂。正是炎天濶，那堪野館疏。黄牛平駕浪㊃，畫鷁上**上聲**凌虚。試待盤渦歇，方期解纜初㊄。**此從李叙起，戒其毋觸暑冒險而行。望苑切司議，題輿切别駕，李經巫峽，與荆門接壤矣。内熱，李方伏枕。野館，李寓之所。駕浪凌虚，言水勢可畏，故囑其從容而解纜。

㊀《漢書》：戾太子冠，武帝爲立博望苑，使通賓客。唐制：司議郎，東宫官屬，故用之。

㊁謝承《後漢書》：周景爲豫州刺史，辟陳蕃爲别駕，不就。景題别駕輿曰「陳仲舉座也」，不更辟。蕃惶恐，起視職。職述，謂能傚古人之職。

㊂《莊子》：我其内熱與。

㊃郭璞詩：高浪駕蓬萊。

㊄江淹詩：解纜候前侶。

閟能過平聲**小徑，自**一作日**爲**去聲**摘嘉蔬**㈠。**渚柳元幽僻，村花不掃除。宿陰繁素柰**㈡，**過雨亂紅蕖**㈢。**寂寂夏先晚，泠泠風有餘**㈣。**江清心可瑩**去聲㈤，**竹冷髮堪**一作宜**梳。直作移巾几，秋帆發敝廬**㈥。此邀李過廬，欲俟秋涼水落而後之官也。花、柳、蕖、柰皆園中品物。晚際迎風，瑩心梳髮，可蘇内熱之病矣。移巾几，攜裝而來。秋帆發，解纜而行。此章兩段，各十二句。

㈠陶潛詩：願言酌春酒，摘我園中蔬。

㈡左思賦：朱櫻春熟，素柰夏成。

㈢梁簡文帝詩：紅蕖間素瑣。

㈣列子云：禦風而行，泠然善也。

㈤左思詩：聊可瑩心神。

㈥《左傳》：張趯謂太叔曰：「自子之歸也，小人掃除先人敝廬。」

黄鶴謂是成都所作。考公詩「小徑升堂舊不斜」，又詩「自鋤新菜甲，小摘爲情親」，皆屬草堂内事。若江陵以後，日在舟中，安得有花柳素柰、紅蕖冷竹諸佳勝乎。朱氏從草堂本編入大曆四年之夏，蓋疑荆門在萬州之下，公在成都，無由至此附書。又以「畫鷁上凌虚」謂是泝流而上，以至萬州。今按：巫峽漸近荆門，故公欲附書到荆，其云駕浪凌虚，不過形容水漲船高，非謂逆流而上也，還依舊編爲是。

軍中醉歌寄沈八劉叟

單復編在廣德二年之夏，時在嚴武幕中也。　顧注：《文苑英華》載暢當作。　黄伯愚編爲少陵詩。　黄山谷在蜀道見古石刻有唐人詩，以老杜「酒渴愛清江」爲韻。

酒渴愛江清㈠**，餘酣**一作甘**漱晚汀。軟沙欹坐穩，冷石醉眠醒。野膳隨行帳**㈡**，華音發從**去聲**伶**㈢**。數杯君不見**㈣**，都**一作醉**已遣沉冥**㈤**。**　此詩不樂居幕府而作也。上四言草堂醉後，有倘佯自得之興。下四言軍中陪宴，非豪飲暢意之時。　沈劉蓋草堂同飲者，故寄詩以見意。　《杜臆》以此章爲倒叙，從既醉已後，遡軍中初飲之事。但飲只數杯，何至酒渴而漱，坐眠方醒乎，首尾不相合矣。又盧注謂座中不見兩君，故數杯便覺沉冥，此説亦非，軍中設宴，原非幽人同席，何必以不見爲悵耶。此須依《杜臆》作十字句，言數杯之後，君不見我沉冥乎。

㈠《世説》：劉伶病酒，渴甚。

㈡庾信詩：野膳唯藜藿。

㈢華音，謂奏中華之音，見與巴渝之調不同。

㈣庾信詩：數杯還已醉。

㊄《揚子法言》：蜀莊沉冥。李軌注：沉冥，猶玄寂，泯然無迹之貌。《世説》：王右軍曰：「古之沉冥，何以過此。」

丹青引 贈曹將軍霸

黄鶴編在廣德二年成都詩内。《吴都賦》：丹青圖其像。

將軍魏武之子孫㊀，於今爲庶爲清門㊁。英雄割據雖一作皆已矣㊂，文采風流今一作猶尚存㊃。學書初學衛夫人㊄，但恨無晉作未過王右軍㊅。丹青不知老將至，富貴於我如浮雲㊆。首叙曹霸家世及書畫能事。英雄割據，謂魏武霸業。文采風流，似孟德父子。《杜臆》：其舍書而工畫，同能不如獨勝也。丹青二句，言其用力精而志不分。

㊀《魏志》：太祖武皇帝，沛國譙人，姓曹名操，漢曹參之後。

㊁《左傳》：三后之姓，於今爲庶。明皇末年，霸得罪，削籍爲庶人。

㊂《人物志》：獸之特者爲雄，草之秀者爲英。《漢書序傳》：割據山河，保此懷民。申涵光曰：公於昭烈、武侯，皆極推尊，此於魏武，只以割據已矣一語輕述，便見正閏低昂。

㊃司馬遷《報任少卿書》：文采不彰於後世。《後漢·樊英傳》：世之所謂名士者，其風流可知矣。

㊄錢箋：張懷瓘《書斷》：衛夫人，名鑠，字茂猗，廷尉展之女弟，恒之從女，汝陰太守李矩之妻也。隸書尤善，規矩鍾公，右軍少嘗師之。永和五年卒。子充爲中書郎，亦工書。

㊅《書史會要》：王曠，導從弟，與衛世爲中表，故得蔡邕書法於衛夫人，授子羲之。《晉書》：王羲之，字逸少，起家秘書郎，後爲右軍將軍。《書斷》：篆、籀、八分、隸書、章草、飛白、行書、草書，通謂之八體，惟王右軍兼工。

㊆江淹詩：富貴如浮雲。　公詩用「當暑」、「去食」、「老將至」、「如浮雲」，此善用經語者。

開元之中一作年**常引見**㈠，**承恩數**色角切**上**上聲**南薰殿**㈡。**凌烟功臣少顔色**㈢，**將軍下**去聲**筆開生面**㈣。**良相**去聲**頭上進賢冠**㈤，**猛將**去聲**腰間大羽箭**㈥。**褒公鄂公毛髮動**㈦，**英姿颯爽**一作颯颯**猶**樊作猶，一作來**酣戰**㈧。此記其善於寫真。少顔色，舊跡將滅。開生面，新像重摹也。　黄注：於功臣但言褒鄂，舉二公以見其餘，想畫此尤生動耳。

㈠《漢書·王商傳》：引見白虎殿。

㈡徐陵詩：承恩預下席。　南薰殿，取古歌「南風之薰兮」。《長安志》：南内興慶宫内正殿曰興慶殿，前有瀛洲門，内有南薰殿，北有龍池。

㈢《唐書》：貞觀十七年二月，圖功臣於凌烟閣。《兩京記》：太極宫中有凌烟閣，在凝陰殿南，功臣閣在凌烟閣南。《五代會要》：凌烟閣，在西内三清殿側，畫像皆北向，閣有隔，隔内北面寫功高宰輔，南面寫功高侯王，隔外次第圖畫功臣題贊。

㈣《漢書·賈捐之傳》：君房下筆，語言妙天下。《左傳》：狄人歸先軫之元而面如生。《南史·王琳傳》：回腸疾首，切猶生之面。《通鑑》：魏文侯謂李克曰：「家貧思賢妻，國亂思良相。」

㈤《後漢·輿服志》：進賢冠，古緇布冠也，文儒者之服。《唐書》：百官朝服，皆進賢冠。《舊書》：武德中制有爵弁、遠遊、進賢、武弁、獬豸諸冠。

㈥李陵書：猛將如雲，謀臣如雨。《酉陽雜俎》：太宗好用四羽大笴長箭，嘗一抉射洞門闔。

㈦《舊書》：凌烟功臣李靖等二十四人，開府儀同三司、鄂國公尉遲敬德第七，故輔國大將軍、揚州都督、褒國忠壯公段志元第十。《淮南子》：疾風拔木，而不能拔毛髮。

㈧《後漢·馬援傳論》：英姿茂績，委而不用。《韓非子》：楚師酣戰之時。

先帝御一作天**馬玉花驄，畫工如山貌**莫角切，後同**不同**㈠。**是日牽來赤墀下**㈡，**迥**郭作迥，一作敻**立閶闔生長風**㈢。**詔謂將軍拂絹素，意匠慘澹經營中**㈣。**須臾九重**平聲**真龍出**㈤，**一洗萬古凡馬空**㈥。　此記其畫馬神駿。　生長風，御馬飛動。　真龍出，畫馬工肖也。　《杜臆》：迥立生風，已奪天馬之神，而慘澹經營，又撰出良工心苦。

㈠《詩》：如山如河。　楊慎曰：《莊子》：人貌而天。《史記·郭解贊》：人貌榮名。　沈約詩：如嬌如怨貌不同。

㈡劉孝標《運命篇》：時在赤墀之下。

㈢《淮南子》：排閶闔。《文選注》：紫微宮門，名曰閶闔。　陸機詩：長風萬里舉。

㊃《文賦》：意司契而爲匠。《歷代畫品》：畫有六法，五曰經營位置。古樂府：不知理何事，淺立經營中。

㊄《淮南子》：須臾之間，俛人之頸。《楚辭》：君之門以九重。注：天子有九門，謂關門、遠郊門、近郊門、城門、皋門、雉門、應門、庫門、路門也。王充《論衡》：楚葉公好龍，牆壁盂樽皆畫龍，真龍聞而下之。

㊅《抱朴子》：凡馬野鷹，本實一類。

玉花却在御榻上，榻上庭前屹相向。至尊含笑催賜金㊀，圉人太僕皆惆悵㊁。弟子韓幹早入室㊂，亦能畫馬窮殊相去聲。《英華》作狀㊃。**幹惟畫肉不畫骨，忍使驊騮氣凋喪**去聲㊄。

此申言畫馬貴重，名手無能及者。榻上畫馬，庭前御馬，彼此交映，故云「屹相向」。《杜臆》：於立曰迥，於相向曰屹，便見馬骨之奇。又得韓幹一轉，然後意足而氣完。幹能入室窮殊相，亦非凡手，特借賓形主，故語帶抑揚耳。

㊀相如《難蜀父老文》：奉至尊之休德。劉琨詩：含笑酒罏前。

㊁申涵光曰：「圉人太僕皆惆悵」，訝其畫之似真耳，非妬其賜金也。《周禮》：圉人，掌養馬芻牧之事，以役圉師。《漢書·百官表》：太僕，秦官，掌輿馬。朱注：太僕，馬官。圉人，廝養也。秦嘉詩：臨路懷惆悵。

㊂錢箋：《名畫記》：韓幹，大梁人，王右丞見其畫，推獎之。官至太府寺丞，善寫貌人物，尤工鞍馬。

初師曹霸，後獨自擅，杜甫贈霸畫馬歌云云，徒以幹馬肥大，遂有畫肉之誚。古人畫八駿圖，皆螭頸龍體，矢激電馳，非馬之狀也。玄宗好大馬，西域大宛歲有來獻者，命幹悉圖其駿，則有玉花驄、照夜白等。時岐、薛、申、寧王廄中皆有善馬，幹並圖之，遂爲古今獨步。《揚子法言》：如孔子之門用賦也，則賈誼升堂，相如入室矣。

㊃張遠注：《赭白馬賦》：殊相逸發。

㊄《漢書·地理志》：造父善馭習馬，得驊騮綠耳之乘，幸於穆王。　陸機詩：舊齒皆凋喪。

將軍畫一作盡**善**一作妙。一作善畫**蓋有神，偶**一作必**逢佳士亦寫真㊀。即今漂泊干戈際㊁，屢貌尋常行路人㊂。途窮反遭俗眼白㊃，世上未有如公貧。**《英華》作他富至今我徒貧。**但看古來盛名下㊄，終日坎壈纏其身㊅。**此又言隨地寫真，慨將軍之不遇。不寫佳士而寫常人，已落魄矣，况遭俗眼之白，窮益甚矣。故結語含無限感傷。《杜臆》：盛名之下，坎壈纏身，此亦借曹以自鳴其不平，讀公《莫相疑行》可見。　此章五段，分五韻，各八句。

㊀薛蒼舒曰：顧愷之善丹青，每畫人成，或數年不點目睛，人問其故，答曰：「四體妍媸，本無關於妙處，傳神寫照，正在阿堵中。」　梁簡文《咏美人看畫》詩：可憐俱是畫，誰能辨寫真。《顏氏家訓》：武烈太子偏能寫真。

㊁《史記·五帝紀》：軒轅乃習用干戈，以征不享。

㊂蘇武詩：四海皆兄弟，誰爲行路人。

㊃顏延之《咏阮步兵》詩：物故不可論，窮途能無慟。　阮籍能作青白眼。

㊄《黄瓊傳》：盛名之下，其實難副。

㊅《楚辭》：志坎壈而不違。

申涵光曰：「將軍魏武之子孫」，起得蒼莽大家。「玉花却在御榻上」，此與「堂上不合生楓樹」同一落想。「榻上庭前屹相向」，出語更奇，與上「牽來赤墀」句相應。此章首尾振蕩，句句作意，是古今題畫第一手。

洪容齋《五筆》云：韓公人物畫記，其叙馬處，凡馬之事二十有七，爲馬大小八十有三，而莫有同者焉。秦少游謂其叙事該而不煩，故倣之而作羅漢記。坡公賦韓幹十四馬，誦之蓋不待見畫也。詩之與記，其體雖異，其布置鋪寫則同。老杜《觀曹將軍畫馬圖引》視東坡似不及，至於《丹青引》「斯須九重真龍出，一洗萬古凡馬空」，不妨獨步也。杜又有《畫馬讚》云「韓幹畫馬，毫端有神，驊騮老大，騕褭清新」，及「四蹄雷電，一日天地」，「瞻彼駿骨，實惟龍媒」之句。坡公《九馬贊》言薛紹彭家藏曹將軍《九馬圖》，子美所爲作詩者也。其辭云：「牧者萬歲，繪者惟霸，甫爲作頌，偉哉九馬。」讀此詩文數篇，直能使人方寸超然，意氣横出，可謂妙絶動宫牆矣。

楊慎曰：馬之爲物最神駿，故古之詩人畫工，皆借之以寄其情。若杜少陵、蘇東坡諸詩，極其形容，殆無餘巧。　余又愛坡公作《九馬贊》云「姚宋廟堂，李郭治兵，帝下毛龍，以馭群英」，何其雄偉也。

葛常之曰：杜詩「將軍魏武之子孫，於今爲庶爲清門」，元微之《去杭州》詩亦云「房杜王魏之子孫，雖及百代爲清門」，知子美詩爲當時誦法如此。

許彦周曰：「讀老杜《丹青引》「一洗萬古凡馬空」、東坡《觀吴道子畫壁》詩「筆所未到勢已吞」，二公之詩，足以當之。

韋諷録事宅觀曹將軍畫馬圖歌

一本無歌字，黄鶴作引，今從《英華》。

鶴注：詩云「金粟堆」、「龍媒去」，當是葬明皇後作，必廣德二年公再到成都時也。韋諷爲閬州録事，諷之居在成都。《名畫記》：曹霸，魏曹髦之後，髦書稱於後代，霸在開元中已得名，天寶末每詔寫御馬及功臣，官至左武衛將軍。朱注：曹將軍《九馬圖》，後藏長安薛紹彭家，蘇子瞻有贊。《明皇雜録》：陳義、曹霸等，善繪畫，時稱神妙。

國初已來畫鞍馬，神妙獨數色主切**江都王**㊀。**將軍得名三**樊作四**十載**上聲**，人間又**《英華》作**不見真乘黄**㊁。首叙曹將軍，借江都王作陪。《杜臆》：江都王後，曹霸齊名，是唐朝百五十年間第二手也。贊畫之妙，至於奪真，此云真乘黄，妙無可加，七字直括全篇矣。

㊀孔臧《柳賦》：固神妙之不如。《名畫記》：江都王緒，霍王元軌之子，太宗皇帝猶子也，多才藝，善書畫，鞍馬擅名。

㈡《竹書紀年》：帝舜元年，出乘黄之馬。《瑞應圖》：王者輿服有度，則出乘黄。董逌畫跋：乘黄，狀如狐，背有角。霸所畫馬未嘗如此，特論其神駿耳。

曾音層**貌**莫角切**先帝照夜白**㈠**，龍池十日飛霹靂**㈡。**内府殷**烏閒切**紅瑪瑙盤**一作盌㈢**，婕**即葉切**妤**汝諸切**傳詔才人索**所革切㈣。**盤賜將軍拜舞歸**㈤**，輕紈細綺相追飛**一作隨㈥。**貴戚權門得筆跡**㈦**，始覺屏障生光輝**㈧。

《杜臆》：賜盤詔索，正索其貌照夜白也。下言紈綺追飛，乃權戚求畫者，此亦用倒插法。飛霹靂，言畫之靈奇，能感動神物，若隨風雨而至也。此見畫之貴重，意在題前。

㈠《明皇雜録》：上所乘馬有玉花驄、照夜白。畫監曹霸人馬圖，紅衣美髯奚官牽玉面騂，緑衣閹官牽照夜白。

㈡《長安志》：龍池，在南内南薰殿北、躍龍門南，本是平地，垂拱後因雨水流潦成小池，後又引龍首支渠分溉之，日以滋廣，瀰亘數頃深至數丈，常有雲氣，或見黄龍出其中，謂之龍池。《雍録》：明皇爲諸王時故宅，在京城東南角隆慶坊，宅有井，井溢成池。《公羊傳》：急雷爲霹靂。注：雷疾而甚者爲震，震與霆皆謂之霹靂。

㈢《史記·淮陰侯傳》：糧食竭於内府。《唐書·裴行儉傳》：平都支遮匐，獲瑪瑙盤，廣二尺，文彩燦然。

㈣《唐·百官志》：内官有婕妤九人，正三品。才人七人，正四品。《漢書·外戚傳》：武帝制婕妤。

顔師古注：婕，言接幸於上。好，美稱也。婕音接，好音余。

㊄《吴越春秋》：采葛婦作詩曰：「群臣拜舞天顔舒。」

㊅劉鑠詩：坐見輕紈緇。

㊆《漢・息夫躬傳》：躬交游貴戚，趨權門爲名。　陸機表：事蹤筆跡，皆可推校。

㊇古樂府：萬物生光輝。

昔日太宗拳毛騧烏華切㊀，**近時郭家獅子花**㊁。**今之新**一作畫**圖有二馬，復**扶又切**令**平聲**識者久嘆嗟。此皆戰騎**去聲。一作騎戰**一敵萬**㊂，**縞素漠漠開風沙**㊃。**其餘七匹亦殊絶，迥若寒空雜霞**從《英華》。一作動烟**雪**㊄。**霜蹄蹴踏長楸間**㊅，**馬官厮養森成列**㊆。此記九馬之圖，正寫本題。　《杜臆》：拳毛騧，獅子花，特借名馬以形容新圖之神駿，非謂摩狀二物也。　縞素，指畫絹。開風沙，言勢可萬里。　雜霞雪，言色兼赤白。　長楸、厮養，畫中所列者。　二馬七馬，用錯綜叙法。

㊀錢箋：《長安志》：太宗六駿，刻石於昭陵北闕之下。五曰拳毛騧，平劉黑闥時所乘，有石真容自拔箭處，嘗中九箭也。《金石録》：太宗六馬，其一曰拳花騧，黄馬黑喙。

㊁《杜陽雜編》：代宗自陝還命，以御馬九花虬并紫玉鞭轡賜郭子儀。九花虬，即范陽節度使李懷仙所貢，額高九寸，拳毛如麟。亦有獅子驄，皆其類。

㊂《六韜》：以車與騎戰，一車當幾騎。

㈣《史記・留侯世家》：縞素爲質。

㈤唐太宗詩：寒空碧霧輕。

㈥《莊子》：馬蹄可以踐霜雪。《南都賦》：蹴踏咸陽。曹植詩：走馬長楸間。注：古人種楸於道，故曰長楸。

㈦《漢書・路温舒傳》：願給厮養。韋昭曰：析薪爲厮，炊烹爲養。《左傳》：不鼓不成列。

可憐九馬争神駿㈠，顧視清高氣深穩㈡。借問苦心愛者誰㈢，後有韋諷前支遁。《杜臆》：遁讀上聲，與穩相叶。　此叙韋録事，又借支遁作陪。　視清高，言昂首。　氣深穩，言德良。

㈠《世説》：支道林嘗養數匹馬，或言道人畜馬不韻，支曰：「貧道重其神駿耳。」

㈡《高士傳》：鄭樸修道静默，世服其清高。

㈢古詩：晨風懷苦心。

憶昔巡幸新豐宫㈠，翠華拂天來向東㈡。騰驤磊落三萬匹㈢，皆與此圖筋骨同㈣。自從獻寶朝音潮**河宗㈤，無復**扶又切**射**音石**蛟江水中㈥。君不見金粟堆前松柏裏㈦，龍媒去盡鳥呼風㈧。**　此從先帝感慨，意在題外。《杜臆》：就馬之盛衰，想國之盛衰，不勝其痛，而與畫馬相關在「筋骨同」一句。　翠華向東，謂帝東遊。　河神朝獻，謂帝西幸。　江不射蛟，時已晏駕也。　此章，四句者兩段，八句者兩段，十句者一段，凡八轉韻。

㈠《唐書》：京兆府昭應縣，本新豐，有宫在驪山下。　天寶二年分新豐、萬年，置會昌縣。　七載，省新豐，改會昌爲昭應，治温泉宫之西北。　又：王毛仲從帝東封，取牧馬數萬疋，每色爲一隊，相間若錦繡。

㈡《南都賦》：望翠華之葳蕤。　《東都賦》：旌旗拂天。

㈢《西京賦》：乃奮翅而騰驤。注：騰，超也。驤，馳也。　《閒居賦》：磊落蔓衍乎其側。注：磊落，衆多貌。　蕭子顯詩：漢馬三萬匹。

㈣《列子》：伯樂曰：「良馬可形容筋骨相也。」

㈤《穆天子傳》：天子西征至陽紆之山，河伯馮夷之所都居，是惟河宗氏，天子沉璧禮焉。河伯乃與天子披圖視典，用觀天子之寶器，曰天子之寶。《玉海》引《水經注》云：玉果、璿瑰、燭、銀、金膏等物，皆河圖所載，河伯所獻，穆王視圖，乃導以西邁矣。舊注：周穆王自此歸而上昇，蓋以比玄宗之升遐也。趙次公注：朝河宗者，謂河宗朝而獻寶也。

㈥《漢武帝紀》：元封五年，自潯陽浮江，親射蛟江中，獲之。

㈦《舊唐書》：明皇嘗至睿宗橋陵，見金粟山岡有龍盤虎踞之勢，謂侍臣曰：「吾千秋萬歲後，葬此。」暨升遐，群臣遵先旨葬焉。《新書》：明皇泰陵，在奉先縣東北二十里金粟山，廣德元年三月葬泰陵。

㈧《漢·禮樂志》：天馬來，龍之媒。　《楚辭》：尊野莽以呼風。

陸時雍曰：詠畫者多詠真，詠真易而詠畫難。畫中見真，真中帶畫，尤難。此詩亦可稱畫筆矣。

「可憐九馬」二句，妙得神趣。

胡夏客曰：此歌先言其寵遇，篇中則追述巡幸，俯仰感慨，照應有情，而沉著可味。

張溍曰：杜詩詠一物，必及時事，故能淋漓頓挫。今人不過就事填寫，宜其興致索然耳。

送韋諷上上聲閬州録事參軍

鶴注：詩云「十載供軍食」，當是廣德二年歸成都後作。諷居成都，故前篇云韋諷宅觀畫。張溍曰：此詩可當一則致治寶訓。

國步猶艱難㈠，兵革未衰息㈡。萬方哀一作尚**嗷嗷㈢，十載**上聲。一作年**供軍食㈣。庶官務割剥㈤，不暇憂反側㈥。誅求何多門㈦，賢者貴爲德㈧。**晉作賢俊愧爲力。首從時事叙起，見民困於軍需。《杜臆》：庶官割剥，而不暇憂反側，亦迫於上供耳。然惟誅求之多，故賢者貴於爲德，猶邵堯夫所云賢者當盡力之時，此句起下文。

㈠《詩》：國步斯頻。又：天步艱難。

㈡賈誼《過秦論》：兵革不休。

㈢《詩》：哀鳴嗷嗷。

㈣自天寶十四載至廣德二年爲十載。

㈤《書》：無曠庶官。　《魏志》：州牧縣宰，割剥自利，人不聊生。

㈥《後漢書》：光武曰：「令反側子自安耳。」

㈦《左傳》：誅求無時。又：晉政多門。

㈧《漢書·韓信傳》：公小人，爲德不卒。

韋生富春秋㈠**，洞澈有清識。操持綱紀地**㈡**，喜見朱絲直**㈢**。當令**平聲。**晉作因循豪奪吏**㈣**，自此無顔色**㈤**。必若救瘡痍**㈥**，先應**平聲**去**上聲**蝥賊**㈦**。**此稱諷之清節，必能除貪救民。《杜臆》：激濁揚清，録事之職，故可制豪奪之吏。欲救窮民，先去蝥賊，皆切時中窾之語。

㈠《史記·李斯傳》：趙高説二世：「陛下富春秋。」《樂恢傳》注：年少，春秋尚多，故稱富。

㈡《白帖》：録事參軍謂之綱紀掾。希曰：喬琳歷四州刺史，嘗謂録事參軍任紹業曰：「子綱紀一郡，能劾刺史乎？」

㈢鮑照《白頭吟》：直如朱絲繩。

㈣《管子》：凡輕重散斂，以時平準，故大賈富家不得豪奪吾人。

㈤匈奴歌：使我婦女無顔色。

㈥《史記·劉敬傳》：天下之民，瘡痍者未起。

㈦《詩》：去其螟螣，及其蝥賊。注：食根曰蝥，食節曰賊。

揮淚臨大江，高天意悽惻㈠。行行樹佳政㈡，慰我深相憶。此臨別而作勸勉之詞。《杜臆》：揮淚二句，非恤民之極，必無此言。縱注：生民不安，以庶官不得其人也。庶官匪人，以監司不舉其職也。公以此告諷，望其逐去貪吏，此即所謂佳政也。此章前二段各八句，末段四句收。

㈠高天，指秋時。《楚辭》：天高而氣清。

㈡曹植書：足下在彼，自有佳政。

太子張舍人遺去聲織成褥段

鶴注：此當是廣德二年在成都作。蓋來瑱之誅，在廣德元年也。《杜臆》：官銜太子舍人，題加太子于張之上，謹慎如此。《北堂書鈔》：《異物志》：大秦國以野繭絲織成氍毹，以群獸五色毛雜之，爲鳥獸人物草木雲氣，千奇萬變，唯意所作。《廣志》：氍毹，白氎毛織之，近出南海，織毛褥也。織成褥段，殆此類。

客從西北來，遺去聲我翠一作細織成㈠。開緘風濤湧，中有掉尾鯨㈡。逶迤羅水族㈢，瑣細不足名。客云充君褥㈣，承君終宴榮㈤。空堂魑魅一作魍魎走㈥，高枕形神清㈦。首感舍人贈遺。中四稱美織成，下四述舍人語。爲坐褥，則當宴增榮。爲卧褥，則魑魅驚走。甚言其貴重。

㊀古詩：客從遠方來，遺我一端綺。《廣雅》：天竺出細織成。

㊁胡夏客曰：劉禹錫詩「華茵織鬬鯨」，知唐時錦樣多織鯨也。《江賦》：揚鬐掉尾。

㊂謝脁詩：逶迤帶淥水。鮑照詩：晨光被水族。

㊃充，供也。承，奉也。

㊄曹植詩：終宴不知疲。

㊅《哀江南賦》：奔魑走魅。

㊆《抱朴子》：恬愉静素，形神相忘。

領客珍重意，顧我非公卿。留之懼不祥，施之混柴荆。服飾定尊卑，大哉萬古程。今我一賤老，裋一作短**褐更無營。煌煌珠宫物㊀，寢處**上聲**禍所嬰㊁。**此言分不宜受。《杜臆》：定尊卑，承混柴荆。禍所嬰，承懼不祥。此一小物，而天道王制，發出許大議論。黄注：此必禁物，故有服飾及珠宫句。

㊀《楚辭》：紫貝闕兮珠宫。趙曰：珠宫，指言龍宫。

㊁《左傳》：譬之如禽獸，吾寢處之矣。

歎息當路子㊀，干戈尚縱平聲**横。掌握有權柄㊁，衣馬自**一作已**肥輕㊂。李鼎死岐陽㊃，實以驕貴盈。來瑱賜自盡㊄，氣豪直**一作真**阻兵㊅。皆**一作昔**聞黄金多㊆，坐見悔吝生㊇。**此言奢侈當戒。當時藩鎮僭侈無度，逆天道而犯王制，殃及其身，足爲明鑒矣。

㈠當路，見《孟子》。
㈡《張敞傳》：海内之命，斷於掌握。
㈢衣馬輕肥，出《論語》。
㈣《舊唐書》：上元二年，以羽林大將軍李鼎爲鳳翔尹、興鳳隴等州節度使。二年二月，党項羌寇寶雞，入大散關，陷鳳州，鼎邀擊之。六月，以鼎爲鄯州刺史、隴右節度使。朱注：李鼎之死，史鑑俱不載，此云死岐陽，蓋未至隴右也。
㈤《舊書》：寶應元年，來瑱爲山南東道節度使，裴茙表瑱倔强難制，帝潛令茙圖之。六月，瑱擒茙於申口，入朝謝罪。廣德元年正月，貶播州尉，翼日，賜死於鄠縣。《薛道衡傳》：衡致美先朝，帝曰：「此《魚藻》之義也。」後令自盡。
㈥《左傳》：州吁阻兵安忍。
㈦《國策》：蘇季子位高多金。
㈧庾僧淵詩：悔吝生有情。

奈何田舍翁㈠，受此厚貺情。錦鯨卷還客，始覺心和平㈡。振我粗席塵，愧客茹一作飯**藜羹㈢。** 末見安貧守分之節。 還客則和平，心安而理得也。 對客若有愧，貧家恐不稱也。 張綖注：開緘卷還，首尾遥應。 此章前三段各十句，末段六句收。

㈠《宋・武帝紀》：帝大修宮室，袁顗盛稱高祖儉素，帝曰：「田舍翁得此已過矣。」

㈡《前漢·嚴安傳》：心既和平，其性恬安。

㈢《莊子》：孔子窮於陳蔡之間，七日不食，藜羹不糝。

錢謙益曰：史稱武累年在蜀，肆志逞欲，恣行猛政，窮極奢靡，賞賜無度，公在武幕下，作此諷諭，至舉李鼎、來瑱以深戒之，朋友責善之道也。不然，辭一織成之遺，而侈談殺身自盡之禍，不病而呻，豈詩人之意乎。

憶昔二首

《杜臆》：此是既爲工部郎後，追論往事也。故以《憶昔》爲題，乃廣德二年嚴武幕中作。吐蕃陷京，在去年之冬。

憶昔先皇巡朔方㈠，**千乘**去聲**萬騎**去聲**入咸陽**㈡。**陰山驕子汗血馬，長驅東胡胡走藏**㈢。**鄴城反覆**音福**不足怪**㈣，**關中小兒壞**音怪**紀綱**㈤。**張后不樂**音洛**上爲忙**㈥，**至令**平聲。舊作**至今今上猶撥亂**㈦，**勞心**一作身**焦思補四方**㈧。此傷肅宗之失德。當時起靈武，復西京，率回紇兵討安慶緒，其才足以有爲，乃任李輔國，寵張良娣，禍及父子，而身亦不免焉。故中興之業，尚待繼世也。后不樂，狀其驕恣。上爲忙，狀其跼蹐。此分明寫出懼内意。王洙曰：撥亂，内平張后之難。補四方，外能經營河北也。

㊀《晉書·鄭冲傳》：翼亮先皇。　至德元載，肅宗即位於靈武，下制曰：「朕治兵朔方，須安兆姓之心，勉順群臣之請。」趙曰：朔方乃靈武郡。

㊁漢靈帝末童謡：侯非侯，王非王，千乘萬騎上北邙。

㊂《秦本紀》：西北斥逐匈奴，自榆中並河以東屬之陰山。徐廣曰：陰山在五原北。《通典》：陰山，唐安北都護府也。　驕子，回紇。東胡，安慶緒也。回紇助討賊，收復西京，慶緒奔河北，保鄴郡。　驕子，出《漢書》。　大宛國有汗血馬。　《史記》：燕北有東胡、山戎。

㊃史思明既降復叛，救慶緒於鄴城，故曰反覆。

㊄關中小兒，指李輔國。《舊書·宦官傳》：李輔國，閑厩馬家小兒，少爲閹，貌陋，粗知書計，爲僕事高力士。《通鑑注》：凡厩牧、五坊、禁苑給使者，皆謂之小兒。　晉泰始謡：賈裴王，亂紀綱。

㊅《舊書·后妃傳》：張后寵遇專房，與輔國持權禁中，干預政事。帝頗不悦，無如之何。

㊆傅玄樂府：撥亂反正從天心。

㊇《史記·夏本紀》：禹傷父鯀功不成，乃勞心焦思。

我昔近侍叨奉引㊀**，出兵**一作兵出**整肅不可當**一作忘㊁**。爲**去聲**留猛士守未央**㊂**，致使岐雍**去聲**防西羌**㊃**。犬戎直來坐御牀**㊄**，百官跣足隨天王**㊅**。願見北地傅介子**㊆**，老儒不用尚書郎**㊇**。**此傷代宗不能振起也。　帝初爲元帥，出兵整肅，及程元振用事，使郭子儀束手留京，吐蕃入寇，而車駕蒙塵，一時禦邊無策，故慨然思傅介子焉。老儒句，自歎不能靖亂而尸位也。　此章，上段九句，下段八句。

㊀時公爲拾遺，故曰近侍。唐制，拾遺掌供奉。

㊁《新書》：代宗爲太子，時從狩靈武，拜天下兵馬元帥。　山濤啟事：可以整肅朝廷，裁制時政。　陳琳檄文：天下不可當。

㊂猛士守未央，此翻《大風歌》語，感慨甚深。　《唐書》：寶應元年八月，子儀自河南入朝，程元振數譖之，子儀請解副元帥、節度使，留京師。明年十月，吐蕃大入寇。　《括地志》：漢未央宮，在長安故城中，近西南隅。

㊃岐雍，唐鳳翔關内地。《舊書・吐蕃傳》：乾元後數年，鳳翔之西，邠州之北，盡爲蕃戎境。

㊄《南史・侯景傳》：齊文宣夢獼猴坐御牀，乃煑景妻子於鑊。又大同中，太醫令朱耽夢犬羊各一在御座，既而景登正殿焉。

㊅《梁・武帝紀》：諺云：「熒惑入南斗，天子下殿走。」乃跣足下殿以禳之。吴注：漢末升平謡：桓公入石頭，陛下徒跣足。

㊆《漢書》：傅介子，北地人也，持節使樓蘭，斬其王，歸之北闕。

㊇尚書郎，公自謂。《木蘭行》：欲與木蘭賞，不用尚書郎。

蘇軾《東坡志林》云：「關中小兒壞紀綱」，謂李輔國也。「張后不樂上爲忙」，謂肅宗張皇后也。「爲留猛士守未央」，謂郭子儀專兵柄、入宿衛也。

錢謙益曰：《憶昔》之首章，刺代宗也。肅宗朝之禍亂，成於張后、輔國。代宗在東朝，已身履其難。少屬亂離，長於軍旅，即位以來，勞心焦思，禍猶未艾，亦可以少悟矣。乃復信任程元振，解郭子儀兵柄，以召匈奴之禍，此不亦童昏之尤乎。公不敢斥言，而以「憶昔」爲詞，其意婉而切矣。

其二

憶昔開元全盛日㈠，小邑猶藏萬家室㈡。稻米流脂粟米白，公私倉廩俱豐荊作盈，一作富**實㈢。九州道路無豺虎**晉作狼**㈣，遠行不勞吉日出㈤。齊紈魯縞車班班㈥，男耕女桑不相失㈦。宮中聖人奏雲門㈧，天下朋友皆膠漆。百餘年間未災變㈨，叔孫禮樂蕭何律㈩。**此追思開元盛事。　當時既庶而富，盜息民安，刑政平，風俗厚，制禮作樂，幾於貞觀之治，惜明皇昧持盈之戒，遂至極盛而衰耳。　《杜臆》：「百餘年間」二句，尤爲有識，蓋法度之存亡，關乎國家之理亂，先叙此二語，而隨用「豈聞」二字轉下，如快馬驀澗，何等筆力。

㈠《蕪城賦》：當昔全盛之日。　洙曰：開元間承平日久，四郊無虞，居人滿野，桑麻如織，雞犬之音相聞。時開遠門外西行，亘地萬餘里，路不拾遺，行者不齎糧，丁壯之人不識兵器。

㈡謝靈運詩：小邑居易貧。　漢文帝詔：萬家之縣。

㈢《管子》：倉廩實則知禮節。蔡邕《月令章句》：穀藏曰倉，米藏曰廩。

㈣王融詩：澄清九州牧，道路無豺虎。

㈤《楚辭》：歷吉日兮吾將行。

㈥《漢・地理志》：齊俗靡侈，織作冰紈綺繡純麗之物。師古曰：冰謂布帛之細，色鮮潔如冰也。紈，素也。　《韓安國傳》：强弩之末，力不能入魯縞。《韻會》：縞，繒精白者，曲阜之俗善作之，尤爲輕細，故曰魯縞。　《後漢書》：桓帝時京師童謡曰：「車班班，入河間，河間姹女工數錢。」車班班，言商賈不絶於道。

㈦《吴越春秋》：一男不耕，有受其飢。一女不桑，有受其寒。

㈧《周禮・大司樂》：歌大吕，舞雲門，以祀天神。　晉楊方詩：情至斷金石，膠漆未爲堅。

㈨《前漢・京房傳》：其説長於災變。

㈩漢叔孫通制禮儀。《劉子・文武篇》：漢祖海内大定，召鄒魯儒生而制禮儀，修六代之樂。　《通鑑》：開元二十年九月，新禮成，號曰《開元通禮》。《唐會要》：開元二十九年八月，太常奏所定雅樂。　《漢・刑法志》：蕭何攈摭秦法，取其宜於時者，作律九章。　《唐・刑法志》：《開元前格》、《開元後格》，皆當時格式律令也。

豈聞一絹直萬錢，有田種穀今流血。洛陽宫殿燒焚盡㈠，**宗廟新除狐兔穴**㈡。**傷心不忍問耆舊，復**扶又切**恐初從亂離説。小臣魯鈍無所能**㈢，**朝廷記識**音志。一作憶**蒙禄秩**㈣。**周宣中**去聲**興望我皇**㈤，**灑淚**一作血**江漢身**一作長**衰疾**㈥。此痛亂離而思興復也。　自開元至此，洊經兵革，民不聊生。絹萬錢，無復齊紈魯縞矣。田流血，無復室家倉廩矣。東洛燒焚，西京狐兔，道路盡爲豺狼，宮中不奏雲門矣。亂後景象，真有不忍言者。孤臣灑淚，仍以中興事業望諸代宗耳。蒙禄秩，時爲員外郎。　此章，上段十二句，下段十句。

㈠《通鑑》：漢獻帝和平元年三月，董卓燒洛陽宮廟、官府、居家。

㈡顔之推詩：狐兔穴宗廟。　宗廟毁則狐兔穴除矣。

㈢劉楨詩：小臣信魯鈍。

㈣《月令》：收禄秩之不當。

㈤周宣王承厲王之亂，復修文武成康之業，周道復興。

㈥張華詩：衰疾近殆辱。

古今極盛之世，不能數見，自漢文景、唐貞觀後，惟開元盛時，稱民熙物阜。考柳芳《唐曆》，開元二十八年，天下雄富，京師米價斛不盈二百，絹亦如之。東由汴宋，西歷岐鳳，夾路列店，陳酒饌待客，行人萬里，不持寸刃。嗚呼，可謂盛矣！明皇當豐亨豫大時，忽盈虚消息之理，致開元變爲天寶，流禍兩朝，而亂猶未已。此章於理亂興亡之故，反覆痛陳，蓋亟望代宗撥亂反治，復見開元之盛焉。